U0486332

长龙之光

连江县长龙镇党委
连江县长龙镇人民政府 编

海峡出版发行集团 | 海峡文艺出版社

图书在版编目(CIP)数据

长龙之光/连江县长龙镇党委,连江县长龙镇人民政府编.—福州:海峡文艺出版社,2024.10
ISBN 978-7-5550-3873-3

Ⅰ.I267

中国国家版本馆 CIP 数据核字第 2024Z0T214 号

长龙之光

连江县长龙镇党委　连江县长龙镇人民政府　编

出 版 人	林　滨
责任编辑	刘徐霖
出版发行	海峡文艺出版社
经　　销	福建新华发行(集团)有限责任公司
社　　址	福州市东水路 76 号 14 层
发行部	0591－87536797
印　　刷	福州印团网印刷有限公司
厂　　址	福州市仓山区十字亭路 4 号金山街道燎原村厂房 4 号楼
开　　本	787 毫米×1092 毫米　1/16
字　　数	220 千字
印　　张	17.25　　　　　　　　　　　插页　8
版　　次	2024 年 10 月第 1 版
印　　次	2024 年 10 月第 1 次印刷
书　　号	ISBN 978-7-5550-3873-3
定　　价	48.00 元

如发现印装质量问题,请寄承印厂调换

《长龙之光》编委会

顾　　问：林思翔　吴用耕　郑寿安　阮道明
主　　任：游永亮　陈　鸿
副 主 任：颜文新　孙大光　邱　峰
特约编审：黄敬林　黄　燕　陈道忠　叶仲健
编　　务：郑晓叶　李建恩

长龙镇区全景图（严秉灵 摄）

茶山观景平台（严秉灵　摄）

下洋村才溪水库（林佺镇　摄）

茶山云雾（吴克斌 摄）

长龙茶山文化公园（长龙镇政府 供图）

畲女采茶（吴克斌 摄）

长龙桃花源（严秉灵 摄）

洪峰村岭头顶古厝（林勇　摄）

建庄村十二扇厝（丁天霖　摄）

苏山村光化寺（林勇 摄）

岚下村广应寺（严秉灵 摄）

连江县革命委员会成立地遗址洪峰村外澳尊王宫（丁天霖 摄）

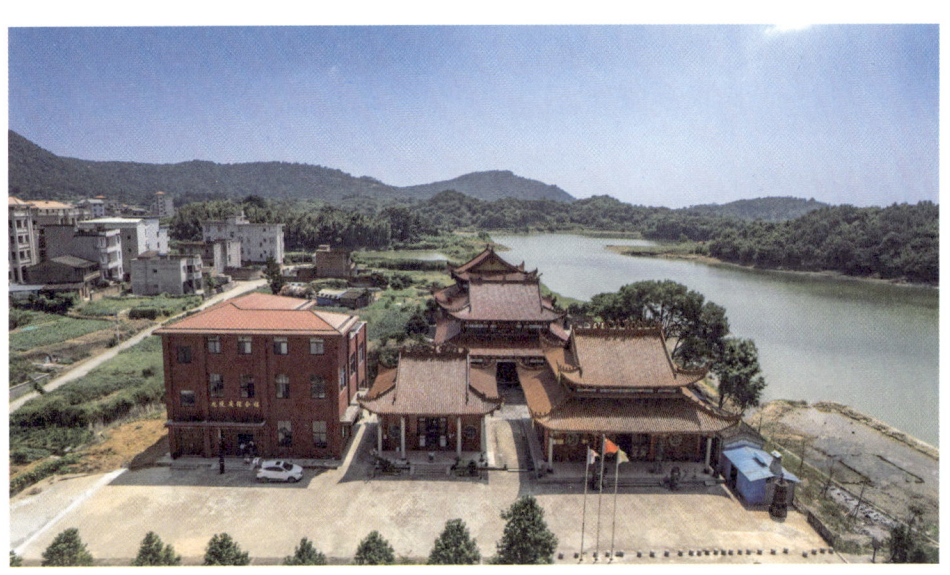

下洋抗日游击队成立地遗址下洋村九使宫（丁天霖 摄）

下洋村梁仁钦烈士故居(曾超群　摄)

坵祠村邱储文化活动中心(丁天霖　摄)

长龙华侨农场

建庄村文化活动中心(丁天霖 摄)

长龙茶山文化公园廊桥夜景（刘雅婷　摄）

下洋村大坝桥（严红　摄）

长龙嘉贤里公园（长龙镇政府 供图）

侨家乐（长龙华侨农场 供图）

《长龙之光》采风团合影

前 言

2024年,是闽东苏区创建九十周年,也是新中国成立七十五周年。为纪念这特殊年份,5月开始,长龙镇党委、政府邀请省市县一批作家和党史专家走进长龙采风撰文,从中精选30余篇作品结集出版这本《长龙之光》。本书涉及长龙镇7个行政村及长龙华侨农场、长龙国有林场的历史文化、红色史迹、自然风光、经济社会发展以及乡村振兴等多方面内容,展示长龙地区的独特风采。这是宣传长龙乃至宣传连江的一件好事,可喜可贺!

"山面烽火"篇,作者带我们重温那段烽火岁月。土地革命时期,邓子恢、陶铸、叶飞、杨而菖等革命先辈开辟了这块以长龙为中心的"山面区"革命根据地,成立了闽东北第一个革命政权。也是中国共产党在福州地区创建的第一个农村革命根据地。这里的人民在党的领导下,从土地革命、抗日战争到解放战争,前赴后继,不屈不挠,使长龙成为一块红色沃土,被称为"福州井冈山"。

革命先烈的热血换来了新中国成立,带来了山乡巨变。"山村嬗变"篇,作者带我们穿越时空,领略长龙厚重的人文历史;为我们揭开了一幅幅乡村振兴、百姓安居乐业的锦绣画卷。这些和长龙镇近年来荣获的"国家级生态乡镇""省级卫生乡镇""清新福建·气候福地""福建省避暑清凉福地""福建最美茶山"等,很好诠释了"绿水青山就是金山银山"的经典论断。

在"山地风光"篇,如诗如画的长龙跃然纸上。放眼望去,满眼绿色,丛丛簇簇的茶树林,生长在坡坡岭岭,千亩茶场绵延数里,云海雾涛，梵音声声，奔涌翻腾在山峦沟壑之中。环顾四周峰峦叠翠，溪碧水蓝，长龙真是上天赐予人间的一块福地！

习近平总书记指出："无论我们走得多远、都不能忘记来时的路"。"英名流芳"篇，记录了长龙镇第一位革命烈士卓秋元，血洒黄花岗，千古流芳；连江县第一个红色政权—连江县革命委员会主席林嫩嫩夫妻烈士，信仰坚定，一心为民，英勇就义在家乡的土地上；连江县第一任团县委书记梁仁钦，从土地革命到抗日战争，勇敢杀敌，豪气冲天，为共和国诞生献出了自己年轻的生命。还有……英雄们的芳名永垂史册。

在此书撰编期间，6月7日，《人民日报》刊发福建省委常委、福州市委书记郭宁宁文章——《用好红色资源 赓续红色血脉》。我们应该很好学习领会。长龙作为连罗苏区核心地，红色故事多，革命遗址多，发展红色旅游得天独厚。这几年，长龙镇党委和人民政府在开展革命传统教育、弘扬红色文化的同时，积极发展生态旅游，乡村振兴工作成效显著，经济社会得到较快发展，群众生活明显提高。我们相信，长龙的明天一定会更加美好！

本书编委会
2024年9月

目 录

山面烽火

高擎的火炬	吴用耕（3）
何以长龙	陈　芬（12）
巍巍尊王宫	林思翔（19）
浴血奋战铸丰碑	林风华（25）
寻找岭头顶古厝的红色密码	陈　芬（32）
红旗猎猎九使庙	叶仲健（38）
王化庄：一场漂亮的伏击战	吴用耕（45）
是处家山竞向荣	李建恩（50）
"革命老妈妈"的外澳情	林孝增（56）
追寻与守护	林勉斌（60）

山村嬗变

云上长龙竞腾飞	黄河清（67）
文化聚能兴古村	唐　颐（74）
建庄的底气	黄　燕（80）
还是家乡好	何　英（85）
云上茶乡岚下村	戎章榕（90）
信使交汇苏山村	张　茜（96）
多彩真茹村	杨国栋（100）
坵祠走笔	郑新顺（104）

长龙"山哈"记	石华鹏	（109）
一枝一叶总关情	苏　静	（116）
镶嵌在连江大地上的绿色明珠	陈道先	（124）
一缕茶香长龙来	林朝晖	（130）
归侨心中的桃花源	陈道忠	（137）
"灼灼其华"嘉贤里	黄锦萍	（144）
梅花香自苦寒来	王大荣	（150）
村名背后的故事	陈道忠	（157）

山地风光

高高的红旗山	林思翔	（167）
约略西施未嫁	黄文山	（172）
悠悠外窑岭	张振英	（176）
茶山游园	万小英	（183）
悠悠光化寺	林思翔	（189）
走进"红色寺院"	郑寿安	（195）
仙山福地说炉峰	陈道忠	（202）
后湾里：十二排榴古厝"文魁第"	吴用耕	（208）

英名流芳

碧血黄花卓秋元	阮道明	（215）
舍生取义的梁仁钦	郑寿安	（221）
忠魂与日月同辉	吴用耕	（229）
烈火永生	郑寿安	（239）
历史的回音壁	吴用耕	（246）
后　记		（270）

山面烽火

高擎的火炬

——老一辈革命家在山面区

吴用耕

邓子恢：阁楼上的一盏小油灯

1931年10月，邓子恢（1896—1972.12）化名林祖清，以中共福州中心市委农村工作巡视员身份巡视连江，指导连江地下党在透堡、定安、东湖同时开展声势浩大的农民减租抗债斗争，取得胜利，昔日威风八面的土豪劣绅成了"稻草人"。消息传开，犹如一股暖风吹散了贫苦农民心头的阴霾，纷纷要求老林同志前来指导。

11月初，邓子恢在中共连江特支委员郑厚康、梁仁钦等陪同下来到长龙洪塘村，住在农会会员林嫩嫩家阁楼上。这年邓子恢34岁，他是龙岩人，曾东渡日本留学，1926年加入中国共产党，1928年和郭滴人等领导龙岩后田暴动，开展农民运动，1929年3月担任中共闽西特委书记，主持分田工作，1930年当选闽西苏维埃政府主席兼任红21军政委，被毛泽东赞为"我党农民运动专家"。同年7月，遭左倾"立三路线"影响，被免去党内外职务，以市委农村巡视员身份，到白区工作。这天晚上，原先寂静黑暗的阁楼点起了桐油灯，周遭村落的兰元进、兰礼义、林茂淦等10多名农会会员围坐在邓子恢身边。山区的天气冷得早，北风呼啸，畲汉两族贫苦农民穿着破棉袄，提个火笼，畲民兰礼送，还穿着单衣，外面罩着件稻草袄，冻得瑟瑟发抖。邓子恢亲切地询问当地农民的生活状况及田租缴纳的数额。大伙无不唉声叹气。兰礼送气愤地说："林同志，我今年还多交了20斤'巡洋谷'。""为啥？"老林问。兰礼义说："地主的家丁到我田里走了一趟，要收20斤'巡洋谷'，我问'凭啥？'地主蹬了我一腿，恶狠狠说'谁叫你是畲仔呢？'我气得直跺脚。临去，地主还挖苦我'小子，记住，下辈子别投错胎！'这不是把畲民不当人吗？"邓子恢同情农民的遭遇，接着议论减租斗争。鉴于大部分田租已被地主收走，只剩下少数"尾租"，其中兰礼义最多，还欠两担多（250斤），邓子恢建议他们拒交尾租，但要讲究斗争艺术，农会会员集中一起到财主家说理求情，柔中带刚，软中夹硬，发挥集体的力量，这叫"冬日里抱团取暖"。邓子恢的话鼓起了大伙的勇气。"拖租"与"拖债"斗争在山面区全面展开，山内外地主慑于农会压力，也无可奈何。这使农民看到了共产党是真心实意地为他们好，和"老林"等党的领导愈加亲近。郑厚康回忆道："邓子恢同志十分重视党的队伍建设和党员马列主义理论修养的提高。邓子恢白天和农民嘘寒问暖，晚上在林嫩嫩的阁楼上就着小油灯撰写《工作方法》，全文分八章，每章冠有小标题，主要内容是启发连江党要善于把公开和秘密的工作结合起来，隐蔽骨干，注意斗争策略，讲究工作方法，依靠贫雇农，团结中农，打击和孤立反动的地主、富农，特别要注意不要侵犯中农和小工商业者的利益。文章定稿后，邓子恢交给我，由我和黄茂雄、黄应龙三人连夜刻蜡版，送到镜路小学油印（县委置有一架油印机），装订成册。杨而菖和郑厚清看后决定让会识字、有文化的党员人手一册，不识字的党员集中在镜路，由郑厚清向他们逐条讲解。这本小册子在党员中广泛传播，深入学习，产生了良好的效果。在后来艰苦的游击战斗争中，我一直把它带在身边，经常翻阅。1935年连江革命处于低潮时，它和党的其他文件一齐埋在一个山洞里，后来再也找不着了，这是很可惜的。邓子恢同志还善于做党员的思想政治工作，我的堂弟郑厚炘就是在他的直接教育下成为一名坚定的革命战士。减租斗争时，郑厚炘任东湖党支部副书记兼农会主任，他家是中农，有几亩地，生活上过得去。他入党后对党的工作不热心，我们找他谈了几次都不行。邓子恢同志到东湖后，直接和他谈了两次话，使他很快地转变过来。郑厚炘后来告诉我说，老林并没有板着面孔训我，而是和我谈他的经历，谈他怎样树立起为共产主义、为贫苦大众的解放而奋斗的理想，我听了很受感动。从此郑厚炘一心扑在党的事业上，在领导东湖农民减租斗争中做了不少工作。1932年9月，杨而菖率领游击队转移到山面区活动，经费上有困难。郑厚炘动员妻子把陪嫁的金银首饰全部变卖，把款交给党，受到县委的表扬。"

1931年11月下旬，邓子恢奉命巡视永泰，12月担任中共厦门中心市委巡视员，从此离开连江，但他对连江农民运动的筚路蓝缕之功永载史册，人民永远怀念他。

陶铸：挥斥方遒，连罗游击根据地连成一片

1932年5月，中共福建省委军事部部长、福州中心市委书记陶铸（1908-1969）在杨而菖陪同下，亲临连江，考察山面区的地形和社情，指导闽东党开辟游击根据地，建立工农武装，开展游击武装斗争。他是黄埔军校第五期学员，1926年入党，大革命失败后参加过南昌起义、广州起义，1932年1月1日到福州担任中心市委书记。他以军事战略家的慧根，选定毗连连、罗、宁（德）、古（田）四县

交界，国民党统治势力薄弱，山高林密，羊肠小道，群众基础深厚，适合开展游击斗争的山面区为游击根据地。1932年6月19日，陶铸主持在官坂合山村成立闽东闽中（福州）地区首支工农武装——闽中工农游击第一支队（老区群众习惯称之为闽东工农游击第十三支队），并亲自授旗，点燃了闽东地区武装斗争的星星之火。

1932年9月4日，游击队打破国民党军第一次"围剿"后转移到长龙山面区洪塘一带活动，队伍驻扎在尊王宫、孙氏宗祠、孙厝后兰礼义草楼。12月，陶铸来到山面区，冒雪巡视文朱山头，指示连江县委发展罗源党组织，开辟新区，将连罗游击根据地连成一片，发布《告连江工农群众书》，先声夺人，地主豪绅和国民党保安兵为之胆寒。他批准畲族共产党员兰礼义请战。兰礼义智勇双全，孤身一人，身别假炸弹，闯入罗源马洋民团团部，吓得团长战战兢兢，一下子"借"出12杆枪支，解决了游击队武器不足的困窘。12月下旬，在国民党连罗两县县长"吁请"下，海军陆战队一个营在两县地主民团配合下兵分六路气势汹汹地第二次"围剿"我根据地。陶铸和支队长陈茂昌、政委李成（黄孝敏）一道布阵排兵，派长枪队攻打丹阳，游兵佯攻连江县城，山头面群众白天敲锣，晚上举火，喊声震天，闹得敌人昼夜不宁，只得草草收兵。

随着闽东连江福安两地游击队的建立，一批党团员、农会骨干加入革命队伍，成长为游击队的中坚。但鱼龙混杂、泥沙俱下，也混进了少数土匪和流氓分子，匪性和恶习难改，造成恶劣影响。叶飞在《回忆录》中写道："游击队建立的早期，常常混进流氓无产者。闽东地区民心强悍，又多山地港湾，在残暴的封建压迫下，多有铤而走险、上山下海当'土匪'的。当革命初起时，这批人参加进来，确是很能勇敢奋斗，在暴动中起一定作用；但确有破坏性，流寇思想严重，破坏纪律，发洋财，甚至抢劫也会发生。一支百把人的游击队，只要有五六个'土匪'分子，就能控制这支队伍，改变政治方向，发生变质为土匪部队的严重危害。"

1933年2月，闽中工农游击第一支队（历史文件也称为"连江游击队"）驳壳枪队长李德标等八人被透堡民团以2000银圆收买，密谋叛变，竟将支队长陈茂昌、政委李成拘押，胁迫队伍投靠民团，因遭兰礼义等多数队员反对而未能得逞。陶铸接到报告后，运筹帷幄，以迅雷不及掩耳手段迅速平叛，在危急关头挽救了游击队。他派遣杨而菖、任达（铁锋）、谢汉秋为市委特派员，面授机宜，赶赴洪塘外澳平叛。市、县委特派员与叛徒斗智斗勇，先是截获民团回复李德标的密信，掌握确凿证据；欲擒故纵，稳住他们；分而治之，解除叛徒的武装；设立军事法庭，在洪塘举行公审大会，百余名群众冒雨"听审"。最后"法官"判决，"李德标等4人执行枪决，其余逐出游击队。"重新建队，由陶铸亲自庄严授旗。市委任命杨而菖为游击队政委，任铁锋为支队长。3月15日，陶铸主持通过《市委对游击队事变决议》，对事件进行反思并采取切实有力的措施加强对游击队的改造，根据井冈山斗争经验"支部建在连上"，游击队内建立中共特支，由杨而菖兼任特支书记。陶铸对此举一反三，将改造连江游击队成功经验巧妙娴熟地运用于福安、莆田游击队，使得这三支游击队真正成为党领导的红色武装，在开创闽东苏区的艰难斗争中起到尖刀作用。

1933年5月，陶铸奉命调离，他在上海向党中央报告说："在农村中没有哪个农民不懂福安、连江、莆田的游击队是打土豪抗捐抗税分谷子烧契据分田的……而游击队的英勇行动（连江与海军作战等）更给闽东北的反动统治以有力的摇撼。"

陶铸亲自创建与命名的山面区游击根据地在闽东土地革命烽火中崛起，成为红色连罗熠熠生辉的一张烫金名片！

粟裕：战苦军犹乐 功高将不骄

粟裕（1907—1984），在新中国创建和中国人民解放军建军史上是位虎将传奇人物，尤以骁勇善战、睿智多谋著称。1934年8月9日至14日，他和寻淮洲等率领的中国工农红军北上抗日先遣队途经连罗，在山面区革命群众心中耸起一座伟岸的历史丰碑。

1934年7月8日，中国工农红军第五次反"围剿"失利，准备战略大转移（二万五千里长征）。中央决定将寻淮洲（军团长）、乐少华（政委）、粟裕（参谋长）等领导的红七军团改组为北上抗日先遣队，其直接意图为先遣队挺进闽浙赣皖边，打乱蒋介石第五次"围剿"的部署，吸引和调动一部分"围剿"苏区的国民党军队，进而配合中央红军的转移。8月7日至10日，先遣队按中革军委的命令进攻福州城受挫，又在贵安桃源、降虎一线与尾追的国民党87师激战，有500多名伤病员急需救治与安置。10日中午，急驰贵安的闽东红军13团红一连连长丘为官、政治指导员陈云飞（中共连罗县委常委）接应中央红军开进潘渡（四区）陀市，县委领导陈元、陈云飞等向首长汇报连罗苏区的情况。因天气炎热，伤病员急需救治，无法带着急行军。先遣队首长在开赴罗源途中专程来到山面区，商讨安置地点与措施。寻淮洲、粟裕对山面区苏区作为红军伤病员集中地高度肯定，指示县委、县苏、红十三团全力救治，愈后的伤员就地加入地方红军。对县委领导恳请先遣队留在闽东，打下几座县城，将闽东苏区连成一片不赞同，但同意两点：一是攻克罗源县城，二是传授打败大刀会"法兵"的战术。

抢救中央红军伤病员以山面苏区为集中点，从8月11日到13日接连进行了三天三夜。500多名伤病员分别被安置在厦宫红军总医院及各地的临时医院。为纪念这段艰苦历程，连江老区人民把长龙鹿池到官坂合山羊肠崎岖的山路叫作"红军路"，把刘山、总洋一带深沟崖壑称为"红军坑"。

在县委的坚强领导下，紧紧依靠苏区群众，军民勠力同心闯过道道难关，百多名伤病员转危为安，重返前线，连罗苏区人民创造了又一个奇迹。铁血烽烟，粟裕等首长将红军伤病员留在当地治疗的决策是何等的果断与英明。这批红军伤病员成了地方红军的骨干力量。正如叶飞回顾："闽东特委把连江独立团调来在宁德成立独立师，在（先遣队）伤员中有一个团长当独立师师长，有三个连长当营长，排长当连长，班长当排长，这样部队就有了骨干，大的仗也可以打了！"

粟裕在山面区对闽东红军第十三独立团连以上指挥员讲授中央红军的战略战术，耳提面命式的传授对提高地方红军战斗力与指挥艺术收到立竿见影的效果。至今在苏区群众中津津乐道的"四打大获"战斗无疑是对粟裕军事天才的点赞。1934年1月至7月，闽东红军第十三独立团、赤卫总队曾三次攻打民团守卫的大获（时属连江，1943年划罗源管辖）均告失利。1934年9月，中央红军先遣队伤病员冯品泰等治愈后加入红十三团，任团长。冯品泰以中央红军对付大刀会的战术，即每4个红军组成一个战斗小组，每组配备两支竹竿和两支枪，用长竹叉或刀同时架住"法兵"的杖刀并立即开枪射击。这一战术旋奏肤功，强悍的大获民团灰飞烟灭，拔掉了国民党安在连罗沿海交通线上的"钉子"，大获乡苏维埃政府宣告成立。半个世纪后的1984年8月10日，老红军陈云飞挥毫题写"战苦军犹乐，功高将不骄"（唐诗）的条幅，向老首长捧掬一瓣心香。

中央红军北上抗日先遣队途经连罗，在连罗苏区内外产生了巨大的政治与军事反响。1981年7月26日，时任全国人大常委会副委员长的开国大将粟裕在首都回忆那段血与火的历史，他动情地说："如果抗日先遣队当时有可能采纳中共连罗县委和闽东特委的建议和要求，先在闽东、闽北活动，帮助地方党扩大武装斗争，打几个好仗，更大规模地发动群众，有依托地向政和、松溪发展，把闽东、闽北连成一片，再将群众条件较好的浙南庆元地区连起来，创造较大的局面。然后跳跃式地向浙西和皖南发展，倒是可以吸引和调动更多的敌人。"鉴哉，戎马将军斯言！

叶飞：中流砥柱 浴血苏区担大任

叶飞（1914—1994，原名叶启亨），他的名字与功绩在山面老区群众中有口皆碑。据记载，他曾五次到山面区，指导革命斗争。

叶飞祖籍泉州南安县，1914年5月出生于菲律宾一个华侨家庭，菲国名字为"西思托麦卡尔迪翁戈"。幼年回国就读，1928年加入共青团，15岁任团省委宣传部部长。1932年初调任共青团福州市委书记，3月转为中共党员。1932年8月巡视连江，共青团连江县委书记梁仁钦与他接上组织关系，到孙厝后与兰母、兰礼义初次见面。9月10日，他作为中共福州市委的代表，专程从福州送慰问品到山面区，慰问遭海军陆战队摧残的合山村农民群众。叶飞还在市委机关报《工农报》上发表"国民党在连江杀人放火"的通讯报道，揭露国民党军队的罪行。他被国民党特务跟踪，畲族共产党员兰礼义、兰礼送、兰元进等（当地人呼他们为拳头师傅）将特务打下山沟，护送叶飞避险于猪姆潭，给他送吃送喝，数天后护送其到福安任中共福安中心县委书记。

1934年1月2日，杨而菖壮烈牺牲，3日，福建临时省委、县委在透堡召开公祭大会，叶飞从福安到透堡，缅怀战友，慰问杨母。4月初，叶飞在宁德三都获悉省委书记陈之枢等叛变，毅然通知在山面区的连江县委与福州切断一切关系，挫败了敌人的阴谋，闽东党与上级党组织中断联系长达四年之久，危急关头，叶飞义无反顾地担负起坚持三年艰苦卓绝游击战争的重任，大浪淘沙去，砥柱立中流。

1934年9月，时任中共闽东特委宣传委员的叶飞奉命到山面区，转道庄里，主持召开著名的连罗县委庄里会议。庄里会议作出三项决议，其中最主要为将连江红十三团主力和福安红二团（还有寿宁红军连）合编成立中国工农红军闽东独立师（师长冯品泰、政委叶飞），成立连江、罗源独立营，坚持连罗反"围剿"斗争。叶飞率500多名红十三团指战员从官坂集中于山头面，整装赴宁德支提寺正式成立闽东独立师。叶飞与山头面父老乡亲——惜别。

1935年1月后，随着早期闽东党领导人杨而菖、马立峰、詹如柏等相继牺牲，国民党调动5个师8万多人像蝗虫一样扑向闽东，苏区一片腥风血雨，叶飞成了闽东军民主心骨，"秀干终成栋，金钢不作钩"。一介书生在革命熔炉中淬炼成钢，成长为共和国开国上将。一个没进过一天军校的华侨骄子。正如中共中央组织部原副部长曾志所言："经过多年的武装锻炼，叶飞成了解放军上将，可见是战争造就了伟大的人才。"

何以长龙

——连罗红色历史在此巍峨可见

陈 芬

连江炉峰山，峦峰耸峙，长龙深藏。

走进长龙，但见茶山葱绿，红旗漫卷。感受大自然的清新扑面，人民大众的创业创新，更看到不远的过去，那一抹红色的底蕴。

那红色，掩映在青山上，也弥漫在乡野里，指引着我们去追问这片热土何以长龙？

传说，北面一条苍龙自罗源湾迤逦而至连江，因炉峰山水灵秀，如人间仙境，苍龙在此盘旋流连之后才甩尾入海，后人觉得甚是吉祥，就将此地名为"长龙"。

长龙山高雾重，土地温润，不仅有"云上茶乡"之称，从辛亥革命黄花岗起义时期起就是一片红色热土，富含红色基因。

驻足长龙茶山顶上这耀眼的红色丰碑下，绕着大理石浮雕，炉峰禅寺首立农会、透堡暴动震撼八闽、工农政权诞生洪塘、解放马鼻而菖牺牲等多个革命场景逐一展示，连江革命史在此引人注目。连江是福州地区较早开展土地革命的区域，90多年前，连江县土地革命风起云涌。

徜徉在长龙镇文化长廊，惊叹于这里的红色历史：闽中工农游击第一支队在此创建连罗山面区游击根据地，连江县革命委员会——闽东第一个红色政权在此设立。

是长龙，将游击武装斗争的星星之火向连江乃至闽东地区燎原。

星星之火点燃闽东之光

连江地处东南沿海、闽江口北岸，北通罗源、宁德接浙南控闽浙通道；西南傍省会福州，有闽北闽西革命根据地做后盾，南接闽中，东濒沧海，扼闽江入海口，被称为"省垣海上门户，闽浙路上咽喉"，无论是陆路还是海路，都利革命力量闪转腾挪，具有利用闽浙两省边界山地进行红色割据的优良条件。

土地革命时期，中共连江县委在连江与罗源交界的山头山面区建立游击根据地、开展游击斗争。山面区俗称山面山，亦即长龙一带山区，这个位于连江县东北部的山区，为全县平均海拔最高的乡镇，深藏于炉峰山脉深处，西部北部与罗源、丹阳接壤，东面与马鼻、透堡相邻。境内崇山峻岭，散布着洪塘、外澳、下洋等村落，汉畲聚居，在此开展工农武装割据、游击战争，具备天时地利人和等条件。

因此当年，连江长龙山区，被誉为"福州的井冈山"。以炉峰山为中心，山的东西两面，一头挑着透堡，一头挑着长龙，透堡和长龙就像历史战车的两轮，驱动着山面区革命形势的发展。

连江著名党史专家吴用耕如数家珍般的介绍：20世纪30年代初，在中共福州市委党组织因势利导之下，连江县委首任书记杨而菖带领下辖的透堡、长龙等党支部，以及多个团支部、农协会、互济会等群团组织，掀起如火如荼的革命斗争。1931年12月他率领的透堡农民暴动，打响了闽东土地革命的第一枪，震撼了福州和闽东地区。

1932年夏天，在中共福州中心市委书记陶铸的主持下，杨而菖任政委的连江工农游击队在官坂合山村成立，号称"闽中工农游击第一支队"，亦即连罗游击队。游击队驰骋于连江、罗源一带，到处张贴布告，号召劳苦大众起来打土豪分粮食。农民斗争的熊熊烈火点燃连罗各地的无数干柴，令国民党反动势力闻风丧胆。国民党连江政府派出马尾海军民团要来合山"清剿"游击队，陶铸和杨而菖闻讯，迅速把游击队转移到长龙山面区活动。此后不久在长龙外澳村尊王宫里，在中共福州中心市委宣传部部长黄孝敏帮助下，杨而菖宣布闽中工农游击第一支队扩红成功，吸收了林嫩嫩等十几位年轻人加入红军队伍。扩红后的游击队由黄孝敏任政委，外澳村成为游击队大本营，以外澳村为中心，长龙开辟第一块革命根据地。至9月，山面区游击根据地建成，此后以长龙为中心，涵盖畲汉聚居的长龙、透堡、官坂、丹阳，甚至星火燎原至罗源的部分村落，纵横80华里。

1933年10月，中共福州中心市委将连江县委升格为中心县委，统一领导连江、罗源两县的革命工作。11月闽中工农游击第一支队在透堡扩建为"闽东工农游击第十三总队"，杨而菖任总队长兼政委。1934年1月2日，连江中心县委组织连罗两县游击队、赤卫队，在万余名农民群众的配合下，攻克连江重镇马鼻，全歼当地国民党驻军。杨而菖在战斗中壮烈牺牲。杨而菖虽然牺牲了，但他亲手创建的闽东工农游击第十三总队，再次扩编为中国工农红军闽东第十三独立团。独立团随即展开正规军事训练，很快成为连罗地区一支坚强的人民武装。同年1月，连江召开全县代表大会，成立连江县苏维埃政府。县革委会自动解散，改建为山面区苏维埃政府，领导洪塘、外澳等村落开展轰轰烈烈的土地改革运动，山面区成为连罗两县土地革命的一面旗帜。

1933年5月1日，福州中心市委书记陶铸在向中央作关于福州的工作报告中五次提到山面区："在连江现主要是以山面区为中心发动群众，组织分粮队配合游击队到其他各地区地主家里去分谷子。同时是将游击队分散到山面区。"他高度肯定山面区的革命影响力，"在农村中没有哪个农民不懂福安、连江、莆田的游击队是打土豪抗捐抗税分谷子烧契据分田的。……而游击队的英勇行动(连江与海军作战等)更给闽东北的反动统治以有力的摇撼"。

自1933年起，连罗两县成立了174个乡苏维埃政府。1934年2月，闽东工农兵第一次代表大会在福安选举产生了闽东苏维埃政府，下辖的9个县中就含连罗两县。3月，连罗苏区红色区域方圆达数百里。9月，连罗苏维埃政权建设进入鼎盛时期，成为闽东苏区的重要组成部分。闽东根据地坚持反"围剿"斗争至1935年3月苏区陷落，转入地下游击战争。

1932年9月创建的连罗山面区游击根据地，虽然只存续两年七个月，但其鼎盛时期达300余平方公里，人口11万余，其影响力已载入革命史册。

长龙外澳村父老乡亲不无自豪地说：山面区游击根据地系土地革命战争时期遵循井冈山的道路与实践在中国共产党领导下在福州地区创建的第一块也是唯一的农村革命根据地，可谓"福州的井冈山"！

行走在雄关漫道上的革命志士

土地革命时期，连江之所以成为闽东革命力量最强的县份，离不开福州中心市委对长龙山面区游击根据地的领导。长龙虽非连江重镇，却以星星之火点燃了闽东武装斗争的燎原之势。在这片红土地上，将个人命运与闽东连罗革命斗争紧紧交织在一起的，既有本土出生的年轻革命者上演连江版"觉醒时代"的杨而菖等人；更有"南腔北调"者成为连罗革命史的流量担当，他们是无产阶级革命家邓子恢、陶铸、叶飞等人，还有黄孝敏等，作为上级领导者多次来此"指点江山"。他们都对连罗星火的点燃有开创之功，那些年他们在连罗山面区开展的革命活动，拉开了闽东地区武装游击战的序幕，在长龙革命史上留下行走在雄关漫道上的革命志士群像。

透堡南街村的杨而菖（1913—1934），17岁就已是闽东苏区党组织和红军的主要创建者、中共连江县委第一任书记。他领导透堡农民暴动，打响闽东、闽中革命第一枪，牺牲时不到21岁，兄弟和母亲也是革命党人，连江到处传颂他这一家"三子先后牺牲、母亲挂帅出征"的"红色杨家将"故事。

除了杨而菖外，还有长龙外澳村的林嫩嫩——连江第一个红色政权——连江县革命委员会主席，下洋村的梁仁钦——连江县第一任团县委书记，闽东工农游击队第十三总队特务队队长，等等，众多本地革命者积极投身家乡的变革。

来自龙岩的邓子恢（1896—1972），闽西革命根据地创建者之一，1931年10月，以中共福州中心市委农村工作巡视员到连江指导秋收斗争。下旬，在杨而菖等陪同下秘密到长龙洪塘外澳村活动，发动贫苦农民开展秋收减租和抗债斗争。1932年1月，邓子恢奉中央之命由福州调厦门，陶铸接任中共福州中心市委书记。

来自湖南的陶铸（1908—1969），1929年受党的委派来到福建参加福建省委军委工作，参与组织了厦门劫狱斗争之后出任中共闽南特委书记。1932年1月，年方24岁的陶铸转任福州，多次亲临连江指导工作。杨而菖创建闽中第一游击支队正是得益于他的指点：合山山高林密，地形复杂，进可攻退可守，游击队可先在这里驻扎。还得到了他的赠予：一面红旗、两把军号、五把朴刀和一百多发子弹。

1932年12月，陶铸再次巡视连江，此时的杨而菖游击队已从长龙山面区，来到丹阳文朱村，开辟新的游击根据地。文朱四面群山环抱，北与罗源县山区接壤。陶铸以军事斗争战略眼光指出，要把星星之火引向罗源山区，拓展新游击区，让连罗根据地连成一片，利用有利地理条件牵制、打击敌人。其间，他冒雪登上连江第二高峰鼓头山，激情赋诗："夜冷风寒热血浮，未除蒋贼恨难酬。随游山顶观飞雪，待看赤旗遍神州"。后被人在他文朱住处小木屋的墙上用木炭记录下来，苏区人民称之为陶铸的"木炭诗"，如同激励游击战士们奋勇开辟连罗苏区的誓词与动员令。

　　来自南安的华侨青年叶飞（1914—1999），1932年9月16日，时任共青团福州市委书记的他以市互济会、反帝大同盟的名义将福州各界人士捐款及物资送到连江官坂合山，并指导长龙根据地建设。1935年3月，连罗苏区最后一块根据地失陷。5月，年仅21岁的叶飞重建中共闽东特委，担任特委书记、闽东红军独立师师长兼政委，不忘指示部下伺机打回连江，"收复老区，扩大新区"。

　　来自宁德古田的黄孝敏（1907—1937），更作为杨而菖的革命领路人，直接参与了连罗山面区根据地创建。这位闽东早期党组织中共古田特支的主要创建者，时为福州和闽中地区党的领导人之一，指导组建了中共连江特支之后，又一路根据福州市委关于地方游击战争的指示，指导连江加强地方武装，建立工农红色政权，成为土地革命时期闽东连罗苏区和闽中特委和游击区主要创建者之一。

　　除了黄孝敏，还有来自永泰的游击队政委任铁峰、来自连城的独立团参谋长杨采衡等众多革命者都曾经长期在长龙从事革命活动……

　　当年的长龙，之所以成为闽东土地革命策源地之一，正因了这些革命志士的推动，有声势浩大的宣传攻势，有游击队作为坚强后盾，连罗地区的老百姓都愿意追随他们参加游击战争。

于历史的长河中，长龙乃至连罗地区革命史仅仅是沧海一粟，但在今天的长龙人眼里，这是他们现在美好生活的来处。我们踏着探寻的脚步采风而来，眼见耳闻之余，收获的是心底里心悦诚服的领首：何以长龙？因有英雄的革命史诗，"志将穿天破云雾，魄气长凝青史存"；因有中国共产党的掌舵领航，才使得长龙善舞，令历史的红和现实的绿得以在这里完美对接。今日长龙，足以告慰曾经在这片土地上作出过巨大贡献的先辈们：盛况如他们所愿。

巍巍尊王宫

——连罗山面区烽火岁月纪事

林思翔

题记： 连罗山面区，是以长龙为中心的连罗交界方圆300平方公里的广袤山地。土地革命时期，邓子恢、陶铸、叶飞、黄孝敏、杨而菖等革命先辈开辟了这块革命根据地，成立了闽东北第一个革命委员会，也是中国共产党在福州地区（五区八县）创建的第一个农村革命根据地。这里的人民在党的领导下，不怕牺牲，不屈不挠，使这片区域成为光荣的红色沃土。如今90多年过去了，当地人民仍念念不忘那远去的烽火岁月，不忘那顶天立地的英雄好汉。

从福州城区沿福飞路北去，到达终点飞石村后便进入山野。时值初夏，遍地绿意。跃上葱茏数百旋，绕过道道山弯弯，车子便到达了海拔300多米的长龙镇。再沿着这山间谷地往北前行，钻进茫茫山野，但见山边坡下绿林间不时散落着座座土房民居，或单楼独户，或三五聚居，这就进入了山面区核心地段。外澳、鹅角崙、孙厝后、漈头、观音山、车皮岭、赤岭、炉后、水尾、牛埕，……看这村名，就能想象这是分布在山旮旯里的小村落。放眼望去，莽莽苍苍，一派绿野，甚至数里之内不见人烟。当地朋友告诉我，要不是当年炼钢铁时砍伐，这里的原始森林密不通风，人躲在树林中，犹如针入大海，很难找到。

生活在这偏僻山区的畲汉同胞守着这青山绿林却祖祖辈辈过着穷日子。20世纪二三十年代，倍受国民党反动派和豪绅地主压迫剥削，苦难深重。繁重的苛捐杂税、高利贷盘剥、苛刻的地租，逼得农民走投无路。"镰刀挂起谷椟空""番薯糠菜半年粮""火笼篾片当棉袄"，便是当地畲汉贫苦农民生活的真实写照。

老实巴交的农民，生活过不下去，自认为自己命苦，只好祈求神明保佑。早在明初，山面区农民就在长龙洪峰村中心自然村外澳村的路口，盖起了一座壮观宽绰的宫庙——尊王宫，供奉着数位尊王。每逢正月或初一、十五，贫苦农民都会来这里进香叩头，求神拜佛，祈求风调雨顺，合家安康。可日复一日，年复一年，他们仍旧过着食不果腹、衣不蔽体的苦难日子。只是尊王宫依然屹立，成为这四里八乡最显目的建筑物。

1931年夏，中共连江特支书记杨而菖就来到山面区开展革命活动。这年冬天，尊王宫终于迎来了"贵客"。杨而菖与郑厚清、陶仁官等革命同志一起，化装成"看命先生"来到外澳村，进驻尊王宫，开展革命活动。通过宣传联络，发展了村里青年林嫩嫩、兰礼义、兰元进等加入共产党。并成立了拥有会员20多人的农会。农会从减租抗债入手发展为抗捐税斗争，点燃起农民运动。不久，杨而菖率领新组建的"闽中工农游击第一支队"也驻在尊王宫，开辟以外澳为中心的革命根据地。曙光划破山野的沉沉寒夜，古老的尊王宫成了游击队的大本营。

与此同时，党的组织也在这里发展。冬日的一天，山间寒风呼啸，然在尊王宫北面不远处的一个炭窑里却热火朝天。杨而菖正主持8名新党员歃血盟誓，成立了山面区第一个党支部。"坚持斗争，永不叛党"，这雄浑而坚定的声音，如惊雷响起，激荡在尊王宫的茫茫上空。

植被丰厚的山面区广袤山地正是打游击的好地方。以陶铸为书记的福州中心市委对山面区的农民运动十分关心。为了发展这些地方的农民参与游击战争，派出宣传部部长黄孝敏前往指导。黄孝敏，这位古田汉子，身穿黑色对襟布衣，头戴骆驼帽子，以贩卖"古田红釉"为名，翻山越岭，从福州来到外澳。1931年的一个秋夜，寒风呼啸，冷气袭人。黄孝敏正召集山面区20多位中青年开会。黄孝敏侃侃而谈，从全国的革命形势，到透堡的"五抗"斗争，从共产党的主张到当下百姓的苦难生活，透彻分析，入情入理，犹如春风吹拂，大家热血沸腾，摩拳擦掌。当场就有林嫩嫩、林金贵、林寿銮、林春官、林祥金、林依水等十多名青年报名参加游击队。于是，连江县长龙地区第一支人民武装队伍诞生了。游击队成立后，黄孝敏带领队伍到官坂、丹阳一带打土豪、除劣绅，发动贫苦农民减租减息、抗捐抗债。一时间农民运动如火如荼地向前发展。外澳村也成了山面区革命根据地的活动中心。

这期间，陶铸及邓子恢、叶飞等同志多次来到外澳，指导连罗革命斗争。1932年冬的一天，陶铸摆脱了国民党侦探的一路跟踪，来到山面区，夜宿尊王宫。次日冒雪赶往游击队根据地丹阳文朱村。他身处险境，却处变不惊，对革命胜利充满信心。"随游山顶观飞雪，待看赤旗遍神州。"飘飘洒洒的雪花激发了他的诗情，陶铸即景赋诗三首，用木炭涂鸦于游击队驻地的庙墙上，人称"木炭诗"。抒发他对革命的坚定信念和一往无前的豪迈气概。

为宣传群众、鼓舞斗志，县委书记杨而菖还亲自编写《十字歌》革命歌曲，经尊王宫教唱后，在山面区根据地广为传播。可惜，由于年代久远，十首歌词仅存五首，其内容为（本地话押韵）：

一字一直就是十，打倒民团和海贼。

土豪跟去做走狗，打死丹阳也伍值。

二字倚人就是仁，打倒海军天下平。

彻底消灭反动派，救我红军救万民。
三字一直就是王，桂林松岭和花园。
团长捉来做肉酱，反动民团消灭完。
四字一横就是西，共产起义在江西。
联合起来做共产，打倒捐税和粮差。
五字一字五梅花，分田分地贫农夸。
土豪打倒有田做，男女自由做亲家。

俗语说，屋漏偏遇连夜雨。苦难深重的山面区农民，又遇到严重春旱，田地龟裂，颗粒无收，"严重处在青黄不接没有饭吃的状态中"。1933年2月15日，福州中心市委作出《全党动员去发动和开展春荒斗争》的决议。"号召群众组织武装，成立游击队，开展分粮抗捐斗争"。

根据中心市委的决议，中共连江县委在连罗两县发布文告，指出："工友们！雇农们！贫苦农民们！请问世界上还有比这更不平的事情吗？剥削穷人的豪绅地主们可以吃不完穿不完，而我们贫苦农民连过年都得不到一条番薯来充饥。国民党海军一到，就将我们整个村子烧光，将男的女的大的小的杀尽。我们在国民党的统治底下，真是死都无葬身之地啊！"文告最后号召："连罗广大贫苦农民在共产党领导下，打土豪分粮食，加入共产党，起来作春荒斗争！"

党的号召像一束烈火点燃起连罗各地的干柴，一场春荒分粮斗争迅速在各地爆发，党组织和农会迅速壮大。各地还普遍成立了自卫队、分粮队、"借"粮队，山面区还成立了斗争委员会、分粮委员会。广大饥寒交迫的农民，在游击队、农民自卫队的领导和保护下，挺直腰杆，如潮水般涌入地主豪绅家中，名为"借"粮，实则分粮。

连罗游击队在政委黄孝敏率领下，挺进罗源飞竹、麻洋、洋中、岭头等畲汉聚居村落，奇袭地主民团，打死飞竹民团团长林金位，俘虏团丁两个，夺枪两支，分粮减租1000多担，帮助当地贫苦农民度过春荒。游击队还在尊王宫边的空坪上公审地主恶霸，当场分粮

20多担，吸引当地600余农民参加公审大会。

声势浩大的春荒斗争，既帮助贫苦农民度过春荒，又使他们和党、游击队的心贴得更紧，扩大了党和游击队的群众基础。1933年3月，在春荒斗争如火如荼开展之际，连江县各区、乡革命群众产生的代表大会在尊王宫隆重举行，成立了连江历史上第一个红色政权——连江县革命委员会。这也是闽东北11个县份中最早诞生的工农红色政权。大会选举革命委员会委员18名，主席林嫩嫩、副主席及肃反、军事、文化、粮食、土地、财政委员等。连江县革命委员会在第一号布告中庄严宣告："革命委员会是贫苦人自己的政府！"从此，穷人有了自己当家作主的政府，这是开天辟地第一回，标志着连罗山面区土地革命进入鼎盛阶段。古老的尊王宫也赢来了千古未有之殊荣。

连罗山面区革命根据地的建立，引起两县国民党政府的恐慌。国民党海军陆战队纠集两县地主民团，对山面区根据地进行多次"围剿"。同时企图从游击队内部打开缺口，瓦解游击队。透堡地主民团以2000块银圆收买游击队特务队长李德标等8人，密谋枪杀游击队政委黄孝敏和连江县委书记陈茂昌。陶铸得到消息后，即派杨而菖等赶到外澳，在确凿证据面前，6个叛徒束手就擒（两个在逃）。市、县委就在尊王宫设立军事法庭，进行审判。随后召开公审大会，宣布罪状，对罪犯执行枪决。这一史称"连江游击队事变"平叛后，纯洁了队伍，进一步巩固、壮大了山面区革命根据地的武装力量。尊王宫也因此多了个"红军军事法庭"的美名。

在福州中心市委领导下，党的活动和游击战争烈焰不断从连江山面区燎燃至罗源山区。中共连江县委书记杨而菖最早在罗源应德成立党支部。1932年秋，连江县委秘密派遣青年党员陈麻伍（陈凯斌）配合罗源应德乡党支部书记张瑞财以收购番薯米的名义深入飞竹、麻洋、凤坂、百丈等村落，组织农会开展斗争。这期间，外澳村畲族共产党员兰礼义奉命协助陈麻伍、张瑞财打开罗源工作局面。

兰礼义有勇有谋，他腰插假炸弹，孤身一人闯入麻洋民团团长家中，装作要引爆炸弹引线，吓得民团团长浑身打战，乖乖交出12支步枪"借"给游击队。随后闽中工农游击第一支队配合群众力量占领了这四个乡村，收编反动民团枪支14杆。

1933年1月3日深夜，连江工农游击队由政委李成（黄孝敏）率领，罗源飞竹、马洋、塔里农会骨干五六十人在塔里集结，在陈麻伍争取的内应配合下，发动"飞竹暴动"，取得成功，缴获枪支12支，子弹700多发，打响了罗源人民向反动武装开的第一枪，拉开了罗源工农武装斗争的序幕。此后，游击队乘胜前进，接连袭击了马洋、塔里、洋柄等18个地主民团，攻占了飞竹地区的20多个乡村，声威大振。

1934年秋，第五次反"围剿"失败。红军主力被迫转移，革命也从高潮转入低潮。国民党反动派调集重兵"围剿"连罗革命根据地，对根据地中心区域山面区外澳、孙屑后、官仓下等村落进行残酷镇压。连江县革命委员会主席林嫩嫩与妻子，在与敌战斗中双双不幸被捕，坚贞不屈，惨遭杀害。游击队员林春官，在袭击敌人的战斗中，为了掩护战友，受伤被捕，惨无人道的敌人用生锈的菜刀，一下一刀地"锯"下他的头颅，并将其挂在丹阳街头示众。那阵子，光长龙镇范围内惨遭杀害的烈士就有42位。房屋被敌烧毁37座。根据地大本营尊王宫也被摧毁得面目皆非。被抢和毁坏的物资难以计数。这情景当年国民党政府在报告书中讲得很明白："无不焚之屋，无不伐之树，无不杀之鸡犬，无遗留之壮丁，闾阁不见炊烟，田野但闻鬼哭。"

"天地英雄气，千秋尚凛然"。如火如荼的连罗山面区革命斗争，如今已过去90多年。沧海桑田，换了人间！当年的英雄豪气依然激荡在这片红色的土地上，激励着这里的人民进行新的长征。饱经沧桑的尊王宫也修葺一新，焕发青春，高高屹立外澳村头，成了革命传统教育基地。 这位历史的见证者，饱含深情地向人们讲述曾经发生在这里的烽火往事，讲述这片红土地的艰难与光荣！

浴血奋战铸丰碑

——连江长龙苏区的四次反"围剿"斗争

林风华

群山连绵，炉峰灵秀，山深林密，苍龙盘桓。长龙这片充满神奇的红土地，是闽东土地革命的重要策源地和活动中心。邓子恢、陶铸、叶飞等老一辈无产阶级革命家都曾在这里指导开展连罗等地游击斗争，四次惊心动魄的反"围剿"斗争，历经血与火的洗礼，在福州及闽东地区革命斗争史册中熠熠生辉。

第一次反"围剿"

长龙山面区，在连江与罗源、古田、宁德等县的接壤处，崇山峻岭，森林茂密，方圆约300平方公里，包括连江的洪塘、北溪、外澳、南洋、后垅、庄里、下洋及罗源县的应德、赤岭、上楼、牛坑、杜棠、八井、水尾、北祭等数十个村落。1932年，陶铸同志将其命名为"山面区游击根据地"，光荣地载入革命史册。

1932年4月20日，中共中央致信厦门、福州两中心市委，要求在闽东的连江、福安等地要尽快成立工农游击队，组织开展游击武装斗争。5月初，陶铸与杨而菖商定，开辟官坂合山村作为闽中工农游击第一支队（亦称闽东工农游击第十三支队，俗称连江游击队）成立地点。官坂合山地势险要，群峰连绵，在军事上占有优势，且毗邻罗源、宁德、古田山区，进可攻，退可守。这里交通闭塞，远离反动势力猖獗的平原地带，军事上易守难攻，是红军和游击队的隐藏和发展的有利地点。6月19日，在中共福州中心市委领导下，中共"连江特支"创建和领导的闽中工农游击第一支队在官坂合山村正式成立，首批队员20名。从此，游击队在政委杨而菖带领下，在官坂浮泉、辋川等地打土豪、杀捐棍，把粮食物资分给贫苦群众，拉开了游击斗争的序幕，得到了群众的拥护。

游击队的活动，使地主豪绅恨得咬牙切齿。他们联名向国民党县政府告状。9月初，连江县政府决定以重拳出击，消灭初生的工农游击队，由国民党海军陆战队从马尾调来高时炳带领的一个连兵力"围剿"合山革命据点。他们认为游击队人数少，缺乏武器弹药，力量薄弱，志在必得。面对荷枪实弹的军队，游击队员在杨而菖指挥下，埋伏在山坳，利用有利地形，找准机会，狠狠突袭海军陆战队。迂回应战，英勇阻击敌人，而后，队员们迅速避入深山，巧妙地转移到长龙山面区，队伍便驻扎在洪塘外澳村、孙厝后等处。

这场漂亮的伏击战取得了胜利，游击队无一伤亡，粉碎了敌人的首次"围剿"，敌人扼杀刚成立的游击队的阴谋彻底落空。游击队一面抵抗反动军队的进逼，一面设法救济受难村民。村民们情绪激昂，誓与反动派抗争，与游击队的心贴得更紧了。他们尽其所能地帮助游击队，还将宫庙旁一口古井让给游击队战士专用，敌人来袭，群众迅速将井填埋，让敌人喝不上干净的水。敌人退后，群众淘洗井底，井水依旧清冽甘甜。因此，这口井有了特殊的名字"红军井"。敌军在深山里乱闯，粮食补给跟不上，甚至找不到水源，最终只能狼狈而退。

第一次反"围剿"的胜利,极大地鼓舞了游击队员的士气,也取得了反"围剿"的重要经验,武装力量不断巩固壮大。

第二次反"围剿"

星星之火可以燎原。第一次反"围剿"的胜利,游击队创建并巩固的"山面区"革命根据地迅速扩展,杨而菖领导游击队就此开辟了以洪塘外澳自然村、丹阳文朱村等为中心的山面区革命根据地。这期间,由杨而菖主持,在北溪烧炭仑聚会,兰元进、兰礼义等8个党员歃血盟誓,"坚持斗争,永不叛党",成立党支部,兰元进为支部书记,为随后建立党支部的庄里、后垅、罗源北山等地树立了一面旗帜。杨而菖领导游击队整顿队伍,在真茹乡清除了叛徒老丁。连江的洪塘、外澳、南洋、后垅、下洋、官仓下、庄里及罗源的应德、赤岭、上楼、八井等数十个红色基点村,相继成为闽东苏区的中心。

连罗山面区游击根据地的开辟,引起国民党连罗两县政府的更大恐慌。1932年12月,海军陆战队又纠集连罗两县地主民团,向长龙山面区根据地进行第二次"围剿"。

在地主民团配合下,国民党海军陆战队兵分6路,从洋门岭、柳坑岭、透堡岭、朱公岭和罗源县大获乡等地分进合击,企图将游击队"一鼓荡平"。此时,游击队已发展至三十多人,分作长枪队、短枪队。他们运用毛泽东的游击"十六字诀",化整为零,化零为整,机动灵活地跳出包围圈。敌人进村烧杀抢掠,外澳村、孙厝后村被洗劫一空。连江县革命委员会主席林嫩嫩厝(杨而菖在外澳村住处)遭破坏。孙厝后村兰礼义、兰礼送等几座房屋被烧毁。村民们颠沛流离,有家难归。

敌军重兵围剿,敌我力量悬殊。李成、陈茂昌等游击队领导人,在洪塘村一面指挥游击队战斗，一面组织群众疏散，保存革命力量。12月10日，游击队挺进东岱，里应外合，打下东岱镇。而后佯攻丹阳，迫使敌人撤兵回援丹阳。游击队取得第二次反"围剿"胜利。

经过第二次反围剿斗争，山面区的游击武装斗争日趋活跃。游击队整顿队伍，提高了战斗力，也扩大了游击队的群众基础。在战斗与生活中，游击队与畲族村民建立了深厚的友谊。队员们就住在村民家中，林金贵妻等妇女经常为游击队救护伤员，洗补衣服。有敌人派兵"围剿"，群众立即前来通风报信。陶铸、叶飞曾亲临洪塘外澳、新厝后等地指导革命工作。一次，叶飞在洪塘外澳、新厝后等地活动，遭到敌人的追捕，为了保护叶飞的安全，游击队员林祥林、兰礼在、兰礼义等人，把叶飞掩护在九湾座猪姆潭深山中，照料他的生活，直至叶飞安全离开。

陶铸1933年5月1日在给党中央的报告说："在农村中没有哪个农民不晓得福安、连江、莆田游击队是打土豪、抗捐抗税、分谷子、烧契据、分田的，而游击队的英勇行动（连江与敌海军作战等），更给闽东北的反动统治以有力的摇撼。"

第三次反"围剿"

1933年春季，连罗两县春旱严重，田地龟裂，贫苦农民饥寒交迫，陷入水深火热之中。在中共福州中心市委与连江县委领导下，长龙以游击队为后盾，组织开展春荒分粮废债抗捐斗争。这为实现工农武装割据，创建红色政权奠定了基础。

春荒斗争，强烈震撼了地主阶级统治，引起国民党反动派和地主豪绅对农民土地革命运动极端仇恨。1933年5月，国民党福建当局向长龙苏区发起第三次"围剿"。驻守长门的海军陆战队调动一个团三个营的兵力，以及连罗两县保安队、地主民团、大刀会共二千多人从洋门岭、柳坑岭、飞竹岭、透堡岭四路包围山面区，洋门岭敌军由连江县县长康瀚督阵，飞竹岭由罗源县县长李长庚督战。此次重兵出击，妄图在一个月内荡平山面苏区。

大兵压境，危难当头。杨而菖领导游击队从容应对，跳到外线作战。他们巧妙利用熟悉的地理优势，隐蔽于高山峻岭之间，以奇袭、破袭及外围内线联合作战等战术，打破敌人的重重"围剿"。在政委杨而菖、支队长任铁锋的率领下，游击队挺进罗源飞竹、麻洋、洋中、岭头等畲汉聚居村落，奇袭地主民团。他们利用险峻山道，迂回作战，打死飞竹民团团长林金位。一连解放了罗源境内18个乡村，连罗游击队根据地连成一片。

游击队转战在连罗山区，发动群众开展春荒分粮反霸斗争，同时发展党团组织，组建农会，工农武装力量不断壮大，游击支队在转战中扩大到160多人。他们冲破敌人的道道包围圈，使连罗两地反动派的"围剿"计划彻底泡汤。地主豪绅纷纷逃进城内，而驻在县城及集镇的敌军也胆战心惊。

在战斗中，群众是一支强大的革命力量。他们收集粮食、铺板、碗筷、水桶、禾草等物资供应，保障了游击队的物资供应。虽不断有国民党匪军搜捕，但当地老百姓协助游击队站岗、放哨、看押俘虏，明里暗里支持革命斗争，红军游击队每次都能及时得到情报。敌人数次来袭，他们深夜燃放鞭炮，敲锣打鼓，弄得敌人疲惫不堪。游击队与群众并肩战斗，敌人数次残酷"围剿"，根据地岿然不动。游击队与人民群众共同战斗，彻底粉碎了敌人的第三次"围剿"，巩固了山面区根据地。

1933年10月，闽东工农游击第十三支队和第九支队在透堡整编为闽东工农游击第十三总队，梁仁钦任特务队队长，协助杨而菖工作。1934年1月，连江县苏维埃政府在透堡成立，并颁布苏维埃政府组织法。土地革命和苏维埃运动革命浪潮席卷了长龙山面区。

第四次反"围剿"

长龙苏区红色政权的建立，让国民党反动派极端恐慌与仇恨。1934年10月，中央红军长征后，为了镇压闽东土地革命，国民党加强对连罗苏区的"围剿"。

1934年金秋，丰收在即。然而，原本逃往福州、连江县城的地主返乡团，为国民党兵引路，气势汹汹地卷土重来，与贫苦群众抢夺丰收果实。国民党当局企图扑灭闽东革命的烈火，数万重兵如狼似虎扑向连罗苏区广大地区。采取重兵围剿，移户并村、编设保甲、立订门牌、连坐等手段，妄图切断人民群众与红军游击队的联系。红军游击队和根据地人民誓死保卫苏区，开展了艰苦卓绝的第四次反"围剿"斗争。

1934年11月中旬，闽东红军连江独立营在长龙官仓下伏击国民党"清剿"部队，活捉透堡民团团长并在官坂枪决。国民党派重兵报复，官仓下被洗劫一空。长龙山面区根据地陷入了敌人重重"围剿"。山面区洪塘外澳是敌人"清剿"的重点。在敌强我弱的形势下，县委和闽东红军西南团积极开展游击战，破坏交通，牵制敌人。组织群众连夜抢割抢收稻谷，将粮食掌握在手中，贮藏于山洞、穴谷中。在国民党围追堵截与血腥镇压的艰难岁月里，长龙贫苦人民，尤其是畲族人民，成为一支坚强保护红军的革命力量。

在反"围剿"斗争中，苏维埃政府受到严重摧残，许多革命志士惨遭抓捕杀害。反动势力对苏区人民进行残酷的屠杀，大肆围捕枪杀红军战士、地下党员和农会骨干，残害无辜百姓。以杀光、烧光、抢光的法西斯"三光"政策进行烧杀抢掠。

1935年3月，形势更加严峻，连罗苏区最后一块根据地失陷。但是，在这片神圣的红土地上，战斗从未停息。白色恐怖没有吓倒连罗人民。他们在革命低潮时转入地下，保存着不屈的革命火种。按照叶飞的指示，闽东红军独立师二纵队长陈挺、三支队队长王明星始终活跃在连罗边区。1937年6月，王明星率队从洪塘外澳奔袭透堡，击毙作恶多端的恶霸地主杨青并枪决国民党区长黄福成等5人；陈挺率领的红军部队300多人神出鬼没地打击敌人。他们带领群众随即高举革命火把，投入斗争洪流。1948年外澳村又秘密成立了城工部地下党支部和游击队，终于在1949年8月16日配合人民解放军解放连江全境（除沿海岛屿外）。

红土地的光辉，映照出烽火岁月勇于战斗、百折不挠的苏区精神魂魄。长龙山面区历经艰辛，同仇敌忾，打破敌人的四次"围剿"斗争，给予国民党反动派沉重打击。新中国成立后，长龙7个村均被评为革命老区基点村，政府追认林嫩嫩（土地革命时期连江县革命委员会主席）、梁仁钦（连江县团县委第一任书记、下洋抗日游击队第一任队长）、林茂淦、林春官、林寿銮等革命烈士44人，革命五老人员281人。如今，炉峰山顶建立了连罗山面区游击根据地红色丰碑纪念园，占地面积约500平方米。三面枪搭起丰碑，托起红色火炬，红色飘带环绕丰碑，象征山面区人民浴血奋战铸就的苏区精神，在新时代岁月长河中焕发其独特的魅力。

寻找岭头顶古厝的红色密码

陈 芬

无"山路十八弯""云深不知处"的迢迢，也未见古村古厝连绵的时隐时现，车抵连江长龙洪峰村岭头顶时，颇有些意外，一栋古厝孤零零遗世独立在眼前。

陪同者说，这栋古厝始建于清代乾隆年间，距今有近300年的历史。古厝编为岭头顶1号，实际上是岭头顶的全部，别无二居。因为山高、路窄、地偏，"孤家寡人"一栋楼，古厝显得幽谧，令造访的我在讶异之余，不免生出"闲居少邻并，草径入荒园"的感慨。

陪同者就是这栋古厝走出去的后人林勉斌、林忠等人，而他们急切地想告诉我的不仅仅是祖宅林厝的古建历史，更多的是隐藏在历史尘烟中的红色故事。

我终于不感意外，这个岭头顶果然与众不同。能被记住的山顶，不仅有可极目四望的景致，更有那贯通古今的历史。

岭头顶位于长龙镇洪峰村炉峰山麓，据说，史上这里有过"商贸云集"的喧腾，有过"日出而作日落而息"的熙攘，只是，现在我们登临时，它已寂寞多年。当年此地因地处连江罗源边界要道，曾云集两县的客商。客商们攀山越岭，通洪塘，去罗源，往来不断，贩运山货、药材或油盐。十里八乡的佃农挑谷上这交租，于是，这里不仅有互通有无的集市，还有众多乡村商铺客栈。可是此时，没有繁盛与喧嚣的见证，除了四野清寂，山风扑面，似乎感受不到当年茶马古道上无数脚步的回响……

20世纪30年代，那时洪峰村还叫洪塘乡，这个岭头顶，是土地革命时期连江游击队的一个据点，它如同乡村的革命烽火台，洪塘等村落就围聚其脚下，发生在这里的革命故事以岭头顶的这座古厝为发射塔，向四周播撒，传扬至今。

走进古厝，寻觅时光雕琢的印记，我细细打量这座厝身结实的古建筑。全屋占地面积约2000平方米，八扇三进，一亭三厅二天井，显得质朴大气。环廊尤其特色，穿行期间可以不被日晒雨淋；环廊之外还有一圈层的沟渠，应该是排水或者消防用的，但更似护城河，那个年代，这已是有效的防护。只是可惜的是，而今或许是长年锁于山顶的缘故，多少岁月逝去，已难见人间烟火。

然而眼前的古厝终究是安详、平和的，听说当年祖业厚实、人心笃实的林氏，以地缘和人缘都相亲的一座祖宅，权衡得失、舍利取义，以开明绅士的威望，赢得古厝高朋满座谷满仓，接应四方宾客。革命烽火年代演绎成乡间"哨眼"，隐蔽斗争中有许多故事秘而不宣。

这里曾是土地革命战争时期红军游击队领导人重要的活动场所——

20世纪30年代，在连江、罗源巡视指导、领导闽东红军游击斗争时期，中共福州中心市委书记邓子恢、陶铸，福州团市委书记叶飞，连江县委书记、游击队政委杨而菖等革命先辈，多次深入洪塘，组织发动群众，建立革命根据地。他们带领游击队，时常出没岭头顶。受到心向光明、有胆有识的厝主接待。在四面环山的洪塘，岭头顶位之高位，林氏大厝后山连绵，森林密布，山路可直达罗源等地。厝后山坡还是红军游击队隐蔽炮台，可观山下村里动静随时出击，当年挖有战壕，遗址后来成坑坑洼洼的沟壑，20世纪70年代村民问起还有老人知道其为红军和村民所挖；厝内也有暗仓聚合，每一巷弄，门门相对，间间相联，步步相通。全厝有100多个房间，走道、回廊，穿行其间，如入迷宫。红军风里来雨里去，古厝掩护隐蔽革命先驱来此指导开展游击革命斗争，"半夜三更起来给他们开门是经常的事"，上一代的古厝人记忆犹新。因此，虽然不断有国民党反动军警来搜捕抓人，但有当地老百姓的掩护，有古厝主人明里暗里的支持，陶铸、叶飞、杨而菖率领的红军游击队每次都能及时得到情报，利用古厝的曲径通幽、山顶的弯弯坑道，组成绝佳的地下游击通道，化险为夷，灵活转战。

古厝不仅提供方便，还以资产相助，游击队当年在秘密活动期间财政困难，林氏后人相传"当年红军向岭头顶林保猷及二哥借了1000银圆，还不上的情况下，后来红军直接帮他家修了坟墓"。波澜壮阔的革命历史、军民鱼水情在此化作族人的轻描淡写。

这里留下一段家国情怀超越国共敌对的佳话——

想当年，国民党貌似强大的军队陷入草木皆兵的群众性游击战争之中而不能自拔，仰天长叹："要消灭共产党游击队，除非杀尽老百姓，烧尽山林。"

果不其然，有一次，驻守连江的国民党海军陆战队，得知又有红军伤病员被安排住在岭头顶，立即赶去"围剿"。在扑了空之后，恼羞成怒，他们准备放火烧掉这座古厝。正待举把火焚之际，时任国民党海军陆战队某营长的林勉森（字继载，又叫林戟，后成"潜伏者"，在台湾被捕就义）赶到，他突然发现大厝门前对联"万里云程路，九州牧伯家"中的"云程"二字，触动尊祖敬宗的他：莫非此地就是自家祖上福州瓦埕云程林氏迁到连江的这支族亲？问过厝中主人之后，果真如此，他马上责令士兵把点燃的火把扔进古厝前面的水池里。当然，于今日的我们，都懂得这栋古厝毕竟是族人用来抗暴避匪的，烧古厝乃不得人心之举，更何况还是族亲何忍下手？但是，于当年的林勉森，国共鏖战正酣，他的家国情怀能够超越眼前的敌对相杀，也就不难理解此后他入台成就红色间谍的侠心义胆。

古厝因了他得以幸存了下来。听说也就是在那之后，村中每座林氏宅院门前的对联，虽年年不同，但"云程"二字一定少不了，这个习俗一直延续至今。果然，当我来到村里的林氏宗祠时，抬望眼，但见大门石刻"万里云程路，九州牧伯家"对联赫然在目，着实印证了泽被后世的家风。虽说同宗同族，但政见不一的情况下，他们既讲敌对的阶级斗争，也讲家国同宗的亲缘瓜葛。

这古厝以这种方式勾连起过去、现在和未来：住着地主豪绅，出没有红军将帅，也得国民党军官庇护，连起了中国的近现代史，"云程"，架起国共你中有我我中有你的联系。功绩铭青史，高风励后人。

这里还见证了"连江游击队事变"的平叛公审大会——

1933年2月，大雨滂沱中，洪塘一场声势浩大的审判大会召开。连江县委党史研究室原主任吴用耕引用当年福州中心市委机关报《工农报》的报道："游击队将捕获的五个反革命分子举行公开审判。……革命军事法庭是布置在黄塘（应为洪塘）。……农民冒雨来看审的几近百人。……宣词是'组织反革命组织勾结透堡民团，企图消灭游击队，为首三人（应为四人）李德标、郑太佺、杨与密、任向贤（这两人在逃）执行枪毙，其余逐出游击队'"。事情的缘由是叶飞和任铁峰等闽东游击队领导人后来在《红色印记——连江县重要革命回忆录汇编》（2019年中央党史出版社出版）中回忆的那样：1933年1月，连、罗游击队以李德标为首的八九个人被透堡民团所收买，在长龙山面区驻地和任向贤、郑太佺等人结伙叛乱，他们在队伍中造谣中伤游击队政委黄孝敏、县委代理书记陈茂昌（剃头妹）贪污公款，并以此为借口将他们驱逐出队。然后李德标自封为游击队队长、任向贤为政委，图谋率队投敌。福州市委书记陶铸获悉后，委派杨而菖、任铁峰等赶赴洪塘，果断迅速平叛。于是，就有了洪塘岭头顶的这场公审大会。大会审判处决了李德标、郑太佺。岭头顶古厝后人从上一辈那里听说当年叛徒被五花大绑从后厅拉出去枪毙时，一路狂叫不止。

"接着盛大的授旗典礼在紧张的空气中举行，市委代表、县委代表的训词，农会代表及来宾的演说，队员的答词，红旗的飞舞，声震山岳的口号，令人兴奋。大会散了举行宴会，大碗的酒，大块的肉，农会代表、农会会员与队员们吃得话都说不出来，脸上泛着红霞，嘴角露着微笑，连江工农的命运是在这里决定了。"当年这个平叛庆功宴会席设岭头顶大厝内，被报道得有声有色。

据任铁峰回忆：游击队平叛事件后，杨而菖、任铁峰等做了大量后续工作，进行队伍整顿，成立了中国工农红军连罗游击支队，任铁峰任支队长、杨而菖为政委、县委书记陈茂昌。县委在洪塘岭头顶马上召开扩大会议，参会者中就有次年任连江县苏维埃政府主席的林孝吉。任铁峰还回忆，1934年"连江县苏维埃政府"成立后，当时山面区苏维埃政府就设在洪塘岭头顶一个地主家里……

蛛丝马迹，都在诉说着岭头顶古厝与红军游击队千丝万缕的关系。

有所为，有所不为，是当年古厝主人在历史大局中的选择，其背后，藏着林氏家族的智慧。三段往事的红色演绎，造就了古厝的一世传奇。

以致今日，林氏后人带我参观，热切地讲述先人故事，将长辈口口相传的点滴红色记忆和盘托出时，让我有穿越近百年时光，去捕捉当年的金戈铁马，走进腥风血雨的连江革命历史的感觉。我分明感到，这与其说是采风，不如说是联合调研，我感受到他们对历史钩沉的一份热望：邀请史志部门、属地领导和乡贤文士走进这个传统村落，挖掘红色资源，共话保护利用事宜。

缓步迈出古厝大门，平埕之下早已不见当年的池塘，铺陈在眼前的平旷地带早已垒土成台、杂草丛生，远处竹林环抱，怎一个孤寂了得？面对我的疑问，当地知名作家阮道明（连江作协原主席，也是陪同者中的嫡亲，古厝的外孙女婿）给我答疑解惑：改革开放后，古厝里的人陆陆续续搬离这里，先是下到山下，再到镇上，发展得好的直接进县城买房安居，走得远的事业做到省城福州，如今的古厝成了祖屋的纪念，无人居住疏于管理已多年。后人们不忍其颓危，2016年集资修缮时，有钱出钱有力出力，历时近两年，才有了现状。

我终于理解，草木以其柔韧染绿山河，后人以其执着重塑家园。他们守护的不仅仅是家族的遗产、荒芜的家园，更是先辈的英雄事迹和光辉历史。古厝虽独领山顶的寂寞，但也因了有后人的惦记，更有其中参与革命的历史故事，才得以让人探访至今。

红色历史将是古厝不再寂寞中孑然独立的守护密码！岁月兴替，能生生不息的是跨越时代和地域的历史文化。要使得岭头顶有奔头，必须使古厝有看头。据说洪峰村里这样的古厝还有8栋，生长于该村的烈士林茂淦，当年的山面区苏维埃政府主席、闽东独立师红三团参谋长……盘活闲置的古厝和英烈故居串联打造成红色景区，必定增强历史磁场，使其在清幽之中能听到历史的回音，感受到岁月的厚重。

守好古厝，护好家园，希望不远的将来，路轨通衢，沉寂的古厝得到内外兼修，不再荒芜不治，以用促保……更多的人走进这里，寄托寻根问祖、饮水思源的乡土情怀，到时岭头顶古厝就不仅仅只是连江云程林氏宗亲的地理祖宅，更将成为长龙红色历史的精神高地。

红旗猎猎九使庙

——记下洋抗日游击队

叶仲健

位于连江县西北部、距县城30华里的下洋村,是土地革命时期连罗苏区的革命基点村,1931年11月建立的下洋党支部,是全县9个地下党支部之一。1932年,杨而菖在此点燃了工农武装斗争的烈火,不久成立了村苏维埃政府。

始建于明洪武年间(1368)的下洋村九使庙,坐落于风景秀美的炉峰山麓,东控天险乌岩头,西扼锁钥马笼口,屹立于才溪东畔,面朝曹洋山,连江县城前往长龙、透堡、马鼻及至罗源"过北"的古道曾从庙前通过。九使庙,全称"玉封九使庙",俗称"九使庙",宫内供奉"蟒天洞主"之子九使、十使、十一使3尊神像,历经多次重修,是连江县第一支抗日游击队——"下洋抗日游击队"的成立地遗址。

1937年抗日战争全面爆发后,抗日救亡运动深入千家万户,连江人民的革命斗争日趋活跃。1938年10月,在新四军驻福州办事处的领导下,中共连江特支利用国民党福建省农村合作委员会开办合作干部训练班的机会,培训游击武装骨干20余人。11月,刚刚恢复的下洋党支部选送陈玉美、陈春俤参加训练学习。经过训练，二人回乡积极宣传抗日救国理念，教导群众唱抗日歌曲，如《抗日游击歌》《骂汉奸歌》《母子盘答》《保卫福建》等，鼓舞群众的爱国热情。

1941年4月18日，20多架日机轮番轰炸福州、连江、长乐等地。19日，日本侵略军1000多人在海、空军掩护下从连江筱埕强行登陆，沿东坪、蛎坞扑向红厦、官坂、透堡、长龙（下洋）、洋门，攻占北岭，于21日占领福州。当日，连江县城沦陷，国民党驻军75师闻风逃遁。日寇兽性大发，一路杀人放火，奸淫掳掠，同胞在日寇铁蹄的蹂躏下痛苦呻吟。

日军侵略下洋期间，实施惨无人道的"三光"政策，放火烧毁塘口里村民房6座，枪杀村民陈大妹，刺死村民苏木清，并强令摊派粮食、牲畜等运到浦口日军驻地。1941年4月19日上午，在中共连江临时县委领导下，下洋党支部挺身而出，组织群众在九使庙前正式成立连江下洋抗日游击队，队长梁仁钦，副队长陈金春，指导员邱惠，副指导员陈玉光，教练官兰恩恩，号兵陈依细。游击队员引吭高歌《保卫福建》：福建是我们的家乡，1300万的战士，守住这12万平方公里的地方，敌人来吧，誓把铁血安定我闽疆！看那蜿蜒的江水，崎岖的山脉，只等着吮吸敌人的血肉，可别想在这里有半点儿猖狂。来吧！我们1300万的战士，不怕死，不怕伤，守住这12万平方公里的地方，保卫福建，保卫我们的家乡！

为了加强武装力量，梁仁钦率领游击队说服下洋乡长陈乃敏与游击队合作，将4支步枪交给游击队，又先后从数股伪军散兵那缴获机枪一挺、步枪26支、子弹380发、手榴弹24枚。1941年5月中旬，梁仁钦带领游击队从驻扎在山岗的国民党军75师散兵中缴获机枪一挺，在洋门、祠台后山试射。听到枪声，国民党以为日军进犯，军心大乱，路过这里的国民党连江县县长陈拱北也吓得弃轿钻进树丛躲避。随着下洋抗日游击队伍的不断壮大，国民党顽固派露出仇共的狰狞面目，塔头金银俤带宪兵队到下洋下挡追捕梁仁钦，扑空，将梁母孙秀英枪杀于家中。为达目的，5月下旬的一天，国民党连江县县长陈拱北假借商谈之名扣留了梁仁钦，并将其杀害于罗源县玉坂后路村，下洋抗日游击队失去了领头雁。

受张心仕、郑厚康、谢旭、宋遵茂等同志指示，陈位郁、邱惠等重整游击队伍继续抗日。为了反击国民党顽固派背信弃义的行径，队长陈位郁、指导员邱惠等带领游击队，联合丹阳山兜村陈江（即陈炎炎）等同志，率领队员陈兴水（山兜村人）等10多人，于坑园集中，由陈江领路，前往丹阳花园村攻占国民党运输站仓库，动员群众冲进仓库搬运布匹等物资。游击队将战利品清点登记后，转运到东岱、城关等地拍卖，随后与山下村刘友主接洽，买来步枪36支，由陈世华、陈玉美运回，充实武装力量。

连江县城沦陷之际，国民党75师不战自溃，将枪支扔进上山村池塘，游击队通过内线关系，雇人连夜下池塘打捞，又得到20多支步枪。由于游击队纪律严明，深得群众拥护，附近的塔头、浦口、官岭、白鹤等乡民也纷纷前来参加游击队。随着游击队的不断壮大，组织也日益健全，中队下设三个分（小）队，第一分队队长陈能英，队副梁夏油，30多人枪；第二分队队长王多南，队副陈玉美，30多人枪；第三分队队长李福钦，队副陈金爱，20多人枪；还有一个特务排，清一色驳壳枪装备。

1941年6月初，一股海匪从南竿塘上岸欲投靠浦口塔头汉奸队，游击队在长龙鹿池兰峰岭将其拦截，俘虏6人，缴获机枪一挺、步枪5支。7月19日夜，游击队又攻打驻扎在黄土坪、观音亭两处的伪军（塔头与琅岐汉奸队），王多南分队先攻占乌岩山制高点和伪军炮楼，陈能英分队包抄观音亭，李福钦分队与特务排一道，由堂岭下直取黄土坪。守敌见乌岩山、观音亭大势已去，连夜逃回浦口。这一仗，毙敌5人，缴枪17支，子弹300多发。

游击队的行动使日寇汉奸受到打击，1941年7月下旬，日军驻连江最高指挥官原田亲自带领日军出来"扫荡"。下洋游击队经过周密侦察，摸清了敌人的行动路线。7月的一天夜里，与东湖游击队协同作战，在山岗村半山腰伏击敌军。当夜月光如水，一阵马蹄声由远及近，只见原田骑着高头大马走在最前头，200多名日伪军紧随其后，游击队对准原田，一枪将其打下马。日伪军见长官阵亡，阵脚大乱，慌忙向丹阳镇撤退。原田被击毙后，日伪对下洋游击队恨之入骨，出动飞机数架，连续3天对下洋乡狂轰滥炸，炸毁民房8座43间，炸死炸伤农民数人。

1941年8月3日（农历六月十一日），汉奸庄金银俤（塔头人）派人扮成乞丐潜入游击队驻地（塘口村）密探军情，被游击队哨兵盘查破获。此人心慌逃跑，游击队员李福钦、陈森官等一路追捕，将其打死于乌岩山千人饮路下。事后，庄金银俤再次派数人侵入大帽山一带察看地形，又被游击队流动哨发现，游击队班长王多南紧追不舍，打死敌人一名，缴获步枪一支、子弹25发。数日后，又有塔头伪军带日寇大军数百人侵扰下洋乡，上用飞机掩护，下用大炮猛攻，游击队员林炳元弟不幸牺牲。游击队暂时撤退，敌军来势汹汹，烧毁民房12座82间29户。接着，日军百余人继续扫荡，烧毁李柱店颜依俤、林依咪、颜乞丐等3户民房，烧毁塘口里黄增春、黄灼官、黄增俤、黄朝官、苏木清、杨俤妹、杨依瑞等6-7户民房，烧死黄灼官，杀死陈大妹、苏木清等村民，烧毁下垱村梁夏椿、梁夏梅、梁夏柱、梁夏梓等一座六扇五间的4户民房，以及下垱对面尾厝柯朝顺、柯光灿、柯依顺、柯文新、苏丫头等5户民房，并强令摊派粮食、牲畜等运到浦口日军驻地。

1941年8月底，汉奸庄金银俤再次带领日军侵扰下洋乡。事先得到浦口秘密交通站陈高香的情报，下洋党支部召开会议，对战斗作了周密部署，派人联系驻扎在附近的国民党75师107团协同作战，充分利用乌岩山险要地形，巧设伏兵，截击敌人。中午，日军前锋部队抵达乌岩山"千人饮"，进入游击队的火力圈，陈位郁一声令下，皇帝帽、月爿山封锁路口，两边游击队的机关枪、步枪合力夹击，使日寇晕头转向，一名骑马的日军指挥官和4名日本士兵被当场击毙。敌军不甘心失败，拼命用大炮轰击游击队阵地，游击队员撤到山后休息，待敌人炮声一停，如猛虎般朝山下冲去。敌人溃不成军，只好用战马驮着尸首撤回浦口。

1941年9月3日，游击队乘胜袭击驻浦口陈氏宗祠的琅岐队伪军，40多名伪军吓得纷纷逃窜，退出连江，县城第一次光复。外患甫退，国民党连江县政府便要求将下洋抗日游击队编为保安队，陈位郁得悉紧急召开党支部会议研究，决定疏散队员，武器封存，转入秘密活动，只派遣王多南、李福钦等10多人加入保安队。

1943年，连江再度沦陷。受党组织领导宋遵茂同志指示，陈位郁命陈金春同志带领游击队，发动本乡老同志及进步青年60多人参加下洋武装队伍。同年9月，游击队员李福钦、陈能英、王多南等配合浦口乡郑传福、郑细细仔等，于浦口田头活捉日寇一人，就地处决，割回首级，缴获六五步枪一支、手榴弹4枚、子弹38发。

1944年农历八月，省委要求重新组织武装队伍的指示，由福长平中心县委联络员张心仕传达至下洋党支部，利用先前埋藏的步枪11支、短枪2支，下洋党支部重新组建下洋抗日游击队。10月初，特务排长林依旺受命率领战士梁桐桐、陈森官二人到县城扰乱敌人，遇正从江南面方向过来的日寇一人，此人身背步枪、手拿牙罐，到了香山药店门前，被林依旺一枪毙命。

为了打通大陆交通线，在控制了闽江口的壶江、川石等岛屿后，日军第62独立混成旅团指挥官长岭点一，率领2000多名侵略军，从连江沿海登陆，连江县城再度沦陷。1944年9月20日和10月15日，中共福建省委发出指示，要求各地党组织必须抓住有利时机，积极开展游击战争。下洋、琯头定安、浦口中麻、蛤沙游击队与陆军第80师联合攻打琯头闽江口，歼灭日军10人，击沉运输军火物资的日军汽艇一艘，缴获无线电台一批。

　　打击日寇汉奸的同时，下洋党支部遵照中共福建省委指示，积极争取同盟军，团结一切可以团结的力量。1944年10月初，派遣游击队打入南竿塘海匪内部，在伪军士兵中开展策反工作。10月中旬，海匪张逸舟部排长祝中文受抗日民族统一战线政策感召，率领17名士兵投诚，携带迫击炮一座、重机枪2挺、步枪12支、子弹两箱又300发、手榴弹28枚加入下洋游击队。祝中文的起义给游击队增添了生力军，使游击队第一次有了迫击炮这样的重武器，如虎添翼。农历十二月廿日，日伪军第三次"扫荡"下洋乡，采取偷袭战术，利用山间云雾作掩护，悄悄往山上爬，当先头部队来到村口时，被游击队哨兵发现，双方展开激烈的白刃战。日军为支援先头部队，将大炮架在将军顶向下洋扫射，由于敌人火力过猛，游击队只得保护部分群众避入深山。下洋村又一次被敌人血洗，游击队员林英惠中弹牺牲，交通员陈高香与日寇肉搏，因寡不敌众，被捆绑押解浦口严刑拷打，剖腹挖心，惨遭杀害。

　　1945年1月，为配合新四军在华北、华中地区的反攻，下洋抗日游击队打响了浦口攻坚战。浦口驻有一队日军，队部设在大地主滕秋云厝中。游击队三个分队作了具体分工：王多南分队负责攻取炮楼，陈能英分队负责掩护，李福钦分队负责在才溪村阻击县城敌人的援兵。当晚，王多南带领的分队按计划向炮楼发起正面进攻，炮楼里的日军也用重机枪反击，炮声、机关枪声响彻浦口镇。这一仗，虽未能攻下炮楼，但刹住了日军嚣张的气焰，从此，他们终日龟缩在炮楼内，不敢出浦口镇半步。不久，日军狼狈撤离，连江县城光复。1945年8月，下洋游击健儿和全国人民一道迎来了抗日战争的全面胜利。

下洋抗日游击队自1941年4月19日成立起，与日军作战20余次，毙伤日伪军100多人，俘虏10多人，缴获重机枪两挺、步枪40多支，还有子弹、手榴弹一大批，在福建人民抗日斗争史上留下了浓墨重彩的一页。

解放战争时期，下洋抗日游击队骨干力量加入新成立的闽海人民游击队，坚持游击斗争。1949年7月与中国人民解放军先头部队接上联系后，奉命转入支前工作。1949年8月配合人民解放军解放连江。

中国人民迎来了新中国的诞生，梁仁钦等16名英烈被追认为革命烈士，115名曾参加过各阶段革命活动的下洋村民被确认为"五老"人员，下洋村被列为革命老区基点村。作为下洋抗日游击队成立地遗址的"九使庙"，2001年春集资重建，增建亭、台、楼、阁与门楼，总建筑面积2300平方米，2018年被列为连江县党史党性教育基地，2022年被列为连江县党员教育培训现场教学点，成为全县闻名的爱国主义教育的重要红色文化基地。

王化庄：一场漂亮的伏击战

吴用耕

位于长龙镇党委、政府所在地的建庄村囊括宫坂、官仓下、上澳、后湾里、王化庄、大樟等自然村，坐落在炉山南麓，可谓风水宝地。据建庄阮氏族谱记载，元泰定三年（1326），阮氏先祖居于此，取名"宝庄"。可是在旧社会，宝庄并没有给这里的畲汉村民带来幸福和富足。那些流传于20世纪二三十年代的民谣："镰刀挂上壁，农夫没得吃""番薯糠菜半年粮""火笼篾片当棉袄"，便是当地畲汉贫苦农民生活的真实写照。可是国民党官吏、海军陆战队、地主豪绅、捐丁税棍却对农民横征暴敛、巧取豪夺，压得农民喘不过气来，"官家捐税多又多啊，重租高利直哆嗦，官逼民反哦，上山下海搭草窝。"

20世纪30年代，中共福州中心市委、连江县委点燃了土地革命斗争的烽火，建立了工农游击队，开辟长龙山面区游击根据地。宫坂、官仓下、王化庄等村庄成为游击根据地的核心区域，秘密组建了党团组织、农会、贫农团、妇联会、儿童团、赤卫队等，在抗击国民党海军陆战队、地主民团多次"围剿"中协助游击队作战，在保卫和巩固苏区红色政权中发挥重要作用。党和苏维埃政府提倡并身体力行男女平等、民族平等，反对民族歧视，动员和组织贫苦的畲汉两族人民投入轰轰烈烈的土地革命斗争。

1934年1月2日，工农游击队攻克国民党盘踞的重镇——马鼻，歼灭守军和地主民团300余众，此仗震动了福州和闽东地区，第二天福州出版的报纸无不惊呼"连江事变"，豪绅地主吓得卷着细软逃往省城躲避，官仓下、王化庄农民和全山面区一样受到革命高潮的鼓舞而欢呼雀跃，自动地挂红旗，成立乡、村苏维埃政府，"收拾金瓯一片，分田分地真忙"，穷苦农民分到了自己梦寐以求的田地、山林，庆贺翻身解放。国民党、豪绅地主不甘心失败，1934年1月，"闽变"失败后，蒋介石调动8个师的兵力会同地主还乡团猖狂进攻连罗苏区，敌人像蝗虫一样扑来，"黑云压城城欲摧"，主力红军转移外线作战，山面苏区陷落，官仓下、王化庄白色恐怖笼罩，党和苏维埃干部、红军伤病员被残忍杀害，敌人放火焚烧红军邱惠、谢成凤等16座房屋，抢去耕牛、农具、粮食、棉被等财物，家园化为灰烬，寺院也难逃一劫，村民流离失所，只得避入深山老林，敌人退走后，只好筑土墙、搭草楼过苦日子。1934年2月，长龙乡苏维埃政府主席林敬昌（宫坂自然村人），在长龙开展对敌斗争宣传时被敌发现，被捕杀害。新中国成立后，人民政府在财政紧缺的情况下，拨出专款扶持老区重建，一批新房子沿山麓盖起来，形成崭新的建设排，命名为"建设厝"。其间将官仓下更名为建村，和王化庄联为一体，合称"建庄村"。

1949年8月上旬，连江县临近新中国成立前夕，王化庄爆发了一场激烈战斗，闽海游击队和中国人民解放军第三野战军31军前锋部队联合在山涧旁设伏，一举消灭南逃的国民党"军官团"72人，在游击队战史上留下了浓墨重彩的一笔，也记载着王化庄、官仓下村民全力支援游击队打胜仗的军民鱼水深情。

这场漂亮的伏击战与淮海战役息息相关。淮海战役于1948年11月6日发起，胜利结束于1949年1月10日，它是解放战争战略决战三大战役中起承前启后作用的第二个大战役，也是三大战役中在战场兵力对比上敌占相对优势的情况下，进行的一次战役。在战役中，人民解放军经过66天艰苦卓绝的战斗，歼灭国民党军队55.5万人，其中包括国民党军队"五大主力"中第五军和第十八军。这一胜利，使长江以北的华东、中原地区基本上获得解放，使国民党反动统治的中心地带南京、上海直接暴露在人民解放军的铁拳面前，为解放军渡江作战创造了极为有利的条件。

流窜至长龙山区王化庄一带的国民党军队原系驻守徐州一线的李延年兵团残部。淮海战役中，由华东野战军代司令员粟裕指挥一举消灭李部7万余众。巧的是，粟裕于1934年8月在中央红军北上抗日先遣队（红七军团）任参谋长，曾亲临长龙山面区官仓下、王化庄指点江山，在闽东连罗红十三独立团配合下指挥红军于1934年8月14日一举攻克罗源城，国民党军李延年部一路围追堵截红军北上抗日先遣队。14年后，风水轮流转，李部被粟裕华东野战军打得屁滚尿流。这支残余的国民党军队急急如漏网之鱼，忙忙如丧家之犬，一路沿着浙江、江西、福建，从古田南下进入长龙山头面，其主要成员系被人民解放军打散的营以上军官60多人组成，以师长徐胖子、副师长姓谷的率队，有2个警卫班10多人，还有20多个随军南逃的官太太眷属。这伙残兵败将手中的武器精良，大都为美式装备，还带有一部电台，与败逃台湾的汤恩伯部联络，欲沿着连江沿海浦口、筱埕、黄岐一线渡海撤退到马祖。

8月上旬的一天，连江县浦洋乡（辖今浦口、东岱、长龙三个乡镇及侨场）乡长吴福生接到上峰一封紧急公函，内容为准备好船只，接应"军官团"从浦口驶离敖江口直抵马祖列岛。这个吴福生可是位传奇式"白皮红心"人物，他字特夫，1909年出生于官仓下后湾里吴厝。1931年7月以优异成绩毕业于湖南长沙陆军讲武堂。素怀安邦济民壮志，然世道黑暗，抑郁难伸。辛亥元勋吴适对他青睐有加，引为"同宗小友"。1933年初结识地下党县委书记杨而菖，指引他走上革命道路，但对外仍保留"开明士绅"的身份。1937年全面抗战爆发后，抗日统一战线形成，国共再度合作共御外侮，吴福生听从党组织安排，以县府秘书掌舵"连江县抗敌后援会"，为抗战做出贡献。1946年被县府任命为浦洋乡乡长，暗中为地下党和游击队收集输送大量有价值的情报。在极端复杂艰难的情况下，接送、营救革命同志，掩护、抢救伤病员，筹粮筹款筹药品支援前线，为连江解放作出独特而卓越的贡献。

当晚，吴福生在吴氏祖厝内秘密会见闽海游击队队长郑敢。他们俩是老相识了，1934年6月郑敢接任连罗县委组织部部长时，两人曾在这里通宵交谈，郑敢系坑园镇下屿村人，和吴福生几乎同时入党，唯一不同的是，郑敢的身份是公开的。1947年底，郑敢接到地下党福建省委闽中特委指令，在下屿成立闽海游击队，队员50多人，到1948年底，经过一年多的游击战，队伍壮大到340多人，辖3个连，其中三连皆是长龙地区子弟兵，连长陈位郁、连副李福钦，指导员邱惠，老红军邱惠可是土生土长的建庄人。得到情报后，郑敢高兴得直拍大腿，"这上门的买卖好啊，咱们全要了。"翌日深夜，闽海游击队战前部署动员会议在吴氏祖厝大厅举行，乡长的家开会安全。这栋12榴的古厝始建于清代道光年间，吴氏世代耕读传家，钟灵毓秀，科甲联芳，"功名顶戴花翎"者达15人之多，在长龙七墩首屈一指，这样的房子有四栋，其中一栋八榴邸在1938年11月被日寇飞机炸毁。

参加战前部署动员会议的除中共闽海中心支部书记兼游击队队长郑敢外，有教导员林广、参谋长颜彪及各连连长、指导员。大家摩拳擦掌，斗志昂扬。会议结束时已是天亮，因邱惠是本地人，由他带路，勘察周遭的地形，选择伏击战的最佳地点，发现王化庄三面山峰耸峙，山道蜿蜒而下，道旁山涧流水潺潺，地势呈布袋形，遂一致决定在此地设伏，以逸待劳，予以全歼。为保证战斗速战速决，郑敢与中国人民解放军31军前锋部队首长联系，双方商定，此仗以游击队为主攻，解放军协调一个连的部队配合作战。晌午，一队百余人的国民党官兵沿山道缓缓移动，意图穿过王化庄，向下洋村方向逃窜。只听得信号响起，早已埋伏在山岭两侧的解放军、游击队向敌军猛烈开火，中间杂着呼叫："你们被解放军、游击队包围了，缴枪不杀！解放军、游击队优待俘虏！"

枪声一响起，警卫班齐刷刷地举手投降，家眷们则尖叫着缩成一团，军官团却负隅顽抗。轻重机枪、步枪、手榴弹爆豆般射向敌人，不到半个小时，军官团已悉数被歼灭，士兵和眷属被释放回家。一场埋伏战取得完胜。打扫战场时，游击队缴获一部电台、机枪七挺、步枪14支、手枪16支、冲锋枪2支及弹药等。电台上交解放军。郑敢缴获敌副师长一把勃朗宁卜克枪、一匣子弹，1949年9月12日，中国人民解放军长江支队南下干部与游击队会师连江县城，郑敢把这支手枪（连同子弹）送给年仅19岁的南下干部成波平（后担任县委常委兼宣传部部长），在镇反、剿匪等历次运动中，这把手枪成了成波平的护身符。

闽海游击队一战成名，于9月13日整编为中国人民解放军福建省军区第四军分区独立团三营，郑敢任营长，开赴剿匪前线，为保卫新生的红色政权、巩固海防再立新功。"郑敢队"的故事至今仍在长龙老区流传。

是处家山竞向荣

李建恩

在下洋革命老区基点村采访，谈论间数次提到梁仁钦的名字。这个名字，如同横贯山村的那条溪流，与青山为伴，与农舍为伍，与草野为朋，一路行来一路吟唱，成为一道亮丽的风景。

革命遗址——梁仁钦故居

梁仁钦故居坐落于连江县长龙镇下洋村下墩（黄竹衕），始建于清光绪十二年（1886），占地面积2180平方米，建筑面积1180平方米，坐北朝南，六扇五间土木结构，二进一天井，形成四合院，中间为厅堂，左右有厢房，两边为撇榭，中堂横楣木雕上留有"福缘善庆"四个字。

1913年1月6日，梁仁钦出生于右厢房，家境殷实，生活优渥，7岁入下洋小学就读，启蒙老师陈位崇，灌输以爱国思想。1926年7月，梁仁钦考取福州大庙山中学，1928年5月由福州市委领导黄孝敏介绍，加入反帝同盟，6月加入共产主义青年团，12月吸收为中共正式党员。1929年7月，梁仁钦中学毕业留在市委当地下交通员，1930年10月奉上级命令，到连江发展党组织，出席中共连江县党代会，成立连江县行动委员会，当选为行委委员，同年11月，行委改称中共连江县委，任县委委员，次年3月，当选为首任共青团连江县委书记。1932年6月，梁仁钦成为首批闽中工农游击队队员，1933年10月游击队扩编为闽东工农游击队第十三总队，他任特务队队长，连续多次粉碎了国民党海军陆战队的"围剿"，为建立和保卫连罗苏区立下了汗马功劳。

自梁仁钦参加革命时起，他的家就成为长龙下洋革命秘密活动联络点，连江下洋抗日游击队的成立、打击日寇行动计划，几乎都在这座故居商讨后付诸实施。其父梁木枝受梁仁钦革命思想影响，多次变卖田产，营救革命同志。1941年5月，其母孙秀英被日本鬼子开枪打死在灶间，板墙上百孔千疮弹痕依稀可见，印嵌着家仇国恨。日本鬼子还放火烧了村子里十几座民房，幸好游击队员从后山赶到，这幢饱经沧桑的老宅才躲过一劫。

1941年5月下旬，梁仁钦被国民党连江县县长陈拱北诱捕，英勇就义，时年28岁，新中国成立后被追认为县团级革命烈士。1944年，其胞弟梁同同参加南竿岛策反工作，后因被人陷害，遭送陕西，同年10月因炭窑倒塌不幸遇难，被追认"五老"人员。1954年6月，其堂弟梁夏芳在浙江省海盐县澉浦镇凤凰山执行紧急任务，壮烈牺牲，被追认革命烈士。梁仁钦带头垂范、奋不顾身、矢志革命的壮举，被后人敬仰。

2021年，梁仁钦故居被福州市民政局列为革命遗址，2023年修缮一新后对外开放。遗址的大堂，辟为"梁仁钦烈士事迹展馆"。这位连罗苏区工农游击队特务队队长因捍卫红色政权，与国民党展开殊死斗争而威名远扬，一张张文字与图片无声讲述着梁仁钦的生前故事。看完真真切切的实物和可歌可泣的历史资料，不论是老人还是小孩，不论是乡亲还是外来游客，大都可以讲述一个或几个诸如"从小立下报国志""梁铁头初露锋芒""投身革命即为家""首任团县委书记""墨屿智擒副舰长"等有关梁仁钦的鲜活故事，让人感动，或许这就是红色文化的感染力，让烈士形象在人们心中复活。每逢清明及节假日，慕名前来瞻仰参观的青少年深受教育，不乏文人墨客低吟浅唱，以诗词表达对烈士的缅怀与崇敬，其中连江县诗词学会常务副会长陈玉华题诗赞曰：

斯人毅魄此追寻，门巷依稀岁月深。
细雨点苔幽径漫，修篁曳影夕阳沉。
紧随马列开天计，力荐轩辕击壤吟。
不愧煌煌称烈士，贞珉百尺世咸钦。

当人们依依不舍走出故居，肃立在屋檐下的梁仁钦烈士铜像前，会不由自主地向他行注目礼，朝他致敬，将纷飞的思绪拉回现实，对这座不起眼的故居刮目相看。

赓续文脉——下洋红色文化公园

2023年竣工的下洋红色文化公园，占地23亩、总造价600多万元，壮观开阔，规模宏大。公园内曲径通幽，置身其间，扑面而来的是淡淡的花香，甬道两侧和草坪花草相间，白色的、黄色的、红色的、紫色的……一簇簇花朵五颜六色，一株株小树亭亭玉立。公园集红色文化、健身、休闲于一体，拥有集会广场、大型LED显示屏、健身器材、绿化带、停车场等设施，它的建成，进一步改善了村庄公共环境，提升了村民的生活品位，为下洋村增添了一道亮丽的景观。入夜，华灯初上，公园周边村民蜂拥而至，他们踏着轻盈的步伐，将这里当作休闲的舞台……可以说，公园包容了村民生活的方方面面，不论下洋村民，还是外地游人，漫步其间，赏景迎风，无不感到心旷神怡。

公园正中央耸立着梁仁钦烈士石像，军人着装的梁仁钦从故居走来，身躯高大，手握双枪，目光如炬，气度不凡！四周石栏杆有县里诗人陈玉华、何文昌、阮道明、毕成龙、王祯国等留下的赞诗，讴歌这位历经风雨，历经百战，历经坎坷的英烈。

陈善明是从下洋走出去的企业家，从小就知道梁仁钦是家乡人的骄傲。梁仁钦的气概、气度、气魄、气节，印刻入他的心底，他带头捐资70万元，全村仁人志士共集资433万元，建起了这座别具一格的红色文化公园，固化红色文化，树立英雄人物。下洋乡贤们既是梁仁钦革命精神的追随者，也是社会主义核心价值观的践行者，获得社会和群众的广泛赞誉。

下洋红色文化公园对面，是"下洋抗日游击队"的成立地遗址——九使庙。日军入侵连江及下洋时期，百多号游击队员在队长梁仁钦带领下，神不知鬼不觉打击日伪军，正义之师得到全县民众的支持不断发展壮大，捷报频传。

下洋红色文化公园，是全县乡镇最美丽的公园之一。这里群山叠翠，林木葱郁，湖水碧澄，花草吐香。每逢清明节，成批少年儿童手捧鲜花向烈士祭拜；每逢党训班结业，整班学员来此接受爱党爱国爱民思想教育；许多外地游客慕名而至，致敬英雄。徜徉公园，会让人产生心灵感应，耳畔响起下洋抗日游击队列队高唱的《保卫福建》——"不怕死，不怕伤，守住这十二万平方公里的地方，保卫福建，保卫我们的家乡！"红旗猎猎，惠风和畅，荡气回肠，人们的心灵仿佛受到一次淬炼，思想得到一次升华，梁仁钦精神在更多人心中扎根，开花，结果。

书写传承——梁仁钦红色文化研究会

1983年2月3日，20世纪50年代曾经在连罗大地与梁仁钦并肩战斗的老红军杨采衡（闽东红军第十三独立团参谋长）离休后重回连江看望长龙山面区健在的五老人员，亲切慰问烈士家属，并为梁仁钦同志题了一首诗："梁上春燕也深知，仁人猛士刺黑尸，钦敬烈士在天上，同志代代齐思之"。

为深入挖掘梁仁钦革命历史文化资源，下墩自然村乡亲以褒扬忠烈、传承革命老区红色文化为己任，于2023年3月向上级部门争取资金60万，对梁仁钦故居进行修缮，使百年老屋焕然一新，并拓宽了故居门前道路和停车场。2024年2月20日，连江县梁仁钦红色文化研究会成立暨第一届一次会员大会在梁仁钦故居召开。会议邀请了县党史办、民政局及长龙镇党委、政府等有关领导前来参加，选举产生第一届理事会成员13人，梁敬雄当选为会长，在他的带头下，研究会成立当天共筹集资金30万元作为前期经费。梁仁钦红色文化研究会是全县第一个成立的研究红色文化的民间组织，旨在研究当地红色文化历史和现状，挖掘历史资料、人物与事件，以及深层次的含意。

曾经的年代已经远去了，曾经的人物也早已作古，要让它们永远存活在文字间，并成为后人永恒的记忆，这或许就是研究会的使命与担当。到那时，人们会记住有那么一批前人为红色文化传承所做出的开创性、奠基性的贡献；到那时，你们古道热肠淡泊名利埋头苦干所积累的文案资料，无疑是研究会里最好的最动听的故事。

忆往昔，这里是革命热土，是先烈献出鲜血和生命之地。新中国成立后，梁仁钦、陈金贵等16位英烈被追认革命烈士，115名曾参加过各阶段革命活动的村民被认定为"五老"人员，下洋村被确认革命老区基点村，是县7条红色旅游线路之一。

看今朝，陈、梁等30个姓氏在这片土地上和睦相处，安居乐业，共同发展。他们乐善好施，但凡事业有成，必争相慷慨解囊，热心公益，造福桑梓，使村庄教育、交通、水利、文化等公共基础设施和教育事业不断完善。他们踏着先烈足迹，传承红色基因，谱写时代新篇章。连江县诗词学会原会长何文昌的题诗，很好地呈现了当年英烈们的壮举以及他对下洋村未来的美好祝福：

　　开辟苏区赤帜擎，请缨立誓聚群英。
　　练兵布阵声威壮，抗日锄奸剑气横。
　　奋战沙场生死搏，高歌壮曲鬼神惊。
　　当年旧址依然在，是处家山竞向荣。

"革命老妈妈"的外澳情

林孝增

20个世纪30年代初期,一场由中国共产党领导的"二三土地革命"震撼八闽大地,把地处偏僻山区的长龙洪塘外澳村,推上了历史的风口浪尖。同时,也把长龙山面区与透堡紧紧地连在一起,演绎了一场血与火悲壮的革命历史剧。当年,王水莲这位名不见经传的平凡农妇,因其子杨而菖在连罗山面区领导土地革命斗争,在长龙山区留下了一段段扣人心弦的革命故事。

王水莲,连罗(连江、罗源)县委书记杨而菖的母亲。除了杨而菖,她还生养了杨与可、杨与福。杨家三兄弟在土地革命战争时期,为创建连罗山面区革命根据地,出生入死,为中国人民的解放事业而英勇牺牲。他们的鲜血洒在"福州井冈山"的革命丰碑上,洒在了新中国的奠基石上。

1931年12月,在邓子恢的指导下,杨而菖领导的"透堡暴动",打响了闽东北地区土地革命的第一枪。暴动遭到敌人的疯狂镇压。为了保存革命火种,杨而菖把队伍转移到官坂合山。随后,在陶铸的领导下,在合山村成立"闽东工农游击第一支队"。游击队成立后,在官坂一带开展"打土豪、抗捐税"游击斗争,引起敌人恐慌,遭到国民党海军陆战队第一次"围剿"。游击队成立初期,力量还比较弱小,为了避敌锋芒,保存力量,开辟更大的游击根据地活动空间，杨而菖等连江革命领导人，把队伍转移到长龙洪塘外澳、孙厝后村后，把革命大本营安在外澳尊王宫。从此，一场波澜壮阔的连罗山面区土地革命斗争在长龙山区拉开了帷幕，外澳也成了连罗苏区重要的革命根据地。

外澳自然村四周崇山峻岭，与连江、闽侯、罗源、古田、宁德县等县毗邻，沟涧纵横，森林密布，交通闭塞。这些优越的地理条件，被陶铸、杨而菖等选为游击队驻扎的核心区域。在敌人重兵"围剿"下，马透等平原地区处于白色恐怖中，杨而菖等游击队领导人，为保护家属安全，于是携带家眷来到了外澳村。当年，来到外澳村的有：杨而菖的母亲王水莲，以及林孝吉、杨挺英等人的家眷。

杨母等游击队家眷，出身农村，勤劳朴实，心地善良，来到外澳后，和林嫩嫩妻子陈妹仔等农妇关系融洽，大家都忙前忙后为游击队打理家务事，杨母组织陈妹仔、黄大妹、卓细妹等农妇负责战士的一日三餐，动员林妹麿等女孩负责为战士浆洗衣物，解除游击队后顾之忧，全身心地投入到革命斗争中去。外澳村子小，居住条件简陋，房间有限，游击队的到来，村民们除了把尊王宫提供给游击队使用外，林嫩嫩还把自己的房子腾出来，作为连江县革命委员会临时办公场所，他们在这里印刷《阳光周刊》等宣传材料。大厅堂、横堂、后门厝等民居部分房间也提供给游击队办红军夜校、修理枪械、开设红军诊所、关押俘虏使用。村妇黄大妹（林孝金的母亲，林祥林的弟媳），青年守寡，跟杨母是无话不谈的好姐妹。杨母为了解决住宿问题，就在她的卧室搭一张床，跟林祥林大闺女林妹麿同床睡了三年。她们结下了深厚的革命情谊，杨母给她讲革命故事，林妹麿帮杨母洗头发、洗衣物。

林祥林是林嫩嫩侄子，当年任连江县革命委员会财政委员，负责保管钱物和收支登记，又兼任林嫩嫩主席的文书。杨母、林孝吉妻、杨挺英妻等人的到来，他非常高兴，其妻卓细妹尽心尽力照顾杨母等游击队眷属。子女林妹瘩、林孝泉等，受到这个革命大家庭氛围的熏陶，积极帮助游击队干些力所能及的家务事，参加儿童团，站岗放哨，为游击队后勤和安全，作出了贡献。林孝泉幼小的心灵早已向往革命，至解放战争时期，与林茂栋、林秋安等一道，毅然参加城工部地下党杨华队伍，在外澳及周边村庄开展农会工作，迫使地主献粮支持革命，同时也是外澳村的地下接头户。解放丹阳时，他配合解放军抬担架、救治伤病员。林嫩嫩旧居，作为游击队重要革命据点，当敌人"围剿"外澳村时，野蛮地砸毁了林嫩嫩、林祥林、林孝金家的房屋和所有家具。由于苏区沦陷，白色恐怖笼罩，1935年初，杨母、林孝吉等家属有的被捕，有的流离失所。在那艰难的岁月里，国民党军队对苏区封锁和"围剿"，当地物资匮乏，粮食奇缺，有一件衣服大家轮流穿，有一碗稀粥匀着喝，有一块番薯分着啃，生死相依，患难与共，相濡以沫，他们与当地群众结下了姐妹、兄弟情，在老区群众中传为佳话。

经过长期艰苦卓绝的革命斗争，杨而菖等革命先烈流血牺牲，换来了中国革命的伟大胜利，新中国诞生了。虽然时间过去几十年，但杨母等随军家属与外澳乡亲结下的革命情谊，不因时光的流逝而淡忘。

20世纪五六十年代，从杨而菖家乡透堡到长龙外澳，还没有通公路，来往两地必需翻山越岭，徒步而行。尽管山路弯弯，崎岖难行，杨母心系外澳老区人民为中国革命胜利所做出的贡献，不辞辛劳，多次专程徒步走入大山，来到外澳村，看望慰问乡亲。据上辈人讲，杨母"缠脚"，虽然松绑，但脚掌依然短小，走山路非常吃力，徒步进山，故地重访，健在的乡亲无不感动。

新中国成立后，杨母荣膺全国烈属模范，曾三次晋京参加国庆节庆典活动，受到毛主席和刘少奇、朱德、周恩来等领导的亲切接见，尊称她是"革命老妈妈"。杨母离京回闽后，随带果糖等礼物，兴致勃勃地翻过炉峰山，越过光化岭，经过3个多小时长途跋涉，来到外澳，把上京参加国庆节受到毛主席接见的喜讯告诉乡亲们。她一家一户地看望慰问老区人民，并分发喜糖。用这种当年农村流行的最朴实乡俗，表达"二三革命"时期与乡亲们结下的革命情谊。她每次来到外澳，都忘不了当年同睡一屋的好姐妹黄大妹。她俩久别重逢，有说不完的家常话，尽管当年杨母家境并不富裕，每次来到外澳，都会掏出红包塞到黄大妹手中，聊表对这位当年老接头户支持革命的感激之情。杨母这种走亲访友式的探访慰问延至"文革"期间，终因年老体弱，无法走动为止。

"忆往昔，峥嵘岁月稠"。那场震撼八闽大地的"二三革命"已经过去九十周年。但是，这位"革命老妈妈"和她的儿子杨而菖等革命先烈，在"福州井冈山"留下的传奇故事，历久弥新。

（本文根据1986年连江县委党史办召集外澳村老同志座谈记录整理。）

追寻与守护

林勉斌

我是土生土长的长龙镇洪塘村人，虽然在县城安了家，但还是向往家乡的田野生活，可能与我对家乡的"红色情结"特别浓郁有关吧！

垂髫之年，我就发现自己的家乡，特别是外澳村有着奇特的"红色文化"。外澳是洪塘村的一个自然村，村中一口古井，井水清澈甘甜，滋养了全村人，村中老人说这是一口"红军井"。井边的那座庙宇，供奉着尊王菩萨，逢年过节，村民焚香供奉，虔诚得很，老人又说，这曾经是一座"红庙"。庙的左边是蜿蜒曲折的羊肠小道，两旁都是密匝匝、绿浓浓的树林，那一棵棵大树，枝干摩天，两个成人都合抱不拢，阳光穿过密叶，漏下斑斑点点，七月酷暑，大见阴凉，老人说这是一条"红军路"。进入深山，悬崖边上的"猪姆潭"泉水叮咚，似乎在演奏一曲曲悦耳动听的古琴曲，老人称她为"红军泉"。悬崖壁立，万仞如削，"猿猴欲度愁攀援"，老人说"当年红军伤病员就是从山崖上飞过来的"，形象地称她为"红军坑"。这些与红军结缘的地方，究竟隐藏着哪些秘密，发生过什么故事呢？带着疑惑、困顿、忧思，我盼望着、期待着，等待解开这个结，知晓这个谜。

党的十一届三中全会召开后，开始了改革开放的新征程，红色文化被视为党和人民的宝贵财富。于是，连江县委党史办着手抢救我党各个时期的党史资料，进京拜访粟裕、邓子恢、叶飞、曾志、林涧清等革命先辈，聆听他们讲述在闽东革命根据地领导革命斗争的烽火岁月和战斗历程。洪塘（1986年更名为洪峰），昔日名不见经传的僻壤小山村，成为县委组织部、宣传部、党史办、党校等党政机关热搜的"宝藏之地"，他们多次在长龙（包括洪塘、外澳等）召开"五老"人员座谈会，挖掘红色宝藏，县里也成立了"党史研究会"，洪塘村好几个热心党史工作的老干部、老教师被吸收为会员。

　　历史的大幕徐徐拉开。作为连江县地下党党、政、军、司法办公地的外澳村及周边的洪塘、新厝后、真茹、总洋等村，见证了土地革命时期发生在这里的众多惊天动地的历史事件。外澳村现在还保留着当年红军革命活动的遗址：尊王宫、操场、红军井、枪械修理所、俘虏关押所、文化学习所、红军避险所等。

　　邓子恢女儿邓小燕和时任中共连江县委书记周应忠，分别于2018年6月12日和2019年8月21日提到长龙（外澳）的历史定位问题，连江县党史专家吴用耕先生认为：将连江县长龙镇外澳村定位为"福州的井冈山"不为过。

　　外澳村留有诸多革命遗址，其中尊王宫最具代表性。尊王宫是座明清古建筑，不但是杨而菖等革命活动的大本营，老一辈无产阶级革命家叶飞、陶铸、邓子恢曾多次到长龙外澳尊王宫指导革命工作。

　　历经90多年的历史沧桑，尊王宫革命遗址曾作为生产队仓库、个别农民的临时住房、牛棚、临时堆放杂物地等，损毁严重，濒临倒塌，为了抢救、保护革命遗址，外澳村民多次自发捐款修缮。2016和2017年，外澳村得到省、市、县党史办、老区办、长龙镇党委在财力上的大力支持，遵循修旧如旧的原则，对尊王宫实施两次大维修，使濒临倒塌的尊王宫恢复原来面貌。欣慰之余，外澳村民决定于2018年6月12日，举行隆重的修缮落成典礼，并邀请当年在外澳村参加革命活动的老一辈革命家的后代出席庆典活动。通过林筱江宗亲长期在北京工作的便利，联系到国务院原副总理邓子恢之女邓小燕、叶飞之女叶葳葳、陈挺将军之女陈黄河、原福建省委书记伍洪祥之子伍泰安等。了解事由后，他们都很高兴，并愉快地接受邀请。外澳乡亲闻此喜讯提前从四面八方回到老家，以老区人民最朴素的方式准备欢迎他们的到来，将环境打扫得干干净净的，将坑坑洼洼的入村土路整修得平平整整的，在村中最显眼的地方树立两面巨幅标语和一条横幅，上面分别书写"闽东苏区第一个红色政权诞生地""闽东老区人民的革命业绩，永载史册""欢迎亲人回家"。这些内容格外朴素，耐人寻味，是对历史的真实写照，也是对红二代们最诚挚的欢迎。庆典当日，邓小燕一行专程从北京乘飞机，到福州换坐汽车，一路劳顿莅临外澳，踏进这片红土地时，被眼前的氛围深深感动了。

　　红二代一行来到尊王宫，外澳村村民献上鲜花和茶水，同时召开座谈会，介绍这次活动的目的和意义、土地革命时期发生在这里的革命故事、他们父辈的感人事迹、尊王宫的历史地位、修缮过程……红二代们全神贯注地听着，不时询问一些问题，证实某些历史事件。接着，顶着烈日，在相关人员的陪同下，他们参观了革命遗址（操场、红军井、枪械修理所、俘虏关押所、文化学习所、红军避险所等）。当听到父辈们编写的福州方言《十字歌》因历史原因丢失后五首时，他们纷纷表示遗憾。

　　参观完革命遗址，在尊王宫前举行了简单又隆重的尊王宫维修落成庆典，出席活动的有外澳村的村民、长龙镇的相关领导、连江县党史办、老区办、革命后代，还有省委党史研究室、《福建党史》月刊、福建省传记文学会等相关人员。会场没有桌子，没有椅子，没有特别的布置，只有"热烈庆祝尊王宫革命遗址维修落成庆典"的横幅，人们里三层外三层地站着，就像当年红军开会的场景。扩音器传出雄壮的国歌，旗杆上冉冉升起中华人民共和国国旗，邓子恢之女邓小燕代表红二代发表热情洋溢的讲话。庆典会上，众多乡亲讲述着从上辈那里口口相传下来20世纪30年代发生在这里的红色故事，党史专家根据权威资料描述当年的战斗情景，大家互动交流，相互印证，努力还原真实的历史。

叶飞之女叶葳葳因身体原因，无法参加当日的活动，委托相关人员表达祝贺。次月21日，她特意委托侄儿阮闽先生等红二代冒着酷暑，专程从北京远赴长龙外澳看望乡亲，受到外澳乡亲的热烈欢迎。外澳乡亲向他们介绍了6月12日的庆典活动以及革命遗址修缮详细情况，他们对土地革命战争时期老区人民所做出的贡献表达了深深的崇敬之情，希望老区人民继承和发扬先辈精神，把老区建设得更加美丽富饶。

2018年7月18日，福建省委、福州市委原领导子女（红二代），来到了长龙外澳，重走红军路，聆听20世纪30年代发生在这里的红色故事，瞻仰无产阶级革命家邓子恢、叶飞、陶铸、曾志等曾经战斗、工作、生活过的山面区游击根据地，重温革命历史，缅怀先辈的丰功伟绩。

为了缅怀革命先烈，开展革命传统教育，中共连江县委于2018年7月，将长龙外澳革命遗址确定为"党史党性教育基地"。此后，众多省、市、县领导及许多单位代表和个人陆续到此瞻仰、学习，开展党建活动和革命传统教育。

他们用脚步丈量外澳的山山水水，追寻红色足迹，用心感受红色历史，让外澳的红色遗迹活起来，让红色记忆亮起来。作为地道的家乡人，我们更应该守护好这红色根脉，传承好革命精神。

山村嬗变

云上长龙竞腾飞

黄河清

初夏时节,应约来到连江县东北部的长龙镇。这里北与罗源县白塔乡接壤,东邻马鼻、透堡和官坂镇,南与浦口、敖江镇相连,西靠丹阳、东湖两镇,距连江县城区约23公里。全镇陆域面积67平方公里,下辖建庄、下洋、岚下、苏山、洪峰、垱祠、真茹7个行政村。目前全镇户籍总人口(含华侨农场、国有林场在内)约12000人。

在山区这片宁静的土地上,我沉醉于那清新的空气,仿佛每一口呼吸都是大自然的馈赠,它如同一股清泉,沁人心脾,洗净了疲惫与喧嚣;整洁的街道宛如一条蜿蜒的丝带,串联着生活的点点滴滴,街边的花草树木错落有致,微风拂过,送来阵阵芬芳;远处的茶山层层叠叠、郁郁葱葱,像是大地铺上的一层绿毯,芽叶在阳光的照耀下闪烁着点点金光;树林更是充满了生机,枝叶交织成一片绿色的天幕,阳光透过树叶的缝隙洒下,形成斑驳的光影。鸟儿在枝头欢唱,仿佛在赞美这片土地的生机与祥和。我由衷地感叹!真不愧是国家级生态乡镇,省级卫生乡镇,清新福建·气候福地,福建最美茶山……

长龙在唐代属名闻乡嘉贤里,宋代后改称嘉贤上里,并一直沿用到清朝。长龙这个名字的由来有着诸多的传说和故事,其中有一传说：古时有一条吉祥而有灵性的苍龙，从罗源湾呼啸而来，但见炉峰山雾气缥缈、古树参天、山涧泉流、绿茶荫荫、宛若仙境，苍龙在此流连盘桓，降福百姓，而后，依依不舍地甩尾转向苔录北荌入海。后人为了感念这条苍龙，将此地称为"长龙"。历史上长龙分分合合，解放初期，置下洋乡、苏山乡，1958年"公社化"时合二为一，置"长龙公社"；1959年、1962年长龙国营林场、国营长龙华侨农场相继在长龙建立，1965年"三家合一"统称"长龙农场"；1972年三家分开，复为长龙公社、国营长龙华侨农场、长龙国营林场。后撤销"公社"建制，改称"长龙乡"，1997年长龙撤乡建镇。从此，长龙镇踏上了新的征程。

长龙是一块具有光荣革命传统的红色热土，是福建省革命老区重点乡镇。辛亥革命时期，岚下村志士卓秋元随吴适赴广州参加起义，碧血黄花，英名彪炳"黄花岗七十二烈士"。土地革命时期，老一辈无产阶级革命家邓子恢、陶铸、叶飞、曾志等在长龙留下革命足迹，建立起以长龙为中心的连罗山面区游击根据地，在洪塘外澳尊王宫成立闽东地区第一个红色政权——连江县革命委员会，长龙成为连罗土地革命的活动中心和重要组成部分。抗战时期，在下洋九使庙成立连江县第一支抗日武装——下洋抗日游击队，著名的"山岗伏击战""千人饮阻击战"声名鹊起，以及解放战争时期境内"黄花墩战斗"，谱写长龙人民在中国共产党领导下走向胜利的辉煌篇章。涌现出林嫩嫩（土地革命时期连江县革命委员会主席）、梁仁钦（连江县团县委第一任书记、下洋抗日游击队第一任队长）等革命烈士44人，革命五老人员281人。

随镇领导驱车来到高耸挺拔的炉峰山，站在山顶平台上极目远眺，马透平原、大官坂垦区、罗源湾、可门港美景一览无遗。长龙历史上就是宗教圣地，这炉峰山晋代起就有道教活动，成为道教仙山，封为"三十六洞天、七十二福地"中的第七十一福地。长龙文化旅游资源丰富，现存多座明清年代古民居、古祠堂，保存完好闻名的有建庄后湾里"十二扇厝"、洪峰村的"林氏宗祠"和"岭头顶古厝"。长龙山区多名山，除了炉峰山，还有洪峰的红旗山，常年雾绕山间，若隐若现，犹如美丽的仙女。炉峰山和红旗山是农历九月初九"重阳节"，登山健身的好地方。长龙镇平均海拔380米，戏称"最高人民政府"。山高雾重，年平均相对湿度85%，雾日天气60天以上。年平均气温较平原地区低2—3℃，森林覆盖率高，镇区呈盆地状，四周群山环抱，夏季清凉，是避暑胜地。

镇领导指着炉峰山周边一望无际的茶园，高兴地说，长龙镇产茶历史悠久，已有400多年的栽培历史，史称"鹿池茶"。因外形条索紧细，浑圆光滑，银灰色泽，耐冲泡香气清爽持久，滋味回甘醇厚，汤色碧绿清澈，深受人们的喜爱。早在1911年长龙鹿池绿茶就获巴拿马国际博览会银奖，1995年又获中国文化博览会新产品奖。长龙畲峰茶厂"黑珍珠"乌龙茶陆续荣获2010年国际名茶评比（乌龙茶类）金奖、2012年国际名茶评比世界佳茗大奖、2015年米兰世博会茗茶评优"乌龙茶类"金奖、2020年在首届海丝国际杯茶王赛中获得了肉桂类金奖。2014年，福州茉莉花与茶文化系统入选联合国教科文组织"全球重要农业文化遗产"，长龙镇是认定的重要茉莉花茶叶基地之一。长龙镇现有茶园面积2万多亩，茶叶加工企业20家，年产干毛茶6000多吨，产值六、七千万元，主要产品有绿茶、乌龙茶、红茶等，已培育了"茶垅七墩""黑珍珠""野山红""云庐""大真龙""长龙绿茶""龙顶云尊""金观音""滴碎绿"等本地茶叶品牌，产品销往多个省区市。

近年来长龙镇进一步围绕茶叶抓特色产业发展。通过强化产业转型升级，进一步调整优化产业结构。积极对接政策扶持，认真贯彻落实省政府《关于推进绿色发展质量兴茶八条措施》等文件精神，主动对接省、市农业部门，争取各种资金，将茶产业作为特色农业产业加以扶持。以创建省级农民创业园和市、县现代茶产业园项目为依托，不断推进茶叶品种改良，扶持长龙第一茶厂等企业改造标准化生态茶园面积3000多亩，加大对新技术、新工艺的推广和应用，重点扶持农业龙头企业发展品牌战略。扶持长龙天峰茶厂等4家茶厂先后进行设备更新，支持企业厂房改造，补助茶园机耕路、气象站等基础设施建设。积极推进茶叶自然灾害保险，有效提升茶业种植抵御自然风险能力。引导长龙畲峰茶厂等3家茶企先后通过了SC食品生产许可证，培育了众多本土茶叶品牌。加快产业融合发展，"以茶为媒"，发展生态休闲观光旅游，着力做好茶旅发展文章。加大宣传推介，连续举办两届长龙茶山文化节和中华一家亲·2019海峡两岸少数民族茶产业振兴交流暨第五届福建省少数民族名优茶评选活动，提高连江茶业、长龙茶山知名度。以全省休闲农业示范点黄花厝生态农场、长龙第一茶厂为依托，打造集游客制茶、观摩、体验、茶文化传承、培训、学习为一体的茶体验基地和学生劳动研学基地，初具茶旅产业的雏形。充分利用现有茶山、茶企、休闲农场，结合水蜜桃、柑橘等高优水果、高山蔬菜，引导发展文化展示、赏花、果蔬采摘、加工体验等综合休闲农业项目，进一步促进休闲农业和乡村旅游业的发展。

镇领导把话锋转向了乡村振兴，他说，这个好，那个好，只有发展才算好，发展才是硬道理。他深有感触地说，对于"三农"工作，新时代要有新要求、新思路。高举乡村振兴战略的旗帜，就是今天顺应农村父老乡亲对美好生活向往的一条金光大道。近年来长龙镇努力按照"产业兴旺、生态宜居、乡风文明、治理有效、生态富裕"的总要求，着力改善农村人居环境。在打造最美茶乡景观线，长龙镇陆续开展建庄村、下洋村、岚下村乡村振兴试点村创建，实施6个村美丽乡村建设，建庄村获评国家级"森林乡村"，坚持每周开展"护河爱水，清洁家园"行动，全域正在创建全国卫生乡镇。先后完成7个村安全饮水提升工程，农村饮水安全得到保障。实施农村环境连片整治项目（人工湿地）修复工程和镇区污水处理工程，确保污水得到有效处理。长龙镇落实河长制工作，以流域水系为单元，立足自然恢复，从2017年起分四期对才溪流域上游两条河道进行水土流失综合治理，已累计治理约10公里，进行河道清淤、修复河滩、污水截排、新建生态护岸、亲水景观步道、挡水坝等，让绿水青山充分发挥经济社会效益，实现了百姓富和生态美的有机统一。

大力实施镇区景观提升整治工程，特别是将狭小破旧的农贸市场搬迁新建到新居民区，一下子改善了整个镇区环境，方便了农产品流通。投入2000多万元建成长龙嘉贤里公园、茶山文化公园、下洋红色文化公园、炉峰山廉政文化教育基地等项目，村庄景观面貌明显改善。多方争取上级补助资金，完成西门洋水库除险加固、过岭水库除险加固、宫前溪水土流失综合治理护岸整修等水利项目建设，完成洪峰、苏山、岚下、真茹通村道路改造、真茹村三岔路（陀兰）至三角洋自然村公路改建等道路交通项目，交通基础设施不断改善。实施了长龙中心校改造、长龙学校改造、长龙幼儿园改造以及长龙卫生院新办公楼建设等项目，并多方筹措社会资金近700万元，成立了长龙镇嘉贤教育促进会，从2021年至今奖学27万多元，奖教150多万元，让农村留守孩子尽可能享受到平等的优质教育，着力补齐民生领域短板。

长龙镇还注重围绕特色文化抓党建品牌，确保基层党建工作有创新、出亮点，不断激发基层党建工作新活力。一是抓好党建促产业发展。围绕"不忘初心、牢记使命"主题教育总体要求，把"课堂"设在茶山，实现基层党组织建设与长龙茶产业发展深度融合，推动主题教育活动走深走实形成常态。整合茶企资源，探索把支部建在茶企，创立乡村振兴茶产业党建联盟，目前已组织9家茶企的党员成立2家联合支部。2023年9月，旨在统筹做好茶文化、茶产业、茶科技这篇大文章，打牢乡村振兴产业基础，长龙镇牵头20家团体和71名个人，成立连江县茶叶行业协会，争取全行业抱团取暖，推动茶产业朝着健康、规范、有序发展。二是抓党建＋特色文化发展。开展"党建＋旅游"模式创新，利用长龙第一茶厂、长龙畲族风情园、长龙洪峰外澳尊王宫、连江县下洋抗日游击队成立遗址纳入连江县红色文化学习线路契机，通过整理归纳红色文化故事、茶叶文化知识、遗址抢救性保护开发、培养红色讲解员等方式，实现党建工作与我镇全域旅游重点工作互融共进，奋力打造"党建＋旅游"品牌。

谈到长龙未来的发展，镇领导认为：长龙，这片充满生机与希望的土地，拥有着得天独厚的自然资源和人文底蕴。未来，经济发展仍是重中之重。立足本地特色，长龙镇将大力发展现代农业。通过引进先进的农业技术和设备，打造现代化的农业产业园区，实现农业生产的规模化、专业化和智能化。例如，建设高标准的茶园，种植绿色有机蔬菜和水果，提升农产品的附加值。

根据省地质测绘院地勘分院土壤调查，长龙属集中连片天然富硒土壤分布区（全县仅少数几个乡镇），全镇富硒耕地3.21平方公里，占比33.3%，其余耕地均属适量含硒；富硒园地9.76平方公里，占比98.05%。长龙发展天然富硒产业具备后发优势。

旅游业也将成为长龙镇经济发展的新引擎。充分挖掘本地的自然风光和历史文化资源，打造独具特色的旅游景点。比如，开发美丽的山水景观，建设生态旅游度假村；保护和修复古老的建筑和红色文化遗址，举办丰富多彩的民俗文化活动，吸引更多游客前来观光旅游、休闲度假。近年来，长龙镇还围绕生态资源保护和开发抓重点项目建设。充分挖掘农场工区的遗留资源，改造特色民宿，引进生态养老项目。

长龙在经济社会发展和党建工作的双轮驱动下，必将继续腾飞，不断提升人民群众的获得感、幸福感、安全感。我们坚信，在这片充满希望的土地上，长龙人将以更加昂扬的斗志，更加坚定的步伐，去追逐五彩缤纷的长龙梦！中国梦！

夕阳的余晖洒在长龙的大地上，给一切都镀上了一层金色的光辉。远处的山峦连绵起伏，与天边的晚霞相映成趣。山坡上的垄垄茶叶轻轻摇曳，仿佛在诉说着丰收的喜悦。宫前溪和门前溪在夕阳的映照下，波光粼粼，宛如两条金色的丝带在长龙飘逸。

长龙，一个充满活力、富有魅力的地方。它的发展，是一部可歌可颂的奋斗史；它的未来，是一幅绚丽多彩的宏伟蓝图。让我们共同期待，长龙的明天一定会更加美好！

文化聚能兴古村

唐 颐

甲辰芒种季节,与文山、连华、道忠诸君登临"大帽山"。伫立山巅,下洋村全貌尽收眼底:才溪水库绿波荡漾,弯弯曲曲的湖面犹如一条卧龙,躺在连绵青山的怀抱之中,仰望蓝天白云,静谧安详;临湖而建的村庄,高楼粉墙,鳞次栉比,倒映水面,有如一幅图画;千亩茶园,如螺似髻,郁郁葱葱……面对胜景,我们脱口而出的是一句近些年很火的语录:绿水青山就是金山银山。

传统文化是古村的根基

连江县下洋村历史底蕴深厚,早在1100多年前就有先民在此繁衍生息,唐广明元年(880),张氏后裔第五世张汉在此发祥,聚族而居。一千多年来,发展至今,有陈、梁、王、张、邱、魏、吴、李等30个姓氏家族在这片沃土上安居乐业,和睦相处,户籍人口达3800余众,占长龙镇1/3,属全镇最多人口的行政村。

村民们津津乐道的历史名人是戚继光,名胜古迹为乌岩山"千人饮"。据史料记载,明嘉靖年间,戚继光率领戚家军征剿盘踞在马鼻的倭寇,为了不打草惊蛇,行军选择偏僻山路,经乌岩岭山腰行进。时近端阳时节,天气炎热,将士们口渴难当,当地有一老翁为向导,寻找到一个泉池，泉池面积大如八仙桌，深仅一尺，泉水清澈丰盈，千名将士饮用而不竭。戚家军饮罢甘泉，士气倍增，火速行军至马鼻，如天将天兵从天而降，一举歼灭倭寇。此后，"千人饮"名声远扬，泉池至今犹存，遂赋予这道自然风光为人文名胜。

厚重的宗祠文化是下洋村一大特色。古祠堂作为中国传统文化的重要组成部分，具有丰富的历史价值和文化意义。下洋村现保存有8个古祠堂和祖厅，年代最久远的是张氏祠堂，于唐广明元年（880年）从丹阳迁入下洋南垱埕，至今已繁衍四十二世，有60户，270人。下洋村的陈氏宗族人口最多。陈亮为龙峰陈氏始迁祖，于南宋乾道丙戌年（1166）肇迁下洋巷里，结庐而居，发祥于斯，至今已历三十二世，达540户，2300多人。

龙峰陈氏祠堂始建于明万历四十年（1612），1943年被日寇飞机炸毁，1948年重建，1952年至1989年作为下洋小学校舍。2016年，下洋陈氏宗亲捐资1000多万元重建，建筑面积518平方米。祠堂雕梁画栋，金碧辉煌，而在我的眼中，更是一座石雕与木雕精雕细刻的展示馆。我们来访之日，幸得下洋陈氏宗祠理事会陈善明会长（兼任长龙镇嘉贤教育促进会会长及连江县陈氏总祠理事会会长）陪同考察。陈会长年近古稀，举手投足间一股干练利索劲，让我以为未达花甲之龄。他年轻时离乡创业，事业有成，上了年纪后更热心家乡公益事业，不仅带头捐资，还负责宗祠管理工作。他读的小学就设在宗祠里，这里面装满了许多少年郎的记忆，装满了好几代小学生的感情。陈会长特别指点我看两块牌匾和一张喜报。两块牌匾是为表彰两位博士后而立，当然值得自豪；但喜报的内容更为感人，表彰了一位参加过抗美援朝的志愿军老人陈金合，他于2024年初，将省吃俭用积攒下来的退休金十万元捐献下洋陈氏宗祠理事会，用于陈氏宗亲的教育和养老费用。

陈善明会长告诉我们，修建祠堂花费700万元，剩下300多万元，其中 200 万用于村教育基金、100 多万用于村养老基金。2021 年，长龙镇筹备成立嘉贤教育促进会，下洋村乡贤们踊跃捐资 200 多万元，用于奖励优秀中小学教师和考取本科以上院校的学子。到今年，下洋村共有大学生 398 名，其中博导、博士、教授 20 余人，公职人员近 200 人，还有各行各业的英才。一个村，培养出这么多人才，确实难能可贵。

下洋村有个村史展览，记载着新中国成立以来，历届村党支部、村委会为下洋村发展所做的杰出贡献。如，20 世纪 50 年代组织修建过岭水库，60 年代开办碾米厂、修造过溪桥，70 年代建造下洋礼堂、兴办长龙中心小学，90 年代实施村饮水工程、修建通往自然村的水泥路。21 世纪以来，建村口门亭、造村委会大楼、修长浦公路、建下洋公园，等等，手笔更大，发展更快。经过几代人的不懈努力，而今的下洋村成了远近闻名的美丽乡村。村史还记载，改革开放以来，村里一大批能人志士勇闯四方，投身商品经济大潮之中，颇有建树之后，不忘家乡建设，据不完全统计，历年捐资达 1600 万元之多，用于村各项公益事业，造福父老乡亲。

我以为，下洋村的村史展示，也是传统文化组成部分。将能人志士的名字留在村史上，诠释着一句成语：继往开来。

红色文化是古村的魂魄

下洋村是一块红土地，从土地革命直至解放战争时期，红旗不倒，上演过一场场可歌可泣的革命历史大剧。

土地革命时期，下洋村是连（江）罗（源）苏区的重要根据地。1931 年 11 月组建的下洋党支部，是连江县最早的 9 个地下党支部之一。1934 年 2 月，山面区（而菖区）下洋乡苏维埃政府成立，带领贫苦农民打土豪、分田地、闹翻身，多次打败国民党军队的"围剿"。

抗日战争时期，1941年4月，100多名下洋热血男儿在九使庙前成立连江县第一支抗日游击队，沉重打击日伪军，在福建抗日史上写下了光辉篇章。

解放战争时期，城工部下洋党支部及游击队大力开辟敌后战场，瓦解国民党基层政权，支援前线，为解放连江、福州做出了重大贡献。

新中国成立后，下洋村有16人被追认为革命烈士，115人被确认为参加过各个时期革命活动的"五老"人员，其中梁仁钦烈士的革命事迹最为感人。梁仁钦出生于1913年，幼读私塾，1926年考取福州大庙山中学，在校期间参加反帝示威游行，遭军警弹压，头部被击，血流如注犹不屈服，赢得"梁铁头"之誉，1928年加入中国共产党，1930年任中共连江县委委员，1931年任下洋村党支部书记，并当选为首任连江县共青团县委书记。1932年闽中工农游击队第一支队成立，梁仁钦成为首批20多名队员之一，次年扩编为闽东工农游击队第十三总队，任特务队长，1934年任连罗县委常委兼组织部部长。1935年1月，梁仁钦在反"围剿"战斗中被捕，被判终身监禁，1937年7月，国共第二次合作，作为"政治犯"开释，回到下洋村继续谋划革命，1941年在下洋九使庙组建抗日游击队，任队长，同年5月被国民党连江县县长借"共商大计"诱捕，5月下旬英勇就义，时年28岁。

而今，下洋村致力保护与修缮红色遗址，讲好红色故事，打造红色旅游，已列入连江县七条红色旅游路线之一。

九使庙始建于明洪武年间(1368)，庙内供奉"蟒天洞主"之子九使、十使、十一使三尊神像，为海峡两岸众多民众的守护神，它不仅是该地区的宗教圣地，也是连江县党史党性教育基地、党员教育培训现场教学点。

2019年，下洋村在乡贤带头捐资下，全村人共集资430多万元，加上政府补助，在九使庙前建成一座占地23亩的公园，树立梁仁钦烈士石雕像，集红色文化、健身、休闲为一体，为古村增添一道靓丽景观。

梁仁钦故居是一座有160年历史的土木结构老厝，建筑面积1180平方米。1941年5月，梁仁钦母亲被日寇枪杀于灶间，日寇还放火烧民房，幸好游击队员抢救及时，才至于一焚。梁仁钦故居现被福州市确认为革命遗址。

生态文化是古村的未来

据史料介绍，下洋村有400多年的种茶历史，所以，古称其茶垅、茶洋，顾名思义，就是盛产茶叶的地方。而今，全村拥有绿色无公害、有机生态茶园3500多亩。那茶园，一看就知道是精心打理的，也因为机械化采摘的原因，每株茶树皆浑圆整齐，有如盆景，一垄垄、一畦畦，环湖、环溪、环村，连绵起伏，绿意无边，正印证了一句古诗：水作青罗带，山如碧玉簪。

生产高品质的茶叶，一直是下洋茶农的追求。近些年，下洋人坚持绿色导向，引进人才，发展茶企，形成了长龙花茶总厂、长龙第一茶厂、连江长龙天峰茶厂等5家颇具规模的茶企，并在北京设立茶叶销售公司，让"云上茶乡"的美誉驰名京城。

在乡村振兴战略带动下，下洋村建设标准化果园，发展脐橙、水蜜桃等果业，得到市场的认可。大力推进土地流转，实行"企业+农户"模式，发展高山蔬菜基地，让"下洋白菜"区域品牌享誉福州与连江城。

下洋村努力打造家庭农场，坚持走生态发展道路。嘉贤里康美农业综合农场创办于2016年，面积达200余亩，种植有水稻、果树、蔬菜、茶叶等农作物和中药材，已投入资金360多万元，实施机耕路、排灌系统、供电线路和管理用房等设施建设，采取节水灌溉和标准化管理模式，打造集种植、采摘、销售于一体的一现代农业示范园。而今，生长在这里的水蜜桃、黄金贡柚果香浓郁，果肉细腻，果味甜美，令人喜爱。市民也可以到农场认领果树，亲手为之施肥管护和采摘自己的劳动果实。现在这里已成为福州和连江市民体验田园生活、休闲踏青的好去处。

其实，才溪水库才是下洋村最大的生态优势。1958年，连江县为了建设才溪水电站，以供电县城，征用下洋良田1880亩，征迁民房237户。下洋村民舍小家为大家，为支持国家水电建设作出了重大贡献。陈会长当年才是个五六岁的孩童，依稀记得那个人声鼎沸，肩挑车拉，筑堤造坝的激情燃烧年代。而今，这个蓄水量达326万立方米的人工湖静静地躺在高峡怀抱之中，或许，仍在怀念那个建功立业的岁月。

村党总支书记陈浩告诉我，为了保持才溪水库的一湖清水，去年已经将网箱养鱼做了清理，村集体宁可少一大笔收入，也要让湖水休养生息，保持清澈，以做长久计。

是的，生态文化代表着未来。

下洋村的传统文化、红色文化、生态文化汇聚一起，一定会焕发出振兴古村的巨大能量。

建庄的底气

黄 燕

芒种时节，应朋友邀约去附近一个山村采风。

向北，出福州城。在贵安分道，沿盘山公路蜿蜒而上。

山路不止十八弯，还好路面平坦宽敞，车行稳健。一路上，触目青山绿水，从车窗两边掠过的草木、茶园和庄稼，连绵不绝，繁茂而苍翠。风景随着海拔的升高而不断变化，唯一不变的，是那成簇成簇的芦苇花，像一个个挤挤挨挨的"F"，倾着婀娜的细腰，沿路向来来往往的车辆和人们招展她的柔情和善意。

我们要去的地方，是连江县北部的长龙镇。

连江是一个濒海县，她东临台湾海峡，西傍省会福州，海域面积有几千平方千米。可她辖区的长龙镇，却是地处山区，境内的红旗山，最高处海拔有六百多米。所以，当地人风趣地说：我们长龙是"连江县最高人民政府"。

建庄村是长龙镇政府所在地，一个历史悠久的小山村。这里山环水绕，阡陌纵横，沃野广阔。登高四望，见远处云蒸霞蔚、山林朦胧，近前溪水潺潺，荷叶田田，秧苗青青，我恍若置身于世外桃源，俗念顿消。春光明媚中，行走在建庄村干净整洁的街巷，享受安宁静谧、悠闲自在，欣赏古朴与现代的交织，娓娓脉脉泛泛滔滔间，竟有了一种前世今生俱在的虚幻。我仿佛成了晚年的王维，"小我"

渐与山水自然合体。

陪同我们采风的是建庄村党支部书记陈开传。他开着私家车，带我们走东串西，在建庄村来来回回——文化活动中心、照镜寺、后湾里十二扇厝、茶山公园、田间地头、沿河步道、农贸市场、新建楼盘……就像我们小时候，家里来了客人，恨不得把"百宝箱"里的各色宝贝都摆出来给小朋友分享一样，也要把建庄村厚实的"家底"全都展露给我们看。

在"建庄村文化活动中心"，我们参观了这幢经过当地乡亲贤达倾注深情和力量，并争取到仓山区建新镇的慷慨帮扶，各方力量同心协力，建成的宽敞气派综合大楼。"高大上"的乡村文化设施，默默地记录着丰富多彩的群众文化活动和社会主义新农村建设的光辉历程。在这里，我看到了建庄人的文化自信；

在照镜寺，我们聆听了邓子恢、陶铸、叶飞、曾志、黄孝敏、杨而菖等等革命先辈、以及闽东红军（连罗）独立营在这里进行艰苦卓绝斗争时留下的跌宕起伏的故事，才知道，革命战争年代，照镜寺不仅是十里八乡红色基点村的重要联结点，还是风餐露宿的革命者遮风挡雨的重要场所，它以悲悯之心，行良善之事，助奏光明之歌。如今，在福州市财政、交通、民政等部门的关心支持下，通往照镜寺的道路已改造铺设好，乡贤阮孝木先生斥巨资捐建的大雄宝殿、天王殿和禅修中心也早已竣工，这是一方承载信仰的净土，华丽庄严、古今融合。

在位于建庄村的长龙学校，我们知晓了村民们当年无偿捐献土地重建校园的感人故事，还有企业家阮孝木先生献巨资，建起"阮经在教学楼"，后又带头助力长龙镇创建嘉贤教育促进会、担任首任会长的义举，以及乡民尊师重教的优良传统。

在后湾里十二扇厝，吴氏家族忠孝为本、耕读传家的家规祖训，还有昔日科甲联芳的荣耀和显赫，以及近代吴家十二男儿参加游击队的豪烈……令我们震惊与敬佩。

20世纪二三十年代，作为"山面区"的长龙，人民积极投入到苏维埃政府发动的打土豪、分田地、减租减息、抗粮抗捐、营救革命同志、掩护抢救伤病员、筹集粮食和衣物支援游击队的运动中，配合闽东红军伏击敌人，保卫家乡，为革命做出了突出贡献。土地革命时期，仅建庄村，在册的烈士就有九人。

"和平生活真的来之不易！"这句很"官方"的话语，此时此刻听起来，却感觉是那么地真挚、饱满和贴切。

有句话说得好：只要信念坚定，就能风雨无惧。村里群众和干部坚信，日子会一天比一天好，一年比一年好，一代比一代好。确实！建庄，这个六十多年前的"茅屋村"，经过一代又一代人的努力，如今成了富庶祥和、欣欣向荣的美丽乡村。我想，这就是建庄人信念的源泉和动力吧？

穿行在建庄村阡陌间，我们不时停下来，看田看地看庄稼。建庄以种植水稻、蔬菜、茶叶为主，这里种的单季稻，煮的米饭软糯清香口感好；这里种的蔬菜，绿色环保无污染，畅销全国各地；这里种的茶叶，与"鹿池茶"一样，很早就走出了国门，享誉海内外……2011年，建庄村被农业部列为"农民田间示范校"，每年，农业部门都会派出高级农艺师担任辅导员，在作物生长期开展田间培训活动。眼前那刚刚结出小果的橙子，是新品种，名叫"红美人"，据说肉质细嫩香甜，水分充足，可惜现在不是采摘季，要不然就能饱饱口福了。

日头偏西时，我们来到了网红打卡地——茶山文化公园。

我们到来时，山上已经有好几拨人，有骑着很拉风的大型摩托上来约会的小情侣，有花红柳绿邀邀环环结伴而来的老闺蜜，还有一家老小来野炊露营的远方客。这边，人们三三两两，或漫步在茶林木栈道、或在观景平台摄影拍照、或在休闲区品茶论道，那边，大人们忙着安营扎寨铺排食物，孩子们围着那个从天而降的偌大茶壶景观，在茶园追逐嬉闹躲猫猫，像一群放飞的蜂蝶鸟雀……

山里的气候多变，时而云遮雾绕，春雨淅沥，时而丽日当空，熙风习习。阳光下，葱绿的茶树发出翡翠般的光芒。我们悠然地行走在茶园的休闲步道上，呼吸着草木和青茶的清香，体验到了一种久违的喜悦。

这里，不仅能眺望到不远处的道教名山、七十二福地之一的炉峰山，还能听到千年古刹炉峰寺的晨钟暮鼓。置身其中，看日出日落，品云雾香茗，可谓茶禅一味，静净境径。

这里，曾是连罗游击根据地，有"连罗井冈山"之称，存有多处革命遗址，红色革命资源丰富。

这里，是"全球重要农业文化遗产"地，站在山顶四下远眺：这边是苏区透堡镇、马鼻镇，那边是新开发的罗源湾，这里是生机勃勃的长龙镇，那里是今非昔比的华侨农场……十年前，电影《失孤》剧组曾在这儿取景拍摄，让老百姓开了眼界。据说，那些日子，刘德华常常趴在路口的一块大石头上，面对着美景发呆。

非常理解华仔的沉醉！那绵延起伏，绿浪滚滚，悠扬伸展的茶林，就像大地的指纹，生动地表达着生命的丰润和绚烂，惊心动魄地鲜活着，美丽着，不管不顾。有谁，能抵挡得住它的诱惑呢？还有远处和更远处那沉默不语的云和雾，山和树不断衍生出的浓淡深浅、动静快慢、长短高低，让人心生笔墨难书、丹青难绘之感叹。

在建庄，与一排排茶树对视，我渐渐忘却了茶之外的那些跌宕起伏与风云变幻，还有内心的焦灼不安。

摘一片茶叶放进嘴里细嚼，青味浓郁，苦涩锁喉。想起方才在照镜寺喝的明前茶，汤色淡黄，芳香扑鼻，浅啜一口，齿颊生津，沁人心脾。脑海不禁浮现出那些宛如精灵的细芽嫩叶，被制茶师捧上神圣的筛网，然后在他们手中曼妙舞动的无尽美感，那是一个柔和的、美丽的、神秘的艺术世界，内敛着千年智慧，芬芳甘醇。若不是春茶季已过，我们还可以去茶厂体会每个制茶环节的匠心独运。早就听说，建庄的制茶工匠，人人都有一双妙手。我信！

茶是叶，也是根。无论生长在哪里，不管揉捻成何种形态，都传续着共同的文化基因，承载我们共同的乡土情怀和家园梦想。

采风结束，离开建庄村时，当地朋友热情相邀："我们这里夏季凉爽，是避暑度假的好地方，天热了，带上家人，来住上一阵子！"还半开玩笑半认真地说：或者，来建庄买房，我们去帮你申请折扣！

原来，福州嘉贤房地产开发有限公司在村里开发的楼盘已经竣工在售，有别墅联排，有高楼商品套房。据说，冲着建庄头顶"福州市生态村"的桂冠、还有村里越来越完善的软硬件设施，来看房的人不少呢。

绿水青山在，希望就一定在。游人眼中的如诗如画，也是农民心中的金山银山。建庄如此，他处亦然。

生态好了，环境美了，心就快乐了，笑脸就多了。走到哪里，建庄人的腰板子都是挺得直直的：我们是长龙人，我们是建庄人。

还是家乡好

何 英

自然村的故事

洪峰，位于连江县东北部，距镇政府所在地七公里。这里西傍丹阳镇，北界罗源县，东临马鼻、透堡两镇，南邻建庄村，总面积8.71平方公里。

村民说：我们洪峰与国有林场、建庄村、朱山村、洋门村和罗源松山镇是"家里的邻居"，辖洪峰、外澳、总洋、新厝后(亦称孙厝后)、下洋坪、刘山、鹅角崙等七个自然村。

据村中年长者介绍：七个自然村都有感人的历史故事。

洪峰自然村原名洪塘，因明朝年间从福州洪山桥的洪塘搬迁而来称之，历史上隶属名闻乡嘉贤上里。因此，至今年长者都说自己是"福州洪塘人"。

外澳自然村，村民称为"义澳"。几百年前，村民按民间的传统文化，自筹资金在村口建了"尊王宫"，供人们逢年过节祭祀。渐渐地周边的村民得知"尊王宫很灵"后都到这里来敬香。于是，连江海边的不少渔民出海返回后，也翻山越岭到这里敬香祝愿。慢慢地，这里被称为"外澳"。之后，村民一茬又一茬地集资扩建"尊王宫"，每年的农历正月初五和农历三月初三，都在这里举行隆重的祭祀活动，外出的乡贤都会早早赶回来。时代进入20世纪的三十年代初的国内革命战争时期，连江县革命委员会在外澳成立。1934年红军北上后，国民党进村"围剿"4次，不少革命党人和群众在"尊王宫"附近被杀害。村民都说：他们是"为主义而死"的。从此，这里也被称为"义澳"。

总洋自然村，据说是因为村里有多条山上的山脉泉水在这里汇集后，欢腾地奔向大海而称之。

新厝后自然村，过去村民称为"孙厝后"。据说，是因为这里居住的是少数民族的畲族村民。早年，这里的村民因地霸欺压，族长带领村民反抗，遭剿灭，房屋被烧，村民被杀，只留下了几个当时外出的人。几十年后，那几个"留下火种"的村民的后代，重新搬迁回这里居住，人们就称他们是"孙厝后"。20世纪三十年代，村民参加革命遭国民党的"围剿"，全部房屋被烧废。中华人民共和国成立后，在政府的帮助下重建，后来，村民就称这里为"新厝后"了。

下洋坪自然村，据说是因村中的水流经这里后，长期的雨水冲刷，在这里形成了一个较为平展的平地而称之。至今村民都说这里是全村较平展之地。

刘山自然村，是洪峰村地势最高的村庄。据说早年这里有一座很高的山，在很久以前的一次地壳运动中，造成山峰崩塌后，村民搬迁居住在这里后，村民称之为"溜山"。又不知过了多少年的一年冬天，居住在这里的一位年长者外出因为饥饿晕倒在地，一个中年男子路过看见后，马上脱下身上的衣服包裹老人，同时把身边仅剩余的一点点食物救活了老人，接着，翻山越岭将他送回到村。路上，在老人的一再追问下，中年男子才低声说了句"姓刘"。当他把老人送到家的那一刻，这位中年男子却倒下再也没有起来了。老人全家感激万分，于是由族长发话说："我们这里，今后就称'刘山'。"

鹅角崙自然村，据说在很久以前，一个女孩因父母逝世后天天到山头哭泣，惊动了下凡看看的仙女，便逗女孩开心。女孩想邀仙女到家里做客，手指山下的草寮说自己住在那儿，晴天在床上望得见星星，雨天用盆接雨水。仙女手一挥，瞬间那草寮变成一座小屋，房屋周边长满一种植物。那植物的每一片叶间都结出一串花枝，非常美丽。到了秋天，那缀满枝头的果实远看活像天鹅的冠，招来远处的天鹅成群飞来叼食，女孩子从此一年一年地盼着天鹅的到来。消息传开，外村人悄悄来挖这植物去种。哪知，这树苗是仙女点化的，自然无法移植。可是，这植物却被糟蹋得一株不剩。从此"鹅角崙"就成了这个自然村的村名。

村里的荣光

进入新世纪，洪峰和各地乡村一样，外出流动人口近千人，占全村人口的65%。所不同的是，主要流向马鼻镇、丹阳镇、连江县城和福州市区，从事的行业也多门多类。

这里，是丘陵和山地相结合的村庄，林地面积9038亩，森林覆盖率73%。可耕种的农地人均0.95亩。

洪峰村，是革命老区村。在国内革命战争时期，洪峰村有很多人参加革命，连江县的第一个人民政权——连江县革命委员会，就设在外澳的"尊王宫"。第一任主席林嫩嫩就是这个村的人。

1934年红军"北上"后，遭国民党四次进村"围缴"。"尊王宫"也遭遇同样的命运，后村民自筹资金扩建。

位于洪峰自然村的古建筑"岭头顶大厝"，是建于清雍正年间的"林家大厝"。这里，背靠"岭头顶"，建造精美，雕梁画栋，是当年红军游击队的一个重要活动地点。

红军长征后国民党进村"围剿"时，带队军官林勉森曾下令烧毁。林家大厝的长者机警地与他拉家常说，厝里的人都是从福州洪山桥洪塘林氏世族来，邀请他进去坐坐，喝一杯茶。

林勉森迟疑片刻后，看到门联："翠竹千杆扬广宇，蓝天万里壮云程"，见"云程"二字，便觉得"或许真是自己的同族"，便进门去瞧瞧。

进屋后，林勉森发现厅里供奉林姓祖先的牌位，即刻脸色由阴转晴。林氏家人用茶水和点心热情招待之后，与他大聊林氏家族每年祭祖的程序，还特别细说祖宗是如何遗传祖训至今，林勉森便下令"不点火了"。

今天的洪峰人都知晓，祖辈村民都是传承耕读传家，历史上出过文魁、武魁和选魁，所立的牌匾至今还保存在宗祠里。

20世纪50年代，村里就有学子考上同济大学和厦门大学。改革开放恢复高考制度以来，全村考上大学的学子近百人。

还是家乡好

说起洪峰村的变化，村民都说翻天覆地。他们如数家珍：以前外出都是从北岭弯来弯去地下坡后，再到潘渡、贵安，或从丹阳翻过"朱公岭"和"洋门岭"，在羊肠小道上步行大半天，才离开长龙镇的地域。

如今，洪峰紧跟社会发展的步伐，新开的公路从飞石、洋门，沿着洋门岭盘山而行，从福州市区开车到长龙镇地域，还不要一个小时。回村创业的村民办起了"畲峰茶厂"和"外澳农民综合开发有限公司"。

当然，村民盛赞村里的林斌和兰立英夫妻在外闯荡二十年后，选择回乡带动村民勤劳致富的创业感人故事。

林斌和妻子兰立英都是1976年出生的中共党员。他俩都是在洪峰村出生成长的，小学和初中都在长龙镇本地上学，25岁那年，他们正式领取了结婚证书。

早年，林斌在美国打拼赚钱，也融入了当地社会。可是，夜深人静时，思念家乡的情绪一直缠绕在心头。思来想去，觉得还是自己的祖国好，在自己的家乡洪峰更好。他拿定主意果断地收拾行囊，起程回国。

2015年初，当林斌决定回老家洪峰投资兴业时，妻子兰立英也义无反顾地选择支持。经过精心的思考，决定种植柑橘和食用油茶等经济作物。他和妻子把加工厂转让给人，一起回村创业，成为村里首位带动村民种植果园的创业者。

当时，有的村民投来怀疑的眼光。但是，林斌和妻子商量，将乡亲们的田和山地一并租来，可以种植的地每亩每年租金200元，山地略低些，一签五年，首签一次性付清租金。

夫妻俩还商量好，所有的劳动力都请本村的乡亲帮忙，工资一律按市场行情支付，当天结清，从不拖欠。

乡亲们足不出户就可以务工挣钱，非常乐意。在种植和管理的过程中，林斌坚持绿色、环保的理念，果园里的草用人工割好后，就地复沤改良土地。施用的肥料，选用有机肥。于是，他种植的果树三年开始挂果后，迎来一批又一批城乡追逐现代有机农作物生活的人们，还带动了七八户农民回来种植水果，他负责指导种植和销售。

功夫不负有心人，他们的种植这两年开始收成并得到人们的宠爱。林斌和兰立英夫妻从内心呼唤着："还是家乡好！"

云上茶乡岚下村

戎章榕

"长龙之光"采风行的组织者告诉我们,长龙镇有两大特色:一是红色,一是绿色。长龙于我并不陌生,5年前,我因编写《黄孝敏传》(黄孝敏是连罗山面区根据地领导人之一),曾到访长龙,对长龙的绿色也有所领略,这里有青山如黛、茶树滴翠的"福建最美茶山"。

此行采风分配给我的任务是采写长龙镇岚下村,那是个具有光荣革命斗争历史的老区村,但要求写绿色,这就让我犯难了,长龙下辖7个村,几乎都出产茶叶,如何避开"同质化"的窠臼?

当我为找不到岚下特色颇感踌躇时,岚下村党支部书记苏华梅说,我们村有400多年种茶历史,现今种植面积3500多亩,占全镇的三分之一,不仅种植面积大,而且品质好,列入2022年度省级"一村一品"专业村,全县275个村,当年只评上3个,言语中充满着自豪。

茶业是岚下村的支柱产业,单靠茶叶致富不成问题,但要"百尺竿头更进一步"却困于路在何方?采风的当天,除了村两委干部,还邀请了一些乡贤一起座谈。与其说是接受我的采访,不如说是大家围绕岚下村今后的发展出谋划策。

在我们采风的前两天,福州市深入学习"千万工程"经验推进乡村全面振兴现场会在连江县举行。选择在连江县召开,很大程度上是由于连江县委县政府提出山海联动、连片推进,奏响乡村振兴奋进曲。在此背景下，岚下村两委班子也在谋划未来，单凭种茶已无太多的空间，早已超过了"人均一亩茶"的目标，初步形成一产优、二产强、三产兴的局面，想要再上新台阶，必须走融合发展之路，茶文旅融合是一个方向。结合当地实际，梳理村里资源，经过大家一上午的"头脑风暴"，发展思路逐渐明朗。

文脉·研学

乡村是传统文化的根基所在。乡亲们虽然说不出岚下村名称的由来，却承载着厚重的历史文化。何以见得？岚下村有宝贝。一株银杏树，据林业部门检测树龄，迄今近300年，被乡亲们命名为"银杏王"。

我们一起前往探访，茂盛的竹林中，一株高大的银杏树如鹤立鸡群一般。有人递给我一片叶子，青翠稚嫩的扇形叶片与褐色龟裂的树干皮形成了鲜明的对比，在树干上钉有一块"福建省古树名木保护牌"，落款是2015年连江县人民政府。也许是经年久矣，树干倾斜，为此，两根褐红色的水泥柱支撑着郁郁葱葱的树冠，一旁还有新立的"连江县古树名木管护宣传牌"。陪同的一位乡贤告知，他从小见到这株银杏树就是倾斜的。我想支撑保护绝非杞人忧天，这株"银杏王"不仅见证了岚下村的演变，而且还庇护着这里的村民繁衍昌盛。

"银杏王"不仅有历史，还有故事。在镇政府见到长龙知名乡贤阮道明，提及"银杏王"，他的话语就像一股清泉涓涓流出。

宋庆元三年（1197），理学受禁，朱熹避迹连江。有一次，途经长龙虎头岗，口渴之时，见一眼清泉汩汩涌出，饮后觉得清甜，便择一块岩石斜靠小憩，环顾四周，不由感叹"好山好水好风光"。恰巧一位樵夫路过，见老夫子面善，斯时天色向晚，执意留他用膳后再归。朱老夫子被诚意感动，就以堪舆术指点，告知此乃风水宝地也。樵夫按照指点，勤俭持家，让他不可思议的是，饲养了一群母鸭，居然都是生双黄蛋；放养了一群羊，每每生育也是双胞胎……尚未完全理会其中奥妙，就已发家。樵夫感念，就在当年老夫子饮水处，修了一方水井，并在老夫子憩息处盖了大厝。这就是岚下村陈氏大厝的由来。

大约是清康熙年间，陈氏后裔有一书生赴京赶考，载誉归来，带回两株银杏树苗，一株种在自家庭院边上，一株种在前方不远处的广应寺前，两株遥遥相对，庇护乡梓。陈氏家族从此伴随着银杏树成长，生生不息。最显赫的标志是陈氏大厝成为"旗杆厝"，最荣耀的族人是陈球蕃祖孙四代武举人。可惜的是，斗转星移，世事变迁，陈球蕃祖屋早已人去屋弃，杂草丛中隐藏两个"旗杆厝"的基座，面对断壁残垣，让人徒生世事沧桑的感慨。

能不能活化利用这些古建筑呢？

当下，研学热正在兴起。自2016年教育部等11部门发布《中小学生研学旅行意见》后，福建省于2018年下发《关于组织申报省级中小学生研学实践教育基地营地的通知》，迄今已公布第五批福建省中小学生研学实践教育基地营地名单。采访中，我得知岚下村已列入百校联百村爱国主义教育研学基地、与福州春伦茶叶集团合作的三茶统筹实践基地。应当看到，研学旅游在岚下村的未来大有可为。

岚下村的研学旅游资源丰富，银杏树是我国特有珍贵树种、国家一级保护野生植物，素有植物界"活化石"之称。除此之外，岚下村还拥有大约30亩的古树名木群，其中竹柏、樟树、金丝楠木等，是福建省数量最多、面积最大、最古老的村庄古树名木群落之一，是青少年认识植物、生物的校外课堂。此外，茶山优美，茶农特殊，长龙华侨农场聚集着东南亚八国侨民，其中有5个工区在岚下地界，别有风情，值得挖掘。

另据有关文献记载，朱熹曾几次到过连江的官地、仁山、透堡、敖江等地讲学，在连江留下诸多遗迹。路过岚下的逸闻趣事，虽然只是传说，亦不妨将其列入朱子遗迹的一起"趣"研学，"快乐于行，研学于心"，将朱熹倡导的崇文尚教的遗韵发扬光大。

梳理岚下村的文脉，最突出的特征是崇文重教。我听到一个被称为长龙山的"教育之家"——卓尚瑞的故事。

深受文脉传承的浸润，矢志改变家乡的面貌，20世纪70年代，卓尚瑞毅然放弃城市优渥的工作和生活条件，回到岚下村执教，后又筹建新的长龙中学，克服各种困难，全身心投入，历年中考成绩均名列全县前10名。学校连续15次被评为各级各类先进单位，他个人也曾12次获得市、县"优秀共产党员""先进教育工作者"等荣誉称号。尤为难得的是，一家两代共有8人从事教育教学和管理服务工作，其中6人为在职专任教师，家庭累计从教年限逾200年，为长龙乡及本族人才培养作出了突出贡献。

禅修·禅茶

岚下村悠久历史的另一个标志，是广应寺。

广应寺位于炉峰山下，坐落于竹林丛中，"庐峰雄视各群山，青龙飞转马鞍山。莲花光镇水牛口，广应古刹存此间"。伫立山门前，默读一副楹联："广纳十方佛子研毗尼，应渡法界群灵生莲邦。"步入寺内，又在一方碑前驻足，从碑刻记载了解到，广应寺由唐贞观元年（627）了翁法师创建，寺区殿宇曾多达13座，香火鼎盛，高僧辈出。后因战乱和人为的破坏，寺塌僧去，寺院里的那株银杏树也枯萎了。

时至1981年，开平法师发愿重振梵宇，坚持农禅并重，一方面重塑佛像，重修殿宇，另一方面，开荒造地，生产自给，古刹重光，深得信众信赖。1997年，广应寺被福州市宗教事务局评为宗教活动场所管理先进集体。

盈盈一池水塘边上，矗立了一尊三面观音石塑像，在远处层层叠叠的茶山衬托下，微风徐来，袅袅的梵香中夹带着缕缕的茶香，令人神清气爽。

我们一行正在寺院参观，巧遇了寺院住持心惺法师。她告诉我们，2011年入寺以来，除了寺院外围环境的修缮与拓展外，多年来一直坚持举办禅修班，在晨钟暮鼓中安顿心灵。

　　心惺法师的一席话，给我启发。岚下村要发展茶文旅融合，不妨以寺院禅修为依托，以当地盛产的茶叶为载体，开发一款修身养性的禅茶。禅修除了冥想和静坐，还有禅茶、禅绘等其他方式来实践专注和觉知，促进身心健康。现代生活节奏加快，人们生命中出现了许多困惑，需要抚慰与解脱。禅修已从最初的佛教发展成为一种跨宗教和非宗教的实践，风靡当下。

　　中国禅宗史上有一段著名的"禅茶一味"史话。禅茶讲究将正气溶入感恩中，将清气溶入包容中，将和气溶入分享中，将雅气溶入结缘中，其精神概括为"正、清、和、雅"。"茶禅一味"的禅茶文化，是中国传统文化史上的一种独特现象，也是中国对世界文明的一大贡献。

　　长龙镇坐拥"最美茶山"，美不只是外观上，还应有文化底蕴；岚下村是知名的"云上茶乡"，高不只是在海拔上，还应在文化制高点上。

长寿·康养

　　岚下村是"云上茶乡"，还是"长寿之乡"。据民政部门提供的资料，岚下村90岁以上老人5人，80岁以上老人46人，高龄老人比例全镇第一。

　　长寿原因是多方面的，主要得益于朱熹当年说的"好山好水好风光"。好山，岚下村位于万亩茶山、72洞天福地之一的炉峰山必经的中途上，森林覆盖率达74.24%以上，空气优良率平均值近达100%，负氧离子含量高；好水，对于水质，当天午餐时，苏华梅书记特地让我品尝了当地的青红酒，说是当地的水酿造的，浅尝之后，口感确实不错；好风光，登顶炉峰山远观，云海苍茫万里，使人如坠仙境，"岚下"之名会不会与云雾有关？云雾山中出好茶，当地人种植茶叶已经有400年的历史，既可欣赏大地指纹般独具地域特色的茶山景观，还可极目远眺马透平原、大官坂垦区、可门港、罗源湾，美景一览无余。

更让人流连忘返的是这里的气候，长龙镇属于大陆海洋性气候，雨量充沛，常年平均气温16.7℃，气候宜人，不仅是夏日避暑的好去处，还适宜度假、踏青、康养，有"连江的鼓岭"一说。乡亲们告诉我，每年清明前后，春茶开采，或是九九"重阳节"，健步登高，炉峰山是摩肩接踵、人满为患，只好限量通行。

面对如此优越的地理环境，当我端起由长龙镇第一茶厂承制的一次性茶杯，看见上面印有8个字"福茶福景，清凉福地"，转而一想，这又何尝不是"康养福地"？

我国早在1999年就已进入人口老龄化社会，按照联合国《2019世界人口展望》的预测，到2025年，我国65岁以上人口占比将超过14%，进入深度老龄化社会。康养产业是正在兴起的朝阳产业。

福建省作为全国森林覆盖率最高的省份，又是产茶大省，想要找一块"福茶福景，清凉福地"并不困难，但毗邻中心城区的则不多见。福州城区驱车上鼓岭，少说要大几十分钟，而到长龙岚下村，也就一个多小时。区位就是优势，岚下村不仅要成为福州人的"避暑胜地"，还要成为今后老年人的"康养高地"。当然，这已然超出一个村庄运作的能力范畴。

在采访中，我也隐约感觉到，由于炉峰山分属长龙和透堡两镇管辖，连江县奏响乡村振兴奋进曲，其核心要义是"山海联动、连片推进"，那么，可否也从一座炉峰山的开发做起？由县委县政府统筹，靠海的透堡镇与依山的长龙镇，强强联手，共同打造一个"山海联动、连片推进"的范本。

信使交汇苏山村

张 茜

海风从一道垭口缓缓流进，山风从碧波荡漾的林海里旋绕而出，老人们说：山与海的信使交汇在苏山村，生成天时地利人和的磁场与能量。

苏山村，古称苏湾，地理纬度最适宜茶树生长，山峦云集，水雾蒸腾缭绕，产茶历史悠久。更有唐朝太子驻足这里安身立命，修建一座光化寺，于寺门外掘凿取水得——七分井。

七分井千百年来涓涓不息，水质清澈甘甜，含有淡得似乎品咂不出的一丝丝碱味。但只要静下心来，凝神屏气，意念中收，心无旁骛，轻轻啜饮一口井水，便有山与海的精灵送您一份若有若无碱的礼物。毫无疑问，自古至今，作为人的身体格外需要这个宝贵的成分。它与南国养眼的红壤土结合，令人延年益寿。

至于名曰七分井，有着确凿数据。当年皇太子不远万里，避难此地，晨钟暮鼓，终日修行，心平如镜。品得此水时，眼睛大睁，但他毕竟见过广阔世面，阅历非常人所比，不动声色。十天后的一个满月晚，他唤人打来苏山村其他井水，称重比较得出：寺门外的井水，每一碗都比其他井水重七分。七分井之名，从而诞生，携带着说不清道不明的仙气。时值金秋，村民闻讯取水酿酒，观察着绵柔汁液日渐转色，直至泛出淡淡蓝色。品咂一口，酒香浓郁甘醇，蕴含着草木芳华清香。于是,"苏湾米酒"盛名十里八乡。

一千多年后,我慕名而去。

乘坐宽敞小轿车,盘旋于一座座山体。瓦蓝天空遮盖高高头顶,道旁屋舍、水稻、芦柑、茶树、森林,从盆地到山巅,依次而上,画面般闪向车后,又与我们相拥入怀。

一条条水泥村道犹如一线线叶脉,衔接在更宽阔的乡道上。村民相聚在村部里,聊天喝茶商讨农事。年轻的村支委小谢,放下城里工作,回来服务大家。他说:这里是家乡,根在这里,为村里做事很开心。他家有稻田有芦柑园有茶山,都流转给亲邻种植,不收取租金,令我吃惊。他认知颇高:土地不能荒芜,这是国人的饭碗,必须种植起来。

苏山村只种单季稻,实行生态化。眼下正是插秧期,种植人家的秧苗已经绿生生齐备待用。插秧时,今天你家,明天我家,村里种柑橘种茶户,正好得闲,也很抢手。今天这家明天那家,干活领工资,而且很高,每天三百元左右。请人的村民先说天气多热,插秧体力活、技术活,工钱不贵。村里有三大种植:稻、柑橘、茶叶。老村长太太去城里照看孙子,他一人种植柑橘十亩,每到清明花开满园,馨香飘溢几座山头,醒脑健脾,令人陶醉不已。八月份也是请工期,只请本村人。秧苗插完了,刚好接上。树上柑橘果儿一元硬币那么大,疏果、剪枝。一条枝头留取两至三个果儿,长枝打掉梢头,徒长枝去除。阳光做游戏般穿过枝叶,宠幸每一个果儿健康成长,直至十一月采摘。采摘更需人手,依然只在本村请。村人笑呵呵打趣道:肥水不流外人田。

苏山柑橘橙红艳丽,果大肉厚汁水饱满,亩产五千余斤,供不应求。秋风飒飒吹起时,亚热带的山山岭岭,层林尽染。淡黄、明黄、金黄、浅粉、桃红、丹红、淡绿、墨绿,一道道呈带状排列铺陈,推向山顶,宛如画匠精心描绘,壮丽绚烂。宛若童话世界,但又比童话世界更大气磅礴、意境深远。

苏山村人人有茶山，户户会做茶。茶叶即是口粮茶，也是主要经济支柱。茶青叶片肥厚柔韧有弹力，抓一把扯断开来，馥郁馨香迸发四溅，飘散出古树、苍苔、青草、百花的气息。村人历来古法制茶，锁住了每一片叶子所蕴含的秘密。每日清晨，早饭前先饮茶，这个习惯，不知从何时延续至今。在滚烫七分井水里，茶叶挣脱蜷缩的束缚，渐渐复活，伸展四肢，旋舞于杯盏间。人们在这充满生气的旋舞里，开启新一天的劳作。

村子毗邻城镇，中青年人两头忙活，六十岁以上的牢牢守着山水田园。而今的六十岁以上，非同先前，有本书里说属于大中年。事实上这是一股强劲的不容小觑的生力军，采茶、种田、打理柑橘园、挖笋伐成竹，他们个个身手不凡。您瞧村口来了一位老者，肩扛铁锹，行走自如，去往乡道。老村委主任说：喏，93岁，去女儿家还拿着劳动工具，顺道干点农活。他女儿家有多远？二三公里！还是他一个人去！村部里热热闹闹，从七〇后到四〇后，一起喝茶谈事情。年轻人、中年人声音轻缓，大中年、老年人，声音响亮，身板挺拔，目光炯炯，闪着泉水般的清亮。如此氛围，引来两句诗经闪现脑海：桃之夭夭，灼灼其华。

逢着周末或者假期，城里人带着老人孩子，纷纷前来度假。苏山饮食融汇山海田园，一道朱红酒糟串联其间，祥瑞增色。下去一道山岗就是马鼻港，海鲜食材当天取回，七八人一桌饭菜，山珍味美，海味悠长，来苏山，品尝美食为一大乐趣。

住在苏山，民房多样。在水泥道弯弯绕绕里，石头老屋、红砖楼房、贴装饰石材的小洋楼、青砖黛瓦土木房，一幢幢安然自若。村后一条健身石阶路，携着两座凉亭，荷载游人深入原始森林探索秘境。清晨在鸡鸣鸟唱中醒来，一缕缕淡蓝色雾丝，萦绕窗外，出门便被缠绕其间。伸手抓一把，空空如也，不禁哑然失笑。整个村子静悄悄地待在岚雾里,竹叶尖上的露水模仿钟表时针,滴答滴答落下。一切就在这嘀嗒声里等待,等待东面山巅之后的那一轮红日喷薄而出。那时刻,万物如重生。

　　我如约般来到光化寺,聆听千年钟声。赤足躬身迈进客人厅,只见茶桌上,素花洁净,不染纤尘,橙红柑橘似盏盏明灯,杯中鹿池绿茶香气袅袅。

多彩真茹村

杨国栋

一、今昔真茹村

高大挺拔的松杉树木，陡岩峭壁逶迤而下的弯弯山道，颠覆了笔者往昔对连江的印象：原本总以为，连江靠海，人们可以枕着起伏荡漾的浪涛入眠。没想到，连江的另一半，却是群山连绵，树木葳蕤，山道弯弯。20个世纪30年代初期，后来担任了国家领导人的邓子恢、陶铸、叶飞等人的革命斗争故事在这里广泛流传，甚至，红色文化在这一片神奇的土地上落脚到了十分僻远的真茹村。那个年代，真茹村广大老百姓踊跃报名参加游击队、参与游击战争，埋伏在山坳上，英勇顽强地阻击敌人，以及倾其所有支援革命斗争，演绎出许许多多动人的故事。

真茹村党支书兰家松说，真茹原名真如。在人烟稀少的往昔岁月里，古人静悄悄进入真如，在这里建起了"真如寺"。这三个字的石碑和一口古钟，经过专家们的鉴定，认为雕铸文字的古钟，是明朝万历年间铸造的，距今有近600年的历史。

还有一说：清朝年间有一位未能留下姓名的高官，看见这里山势雄伟，绿荫环抱，是一块让人赏心悦目的风水宝地，便在这里建房定居，取名"真如"。后来高官升迁搬走了，将他的住所无偿献给寺院，取名"真如寺"。村史记载：2008年寺院曾经重修扩建过一次，原先的房子基本被拆除，只保留门楼石牌和两对旗杆石。

扩建后的真如寺分前后两座，前面的一座为天王殿，后面的一座为大雄宝殿。如今成为国内外无以计数的游客参观或者拜佛念经的好去处，升腾起旺盛的人气香火。

真茹村距离县城与乡镇较远，山高林密，参天大树遮天蔽日，自然条件较好，空气清新，环境清丽清美；水资源极其丰富，有几条小溪常年不断地唱着歌儿，从西向东往真茹村穿越而过，最后流入连江县的马鼻镇牛洋水库，从未发生过超大的洪涝灾害。清澈见底的滚滚溪水香甜可口，可以解决真茹村和连江县马鼻镇老百姓的日常生活用水问题。

数年前，兰家松担任真茹村党支部书记，他干的第一件大事情，就是被许许多多山区农村证实了的硬道理"要致富、先修路"。面对山道弯弯，进出十分不便的现状，兰家松同几个村两委干部一讨论，说干就干了起来。其时正值连江县长龙镇"长真线"生命防护工程上马。在上级领导的大力支持下，实施了寺际林场至真茹村外窑自然村8.21公里的路基拓宽，产生了较好的整治效果。从此大型车辆可以进进出出。尤其是真茹村当地的村民，可以直接将山货运往村镇，甚至县城销售，较好地提升了村民们种植与销售土特产的积极性。

二、外窑文化的浪漫

作为一个历史悠久的古村落，真茹村早在唐朝末年至北宋初年，就诞生了古色古香的"外窑文化"。至今犹存的外窑村，系连江县长龙镇真茹村下面的一个自然村，位于连江县东北部，距离县城36公里，距离镇政府13公里。东与马鼻镇交界，西同真茹村相连，南与长龙国有林场接壤，北同邻县的罗源松山镇仅一山之隔。

历经千年历史淘洗的外窑村，坐落在崇山峻岭、流水潺潺、空气清新、绿树成荫的大自然怀抱之中。遥想当年，这里曾经是方圆数百里知名度最高的顶尖级窑厂。永不熄灭的窑火照亮了黑夜的星空，也照出了川流不息的窑工们乌黑发亮的脸庞。根据史料记载，外窑村窑工们的始祖并非真茹人，而是广东人，他们的嗅觉极其灵敏，他们的动作更加快捷。当他们风闻连江真茹村有着品质上好的高岭土，便下定决心，义无反顾地拖儿带女来到连江，建起瓦窑厂……

许多年以后，第一代窑工老了，头顶上稀疏的白发遮不住凹凸不平的后脑勺，于是无奈地退出窑火燃烧的战场。接替他们的是下一代窑村子弟。窑村汉子个个剽悍健壮，哪怕到了寒冬腊月，依然赤膊上阵，迎着西北风将窑火燃成火舌吞吐的亮丽图案，常常引得外乡的年轻亮丽的姑娘前来观赏。与之相对应的故事也在那些十七八九岁的青年男女身上发生。

随之而来的，便是男方父母义无反顾地走进女方家中提亲，或者请出当地的媒婆，促成了一对又一对美满幸福的婚姻……

三、奋进的真茹人

1934年3月至10月，连江与罗源进行的土地革命斗争，风风火火，高潮迭起。在上级党组织的领导指挥下，打土豪、分田地、烧账本、撕田契、废债务……成为广大真茹村穷苦百姓的自觉行动。

谢春妹，1949年新中国成立前夕参加红军游击队，立下战功，新中国成立以后曾经担任苏山乡副乡长。年轻一代青年人尊称谢春妹为"老革命"。

钟依向，新中国成立前夕参加真茹村游击队，跟随老游击队员们跋山涉水，勇往直前，打击敌人，消灭其残余力量。新中国成立后担任长龙林场与真茹村合并成立的林业管理区主任。

  王细俤，新中国成立前参加游击队，后来担任真茹大队第一任党支部书记。村里人尊称他"老书记"。

  钟庭木，真茹大队第二任党支部书记，1987年带领村民多快好省地修通了乡村公路，大大方便了村民们出乡进县办事、走亲访友。

  钟宝灯，真茹大队第三任党支部书记。1990年，实现了国家电网对真茹村的供电；1992年实现了村民家家通自来水、普及有线电视。寂寞的真茹村热闹起来了，畲乡的面貌发生了翻天覆地的变化。

  随着岁月的流逝，时光的推进，一代又一代的真茹人，顺应时代的召唤，跟上了时代的步伐，前行在艰辛而又幸福的康庄大道上，过着越来越好的日子。

圻祠走笔

郑新顺

到达圻祠，还不到9点。那天天气很好，站在长（龙）马（鼻）公路边，我放眼四周。正值芒种时节，成片的水田，俯身插秧的农人，专注觅食的白鹭，时不时迎面吹来泥土气息，让我神清气爽。我仿佛在欣赏一幅安详静谧的水墨画，脑子里还蹦出杜牧的"白鹭烟分光的的，微涟风定翠澝澝"的画面。

圻祠位于炉峰山麓。炉峰是七十二福地之一，因山形似香炉得名。圆照井的传说，章仙的故事，乌岩、剑石、玉泉、龙井、溪瀑、茶园、寺观，令人神往。敖江十二景中的"炉峰晓瀑"，虽是唯一不在敖江两岸的景致，但古时邑内文人骚客如元代周正子，清代孙淳、郑霄等，常常呼朋引伴，多会于此，饮酒赋诗，品茗邀对，每每令人称羡。如郑霄有诗曰："紫盖香炉绣碧苔，玉皇案下縠帘开。落虹饮涧羁难住，渴骥奔泉喝不回。削壁势悬天半雪，飞湍声碎地中雷。庐山面目章仙迹，吟就青莲绝点埃。"我想，浸漫于如此优渥的历史人文环境，当今的圻祠人，应该更有作为吧。

村部是一座漂亮整洁的大楼。村党支书孙传宝、老村委主任孙枝贵、村党支部组织委员陈玉莲、妇女主任雷龙珠热情接待了我们。其实，我是第二次到访圻祠村。上一次是2021年，我作为县党史学习教育活动办公室材料组组长，同时是第8巡回指导组组长，我负责的片区之一便是长龙镇党委。在督查指导该镇村级党史学习教育工作开展情况时，镇领导推荐了坵祠村。

据介绍，坵祠，古称坵储、邱储，隶属名闻乡嘉贤上里。这个村位于建庄村的东面，在长龙山面可谓一马平川。境内长马公路贯穿而过，东面与透堡镇栊柄村和官坂镇合山村交界；西面与建庄村、下洋村相邻；南面与浦口镇益砌村接壤；北面与岚下村毗连。村域总面积4.25平方公里，其中水田860亩。颇有意思的是，坵祠这个村名，如果"祠""储"出于方言谐音，但"丘""坵""邱"同音，而且意思相近，不知为什么频频改字，多此一举。更不解的是，除了邱峰境带"邱"，980多的人口中，绝大多数汉族村民姓孙，而没有人姓邱。这村名是不是跟山形地貌有关？

坵祠村现有正式党员47名，在人口中占比很大。由此穿越时空隧道，红色基因深深融入坵祠人的血脉中。谈起村革命斗争史，老村委主任孙枝贵娓娓道来，如数家珍。他说，土地革命、抗日战争、解放战争时期，村里共出了不少革命烈士。他详细介绍说，1933年3月，连江地下党领导开展声势浩大的"春荒"自救斗争。既帮助了贫苦群众度过春荒，又扩大了党和游击队的群众基础。当月，连江县各区乡革命群众选出的代表在洪塘乡外澳村大王宫隆重举行大会，成立了闽东十一个县第一个红色政权——连江县革命委员会。接着，坵祠乡也成立了革命委员会(属山面区委员会)。孙俤使为主席，孙仁春、孙大杨等14人为骨干成员。他们充分发动和依靠贫苦群众，打土豪、分田地。1934年1月，连江县苏维埃政府在透堡成立，原革命委员会均改称苏维埃政府。在斗争中，坵祠乡相继成立了农夫会、赤卫队、妇女会、儿童团，他们拿着刀枪、梭镖，站岗放哨，保卫着红色政权和土地革命的胜利果实。党和苏维埃政府实行民族平等政策，当地畲族群众和汉族贫苦农民一样分到田地。鹿池的兰典旺、兰祥春、兰进发、雷礼俤等11位畲族青年，踊跃加入红军游击队，参加革命斗争。当我要详细了解兰典旺烈士是如何牺牲的，妇女主任雷龙珠当即拨通兰典旺烈士亲属（儿媳妇）电话。我们得知，1934年10月，红军第十三独立团通信员兰典旺遭叛徒出卖被捕，关在下洋。面对严刑拷打，威逼利诱，兰典旺严守党的秘密，视死如归。敌人无计可施，残忍割下兰典旺头颅，悬树示众，牺牲时年仅31岁。老村委主任孙枝贵接着说，抗日战争时期，日本侵略者两度攻陷连江，日寇对透堡、下洋和坵祠等地，实行残酷的"三光"政策。孙仁相、魏香官等一批热血青年分别担任地下交通员、抗日游击队员等，以实际行动践行抗日救亡的誓言。1949年8月，人民解放军发起解放连江、福州战役。在地下党的领导下，丘祠畲汉青年组织起担架队、运输队，参加支前工作，因表现突出，受到解放军的表扬。游击队员孙礼海、孙仁村等随杨华、郑敢游击队编入解放军序列，转战全国各地。老村委主任接着说，新中国成立后，坵祠村老区人民为改变穷山恶水战天斗地。1967年2月，国家拨款群众义务献工建造了明洋里水库，彻底改变了坵祠村十年九旱靠天吃饭的落后面貌。改革开放后，群众转变思想观念，跨出家门、走出乡村，搞建筑、办公司、开工厂，乡村经济蓬勃发展。

村党支书孙传宝介绍，村里主打产业是茶叶和蔬菜，全村2000亩的茶园，生产的优质绿茶产值达500多万元。他自豪地说，坵祠的鹿池茶叶品高味醇名闻中外，曾荣获世界茶博会银奖。尤其是改革开放40年来，茶农靠种茶制茶售茶，人均收入超过了3万元。再一个是蔬菜，利用得天独厚的自然地理环境，借助"夏阳白"的品牌优势，坵祠优质白菜常年供应超市，菜农的收入稳定增长。

妇女主任雷龙珠说，村里很早就接上了国家电网，安装了自来水、闭路电视，开通了宽带网络，建设污水处理厂，还投资300多万元，兴建了老人幸福院。村医疗站做到村民治小病不出村，全村医保全覆盖。她还说，70多岁的村医老陈坚守50多年，从青丝到白发，默默为群众诊疗，很是不易。

当问到我最关心的教育时，组织委员陈玉莲兴奋地说，2011年，本村的孙焜同学考入清华大学生命科学学院，成为连江为数不多、长龙第一个清华大学生。当年孙氏宗祠金匾高挂，锣鼓喧天，张灯结彩，好不热闹。她说，除了清华，村里还有20多名学子陆续考取了各类高等院校。陈玉莲补充说，坵祠村班子团结一心，锐意进取，在镇里千分制考评中多名列前茅，还获得福州市乡村振兴"四星村"的荣誉。

我提议实地走一走。老村委主任让我们坐上了他的私车。在老人幸福院，见剧场气派、宽敞、明亮，活动室、娱乐室、休息室、农家书屋、长者食堂一应俱全。

距幸福院不远处，一块斑驳的禁毒禁丐碑引起了我的兴趣。碑身长约1米，宽约0.6米，说是原来一截两段分离他处，在2018年全国文物普查时，才拼立一块。旁边还立有连江县文物管理委员会监制的指示牌。细看碑文，正文模糊不清，只能依稀辨得落款是：清光绪十六年（1888）。近代以来禁毒历程不必细说，禁丐我所知甚寡。查看资料，才了解大概。禁丐碑，是福建民间"禁丐""限丐"一种石碑，其禁限范围直指恶丐。这些身患麻风病的流丐"呼群引类，手足拳曲，形体坏烂，恶气侵入"，自清康熙年间就开始出现。人们在溪河下游用水，他们就在上游洗澡洗衣，感染众人。畜狗喝了污染水，体毛脱尽。且分为"红项""白项"，前者横眉赤脸强讨，后者软缠硬磨哀乞。如咸丰五年（1855），晋安宦溪弥高村，恶丐竟然将尸体横在百姓门口强乞，传染恶疾。因此官府支持民众立碑禁丐，并可捆绑送衙，严惩不贷。连江潘渡文岳村、长龙总洋村，立有道光年间禁丐碑。2018年在坵祠发现的这块石碑，立碑背景应与各地差不多，但作为文物，其文史价值十分难得。

我们最后的目的地是鹿池。车子驰在平坦宽阔的长马公路，一路青山茂木，碧绿茶园尽收眼中。老村委主任说，1972年，连江县城经长龙通往马鼻的长马公路贯穿坵祠村，既改变了山区交通不便的状况，又完善了全县路网建设。大家至今都记得，时任县交通局局长的乡贤阮经在，为此尽心出力。不到10分钟，我们来到了茶山环抱，绿树成荫的鹿池畲族自然村。

传说，鹿池畲族自然村的肇基始祖雷山哈，一天到自家山谷中的"池丘"烂泥田耕作，发现一头母鹿陷入烂泥田的"千深窟"，只露出一个头。母鹿发出求救声，悲切、凄厉。山哈砍下了几根木棒，将木棒伸向"千深窟"，好不容易才把母鹿救了出来。那是一头即将分娩的年轻母鹿。这时，从那密密的山林中，现出一头公鹿来。公鹿"嗷嗷"叫着，母鹿"嗷嗷"回应。一会儿，公鹿衔来几株茶苗，放在山哈身边。接着，公鹿带着母鹿消失在山林中。

山哈把公鹿送来的茶苗种在园地里，茶树一年年长大，茶树开了花，结了果，茶籽再培育茶苗，附近的山头很快变成了一片绿色。为纪念山哈救母鹿、公鹿报恩送茶苗，当地畲族乡亲就把原先的畲寨叫鹿池，把这儿茶山种出来的茶叶，叫鹿池茶。1910年，鹿池茶荣获巴拿马国际博览会银奖。从此，鹿池茶闻名世界。

正在翻修大楼房的老兰领着我们边走边看。一栋栋拔地而起的新楼，似乎在无声炫耀。兰典旺烈士亲属后人，也身居路旁的一栋大楼内。小祠堂内，老蓝他们搬出了一对有上百年历史的硕大锡壶。每逢大事要事，这对锡壶必然派上用场。拂去历史尘埃，仿佛远处又飘来至善至美的鹿池传说，在我的脑中开始无边无际地发散。

长龙"山哈"记

石华鹏

一、出山记

畲族人自称"山哈",意指居住在山里的客人。

2024年端午节前我有过一次连江县长龙镇畲族山乡之行,我发现这些昔日"居住在山里的客人"大多走出了深山,成功地融入了山外的世界。从走入深山到在深山里漫长生活再到走出深山,这既是畲族民众千余年来的坎坷命运之路,又何尝不是人类"离去—归来"的心灵之路呢。

今日,或许畲族人不再称自己为"居住在山里的客人"了,因为他们已经成为山外世界的主人。或许他们也还称自己是"山里的客人",因为他们在节假日和大事日还会如客人一般返回,返回山里的祖居地,那是他们儿时生长和祖辈生活的地方,是精神之乡。

人离开了,但畲族的村落和魂魄还在山里。

双车道的水泥路在山里蜿蜒盘旋,汽车摇晃着行驶约半个小时,我们从长龙镇到达了真茹村。真茹村隔壁是外窑村,两村相距一公里左右。这里已是山的深处,森林茂密,山峦起伏。两个村子静卧在比邻的两个山洼里,老旧的水泥砖房和砖木房依山而建,层叠错落，清澈的溪水从山脚流过，溪水周边不多的水稻田里，新插的嫩绿秧苗在微风中摇摆。

真茹村和外窑村是两个畲族村落，曾有500多人居住，如今50岁以下在村的人屈指可数，在家者多为老年人，除了饲养几只鸡鸭、力所能及种点水稻等农作物外，便是守在这古老的畲族村落，日复一日地等待外出的年轻人偶尔归来。与中国许多乡村一样，这两个畲族村落的年轻后生大多到山外的繁华城市打拼和寻梦去了，定居在镇上、县里或省城，在那里生活，消遣，养育后代。不过无论走多远，他们永远带着自己民族标识性的兰、雷、钟等姓氏，以至于外人只要一听到他们报出的姓氏，就会问："畲族人？"他们答："是的，连江长龙畲族。"

在真茹村村部办公室，34岁的畲族后生、村支书兰家松递给我一沓材料，其中一份材料名为"人才辈出"。6页A4纸上密密麻麻写满"姓名、毕业学校、工作单位、职务职称"等信息，我粗略数了数，列出的人数近90人。兰家松告诉我，这份不完全统计的名单是半个世纪以来，真茹、外窑、三角洋（已整体搬迁到镇上了）三个畲族村落走出去的人员，他们在机关、学校、企业、事业等单位就职，其中有知名教授、医生、教师、行政级别高的公务员等，他们是我们畲族的骄傲。我感慨地说："咱们畲族村落成为'公家人'的比例接近十分之一，成材概率很高了。"

陪同我的钟家和先生在一旁说："我们畲族生活在深山里，资源有限，交通闭塞，自然条件艰辛，过去日子很苦，走出深山的主要路径是寒窗苦读，考中专，考大学，改变人生命运。"钟家和，真茹村人，畲族，苦读考上大学，毕业分配到连江四中当老师，后来历任连江六中、技校校长。让钟家和引以为傲的是，他在担任连江县华侨中学校长时创办了"少数民族班"，学生多为畲族。钟家和之所以克服经费困难也要办"少数民族班"，除了强烈的民族感情以外，还与他自身经历有关。他说:"当年在村里读完小学后,许多伙伴因家庭困难失学了,我偶然得知邻县罗源办有'少数民族班',减免学费,于是背着米走很远的山路,上了这个初中班,幸运地走出了畲族深山。"

真茹村东边有座寺庙叫真如寺,寺庙很古老,五六百年了吧?村里人说先有寺后有村,真茹村过去叫真如村,"真如"是佛教术语,所谓"无我一切皆真如"之类的。真如寺如今由一位外地小伙主持,香火很盛。

"过去的真如寺不像现在这般阔大气派,砖木搭建的老房子很黑很暗,我们小时候村里五六个年龄不等的孩子在里边读书,"刚退下来的上一任村支书钟宝灯回忆道,"20世纪六七十年代,从外村来了一位老师,我们五六个孩子年级都不同,一起上课,老师轮着教。"一旁的钟家和说:"若有孩子不认真学习,老师就会说佛祖看着你们呢。"

后来村里建了小学,不用在寺庙里上学了。再后来,村里孩子都随父母到山外的镇上或城里上学,村里小学变成了如今的村部办公场所。

改革开放后,长龙镇畲族村落的人有了更多的出路,到城里就业或者创业,比如位于长龙镇洪塘村的畲峰茶厂,就是由畲族企业家兰金泉创办,他的"黑珍珠"乌龙茶远近闻名,销售量不错的茶厂为许多畲族青年提供了家门口的就业岗位。

畲民走出深山,回到他们出发的地方,这一过程正在完成中。有一天,"山哈"的故事只能在漫长的回忆和讲述中呈现了。

二、文化记

兰家松带我去看他们村的畲族祖宅。

外窑村。依山错落而建一层或两层的楼房中间，有一座古朴的三合院式砖木建筑如挂在山腰上一般。爬上一段"Z"字形山坡路方可到达。左右厢房与正面堂屋厅堂围出一个平整空地，石条铺地，堂屋外有粗壮的杉木廊柱，青瓦长檐，雕梁画栋，颇为讲究。条桌上供奉着外窑村畲族一世祖的牌位。

兰家松说每个畲族村都有一个祖宅。外窑村的祖宅有百年历史了，它算得上村里最老最美的建筑，它不仅见证了外窑村诸多人事变迁，也留存了畲族文化的诸多印记。

看到堂屋厅堂里挂着金灿的彩带和大红喜字，我问兰家松："你们办结婚仪式都在这里吗？"兰家松点头："是的。"兰家松告诉我，他娶的是湖北妻子，妻子不是畲族，也按照畲族习俗办婚礼。他和新娘在厅堂先拜祖先，拜父母，再夫妻对拜，行"三拜礼"时，畲族习俗是新郎要下跪，而新娘不用行跪拜礼。这一点与中国传统婚俗夫妻均下跪不同。这一习俗源自畲族起源的传说。传说畲族始祖盘瓠因为帮助皇帝平息了外患，得以娶其第三公主为妻，公主身份尊贵，婚娶进门时便不必行跪拜礼。在过去，畲族青年男女通过唱山歌来交流感情和择偶，婚礼那天还有独特的哭嫁仪式，如今这些习俗简化或者消失。比如进门时的见轿礼、婚后第三天的回门礼等老规矩，仍在畲乡沿袭。

畲族发源于广东省潮州市北部的凤凰山。连江长龙畲族始祖从广东入闽，后经漳浦迁徙至马鼻上岸定居外窑、真茹、苏山、洪峰、丘祠鹿池等大山里村落，繁衍至今已有500多年历史。长龙畲族人口1600多人，为典型的少数民族聚集区。

畲族最重要、民族标识性最突显的节日要数"三月三"。多年前我到闽北顺昌采风参加过顺昌畲村的"三月三"节，那种人头攒动、热闹非凡的场景如在眼前。村道边上支起了摊位，来自多个畲村的乡民为游客们精心准备了乌饭、芦苇粽、竹筒饭、糍粑、腊肉等多种畲乡美食。穿着畲族传统服饰的"老板"们一边制作着美食，一边唱着畲歌招揽生意，各家摊前人气旺盛。春风拂来，一张张笑脸在人群中绽放。

"三月三"也称畲家乌饭节，吃乌饭、唱畲歌、纪念畲族英雄雷万兴。畲族"三月三"的传说有好几种，流传最广的要算纪念英雄一说。相传在唐代，畲族首领雷万兴和兰奉高，领导着畲族人民反抗当时的统治阶级，被朝廷军队围困在山上，粮食紧缺，将士用一种"火烧子"的野果掺到大米里煮成乌色的饭叫"乌米饭"，畲族人民借乌米饭充饥度过年关，第二年三月三日冲出包围，取得胜利。为纪念畲族英雄和胜利日，把三月三日作为节日，用吃"乌饭"来表达纪念。

随着时间推移，"三月三"演变为畲族人云集聚会、对歌抒情的一个大"派对"，缅怀畲族先人，彼此祝福平安。由此可见，畲族"三月三"如同汉族的端午节一样，是一种从物质到精神均获得某种满足的节日：一边吃乌饭，享受美食，饱肚子；一边怀念英雄——慎终追远，获取精神力量。

我问兰家松："外窑、真茹畲村每年都有举办'三月三'节吗？"兰家松说："每年都有举办，以镇为单位，畲村轮流坐庄举办。"

"'三月三'是所有在外的畲族人回家的日子。"兰家松补充道。

如此看来，或许畲族文化将以两种方式流传下去，一种是融入日常生活，虽然它会淡化下去，但文化细节会坚韧地保留在生活里；还有一种是以展示的方式留存，比如盛大的节日，畲族的服饰、饮食、习俗会特别地展示出来而流传。

三、革命记

在长龙镇镇政府，我见到了连江知名文史专家吴用耕先生，吴先生耄耋年纪，精气神充沛，他被誉为"连江文史活词典"。我们在一间办公室喝茶、聊天，听他给我讲述连江长龙畲族民众在革命战争时期坚贞不屈保护党和红军游击队以及参与革命斗争的故事。

畲族聚居村落多在深山老林，地处偏僻，成为革命队伍较为安全的隐蔽地；由于受剥削压迫之重，畲族民众既淳朴善良又忠贞不贰，把共产党和红军游击队当作自己人，是一支坚强且信任度高的革命力量。

1931年夏，杨而菖、郑厚清以及福州市委宣传部部长黄孝敏到山面区联络畲族青年蓝礼义、蓝元进等投身革命，吸收他们中的8位青年入党，成立畲村第一个支部。

1933年3月，连江县第一个红色政权——连江县革命委员会在畲汉杂居的洪塘外澳自然村成立，这是全闽东最早成立的红色政权。

1934年4月初，由于叛徒出卖，中共福建临时省委、中共福州中心市委机关受到严重破坏，国民党疯狂对连罗苏区的"围剿"，占领了连罗苏区广大地区，对苏区人民进行残酷屠杀。黄妹孙等3名红军战士隐藏横山蝙蝠洞，红军不敢在隐蔽处生火煮饭，生怕升起袅袅炊烟暴露目标，三餐生活成最大难题。畲族村民钟家宙、钟红弟、兰木春等为红军送去当年稀缺的盐、咸鱼、番薯、木炭等生活用品，使其度过艰难岁月。

1934年11月至1937年6月，国民党多次进攻山面区游击根据地，畲族群众遭受空前浩劫。洪塘村雷礼顺等25户畲民房屋被烧毁，兰依山等10人被敌人杀害，全村被抢去耕牛35头，羊、猪、鸡、鸭、衣物等不计其数。

解放战争时期，1948年初，地下党城工部系统中共连江县委书记杨华（翁绳金）曾隐蔽在南洋横溪老窝潭秘密开展革命工作。在杨华领导下，1949年3月，真茹党支部成立，书记钟瑞祯。杨华领导的游击队交通站设在燕艮坝头。真茹乡成立游击队、队长谢炎炎，指导员郑平英，交通员钟红弟，游击队员有钟瑞祯、林书卓、钟木金、兰如慎、兰木春、钟依向、王细俤等。游击队在群众的支持下，英勇开展武装斗争，钟瑞祯、林书卓等还参加丹阳西山岭战斗。

1949年8月，新中国成立后，解放军部队动员适龄青年应征入伍，真茹村第一批应征入伍的就有钟瑞祯、兰妹积等人。

叶飞在他的回忆录中说："在闽东三年游击战争最艰苦的年代，畲族人民的作用是很大的。他们具有两大特点：第一，最保守秘密，对党很忠诚；第二，最团结。在最困难的1935年至1937年对革命斗争支援最大。我们在山上依靠畲族人民掩护才能坚持。"

连江长龙畲族民众为中国革命所做的牺牲和贡献我们永世不忘。

一枝一叶总关情

苏　静

翻开中国的华侨史，可以窥见华侨迁徙的发展历程，它是中国近现代对外交流合作的缩影。

长龙华侨农场是在特殊历史时期，国家为安置回国定居的归难侨设立的国有农业企业，是福州四大侨区农场之一。

19世纪末、20世纪初，我们的华侨先辈背井离乡，在侨居国谋生发展，传播中华文化。20世纪50年代末60年代初，国际关系复杂，国家利益矛盾突出，华侨受居住国的法令限制排斥，生存条件恶化，东南亚国家暴力事件频发。第二次世界大战结束后，东南亚多个国家经济落后、人民生活贫困的状况一时难以改善，东南亚新独立的一些国家掀起了排华高潮，从经济到社会生活的各个方面对华侨进行排斥、限制，使华侨华人的生命财产遭受巨大损失，也使当地经济发展受到严重损害，这些情况引起中国政府的高度重视，并给予了全力的援助，在全国7个省份设立集中农场，长龙华侨农场就是在这样特定的历史背景下诞生的。

一

创建于20世纪60年代初的长龙华侨农场，地处连江县境东北部长龙山区炉峰山麓，依山面海，东部面向罗源湾、马鼻海积平原，与马鼻镇、透堡镇、官坂镇毗邻；西部与长龙镇洪峰村、建庄村接壤；北部与罗源县接连，与透堡镇炉峰茶园毗连；南部与浦口镇及长龙镇下洋村山地交界。

1960年9月，长龙华侨农场筹备工作正式启动。1961年3月，侨场筹建领导小组成立。为解决办场用地，在国务院侨办、福建省华侨事务委员会以及连江县人民政府的支持下，农场以1960年行政区划图界线为基础，先是征用长龙人民公社岚下大队岚下宫以东的20亩土地，建归侨住房，首创"长征工区"。1961年10月，"国营连江长龙华侨农场"正式创立。是年底，福建省人大常委会侨务工作委员会牵头建设侨场。

1962年3月，侨场拉开接收安置归侨的序幕。5月，随着国营长龙华侨农场的正式挂牌，首批接收印尼归难侨的工作也开始启动。自1962年8月开始，先是接收安置了从闽侯上街华侨农场撤销后搬迁过来的归侨，后又陆续安置了印尼、缅甸、越南、泰国、新加坡、柬埔寨、马来西亚以及菲律宾等8个国家和地区的归难侨和归侨学生，总计3000多人。

二

农场建起来了，归侨也陆续安置妥善了，侨胞侨眷如何生存、如何发展农场经济，成为摆在侨场党委领导班子面前的紧迫问题。

侨场所在区域地貌由连绵不断的山丘组成，海拔在400米～500米之间，属于中亚热带季风气候，四季分明，冬夏分别具有大陆性的海洋性气候，冬无严寒，夏无酷暑，温暖湿润，为连江有名避暑旅游胜地。受海洋性气候影响，优越的气候，充沛的雨水，为茶叶等农作物生长提供了有利条件。历史上，长龙盛产绿茶，素有"云上茶乡"之誉。为此，农场因地制宜，早期生产以茶叶为主，其后农、工、渔、牧各业互补跟进。

农场从创立伊始，就着手有计划、有步骤地开垦连片标准茶园。侨场利用山坡丘陵多的有利条件，广辟茶园，发展茶叶生产。1964年，又到岚下的东岭、岭头，建庄的西樵、门前山、后门山，下洋的过岭，苏山的铁炉岗、丘祠鹿池、草鞋坪、四角丘等地开垦茶园，同时，农场还派人到外地学习种茶、制茶技术。1966年，开垦新茶园1000亩。1968年茶园开始种植茶叶，最初茶园主要分布在岚下大队的桥头厝、炉峰山，当年采制干毛茶340担，亩产60多斤。1972年秋季在广州中国出口商品交易会上，农场展出的长龙特色绿茶，成为交易会茶产品一大亮点。1991年，在各级政府的帮助下，长龙华侨农场逐步建成以国家级生态茶园为主、工副业并举、多种所有制共存的新型农场。

迨至1994年，由于茶树老化等诸多因素，生产经营几经波折，产值一直下降，农场里的茶厂开始关门停产。1995年，农场为了发挥资源优势，增强发展后劲，再次从改革茶厂经营机制入手，将独立、无序农业承包户组织起来，建立以农业职工全员参与的茶厂股份合作制。实行自主经营、自负盈亏、利益共享、风险共担的公司加农户加基地经营实体，发挥5000亩茶园和无公害农产品科技成果优势，加大力度调整农业产品结构，朝多元化、高效益品种发展，争创品牌，增强市场竞争力。

与此同时，在国家级高效生态农业科技示范园的基础上，农场通过深化改革，转变增长方式促发展，逐步建立茶厂经营与社会主义市场经济相适应的经营体制，实行个人承包经营，租金上缴按合同约定执行。2000年，在省农科院专家支持和指导下，高效生态农业示范园建设逐步开始实施，省部级最新成果8项26个新品种顺利在生态园落地，其中核心区270亩、辐射区1000亩、推广区5000亩。通过高效生态农业生产体系建设，打破了单一绿茶生产局面，市场需求量大且价格高的乌龙茶、铁观音等品种也在园区落户生产，无污染、无农残、无公害的绿色茶园基地得以建成。2012年，农场通过招商引资，引进一家企业，专门生产中高档红茶，提升茶叶附加值，职工收入有所提高。2017年，投入资金8万元，完成茶园改造面积6.7公顷，生产茶青约1000万公斤，年产值3000万元。

经过60多年的发展，如今的华侨农场茶园面积已由最初的5亩发展到5000亩，茶叶从原先的福云六号，也逐步改造为福云二号、福鼎大白、梅占、金观音、牡丹等十几种优良品种，从事茶叶生产人员近千人。

茶叶生产成为侨场的经济支柱，侨场也成为连江县绿茶、红茶、白茶、花茶的重要生产基地。

三

十年树木，百年树人。社会的进步发展，离不开教育事业和人才的培养。20世纪60年代建场初期，长龙的总人口7000余人，其中国营长龙华侨农场归侨达到1200多人，来自8个国家，为此省侨委在筹办长龙华侨农场时，就开始把学校建设纳入农场基础建设计划之中，每个工区都建有托儿所、幼儿园，还有红旗小学、共产主义小学2所学校。

1962年，随着长龙华侨农场第一批归侨安置工作的启动，归侨子女的就学问题也随之抓紧落实，受条件限制，所有归侨适龄儿童先在长龙乡岚下小学就近入学。

1963年，为了方便归侨子女入学，长龙侨场先是在岚下长征工区创办红旗小学，同时在长征、红旗、朝阳等工区开办幼儿园。其后又在建红工区创办共产主义小学。各个工区办有幼儿园，年满3岁的幼儿便可接受幼儿教育，适龄儿童则进入华侨小学就读，小学毕业后直接上华侨中学继续学习，从而普及了中小学教育。1965年初，企仑、苏山等在管理区还办起了小学耕读班。1965年6月，为了解决职工子女小学升初中困难，开始创办农业中学，校址设在林场场部企仑工区。当年9月，侨场以接收华侨小学40多名毕业生为基础，加上本地毕业生，农业中学正式开学。"文革"期间，学生仍坚持半工半读。1969年，搬迁到龟山腰（今农场场部所在地），改建三座农中校舍。农场归侨职工子女小学毕业后，大部分在农场农业中学就读，有效缓解了归侨职工子女上中学教育难的问题。农业中学第一届毕业生，大部分考入连江三中高中部就读。1972年农中改为全日制长龙初级中学，1977年又增设高中部。1981年办学两届后，连江县教育局对全县的中学附设高中部的学校进行整顿并重新命名，长龙初级中学脱离高中部，变为初中编制，并更名为长龙中学。

1978年7月底，长龙侨场安置了大批越南归难侨，学校生源得以大量补充。为使刚回国定居的适龄青少年尽早熟悉中国文化和学习习惯，农场宣教科于6月初便开办中文补习班，调用熟悉中文的原越南归侨教师负责教学任务。不属于普及教育对象的青少年开设特殊补习班，采用成人教育课本，主要学习语文、数学两门主科，通过一年的学习考试合格者发放小学毕业证书。同年8月，农场自筹资金18万元人民币，加上联合国难民署援助的用于华侨小学教学楼建设的2万美元（折合人民币86400元），在龙兴岗新建长龙华侨小学教学楼和教职宿舍楼各一幢，建筑面积共3000平方米，配套音乐室、电脑室、图书室和实验室、跑道、操场、篮球场等设施。新校舍建成后，将原有的两所红旗小学与共产主义小学合并为一所完小，建立长龙华侨小学。

1987年至1990年，农场先后投入教育经费65.6万元，其中新建小学教学楼2250平方米，包括配套设施，共投入23万元；教师宿舍楼2幢1681平方米，投入资金23万元。其中，1988年12月，建成砖混结构华侨小学教工宿舍楼661平方米。1989年9月，华侨农场开始实施普及初级初等义务教育，12—15周岁少儿入学普及率等四项指标均达98%以上，成为当时全县"四率"最高的单位之一。1993年12月，长龙华侨农场又开始实施初级中等义务教育，农场的教育事业开始步入规范化、科学化的轨道。据不完全统计，从1979年至今的40多年间，长龙华侨农场籍归侨与归侨子女有100余人（不含职业中专）考上大中专院校，考上大学本科的有90多人，其中硕士研究生3人、博士1人。

四

农场是一座具有浓郁异域特征的东南亚风情园，归侨们从东南亚8个国家带回了异国的风情舞蹈、南洋美食、斑斓服饰、风土民俗等，形成了独具特色的多元化侨文化。2019年以来，侨场根据自身特点和现状，因地制宜，利用"山"的优势和"侨"的优势，将经济发展与环境保护相结合，走可持续发展道路，坚持华侨特色外引内联并济，引进高效生态农业科技示范园，千亩高优茶园基地，茶叶粗、精制加工基地，绿茶饮料开发项目，以及生态农业观光休闲园等项目。

从2020年12月起，长龙侨场加大招商引资力度，按照实施乡村振兴的产业兴旺、生态宜居、乡风文明、治理有效、生活富裕的总要求，充分利用得天独厚的自然资源、优质的茶叶资源和独具特色的侨文化资源，因地制宜，突出特色，整合资源，深度挖掘侨文化，以侨文化铸魂，以项目带动，全力实施乡村振兴，精心打造"侨茶"大文章，加快茶园绿色管控和标准化建设，积极探索茶叶种植加工、文化培训、体验观光、度假庄园等产业链的可持续性发展模式，促进农民增产增收，走具有农场特色的"茶+侨"文旅发展乡村振兴之路。2020年，侨场工农业总产值达5070万元。

漫长的60年岁月里，长龙华侨农场广大归侨栉风沐雨，筚路蓝缕，大多从事繁重的体力劳动，尽管生活异常艰辛，但他们依然心系祖国，情满桑梓，纷纷把资金、技术从海外带回祖国，为祖国和家乡的发展付出了巨大努力。60多年来，长龙侨场的归侨们辛勤耕耘，繁衍生息，把长龙曾经的荒山建设成为风光秀美的"云上茶园"。

五

侨居造福工程是农场为民办实事重点项目之一，主要是为归侨搭建安居乐业之所。

侨场主要安置20世纪六七十年代从印尼、缅甸、越南等国的归难侨，下属10个农业工区的多数职工居住在60年代接侨时建造的简易兵营式砖瓦结构平房里，至1999年使用年限已近40年。加上长龙地处高山，湿度大，自然灾害频繁，连年台风不断，这类住房随时都有倒塌的危险，已属于危房，并且居住这类房的职工收入低，经济比较困难，无能力建新房，于是，农场积极实施"侨居造福工程"这一惠侨惠农政策。

1999年7月，为解决归侨住房问题，长龙侨场按照"统一用地、统一规划、统一设计，统一政策、统一实施"的建设理念，着手实施省级侨居造福工程。同年11月，投入319万元，在农场场部所在地新建3幢60套商品房，建筑面积4500平方米。

2004年2月，侨场继续实施国家级侨居造福工程，改造完成3000平方兵营式的简易房，将瓦屋面改成重量轻、耐腐蚀的彩钢板，室内装吊顶，配套卫生间，总投资69万元。

2007年，长龙华侨农场完成归侨住房拆旧建新111套，面积7700多平方米，每户享受2.1万元政府补助，新建24间廉租房。

2017年6月开始，长龙华侨农场响应中央实施乡村振兴战略，争取上级资金补助，实施长征、场部片区美丽乡村建设，改善归侨住房、居住环境质量。2018年，长龙华侨农场拨出专项资金60万元，用于长征工区美丽乡村建设。

实施侨居造福工程以来，长龙华侨农场共新建住房200多套，总投资1000多万元，共有178个归侨住户享受中央、省、市侨居工程补贴，搬迁至场部、东风、长征、建红、东方红等5个集中的侨居工程居民点。

长龙华侨农场是国家发展的见证。近代的中国遭到外国列强的侵略，中国人民饱受屈辱苦难，海外侨胞也同样遭到居住国的排挤欺压。新中国历经艰难险阻，方有今日繁荣富强的现代化国家，归侨数代人用其一生经历了这样的变迁过程。从原乡到海外谋生，从海外回国建设，他们的命运始终与国家的发展紧密联系在一起。长龙华侨农场的历史，就是国家发展历程的投影，见微知著，一叶知秋，真可谓"一枝一叶总关情"。

新一轮的发展中，长龙华侨农场将依托农场自然生态环境、人文景观优势和独特的侨文化、茶文化，将侨场打造成"人美、景美、生产美、生活美"的侨乡风姿和茶乡风光，为长龙的乡村振兴贡献一份力量。

回眸往昔，展望未来，长龙侨场归侨将不忘初心，心怀故乡，携手共创更加美好辉煌的未来，行走在实现中华民族伟大复兴的征途上，朝着新一轮乡村振兴的方向踔厉奋发……

镶嵌在连江大地上的绿色明珠

陈道先

位于连江县北部的长龙镇，群山环抱，山峦若黛，深藏着一座28066亩的"天然氧吧"——连江县长龙国有林场。这里，生长着杉木、马尾松、阔叶林等100多种植物，活立木储积量212780立方米，森林覆盖率91.9%，林地绿化率92.9%，被誉为"一颗镶嵌在连江大地上的绿色明珠"。

夏日，我们跟随护林员老刘走进林场，目之所及，都是绿色。深邃的森林里，各种树木层层叠叠，交相辉映，宛如一幅幅精美的画卷。粗壮挺拔的树木枝繁叶茂，遮天蔽日，阳光穿过层层绿叶，洒在地面上，宛如星尘般闪烁。微风吹过，树叶沙沙作响，仿佛一首美妙的交响乐。那些点缀在绿海中的小溪、瀑布，以及在林中跑动的野兔、山猪，则为这片山林增添了几分灵动与生气。

可谁也无法想象，眼前这片醉人的茫茫林海，60多年前，曾是一片光秃秃的荒野。

一

我们走访了80多岁的原长龙林场办公室主任王其仁。他说，1959年9月，为了响应党和国家的号召，建设山区，绿化祖国，创建了长龙国营林场。那时，林场没水、没电，山路崎岖不平，山坡荆棘丛生。场部设在离镇中心较近的丘祠自然村，借一间民房办公。来自全省各地、特别是连江县各乡镇100多名有志男女青年，背着行囊，来到长龙乡。这么多的职工，住哪里，吃的怎么解决？长龙林场首任党支部书记、场长陈玉存急得团团转，好在长龙当地的老百姓伸出友善之手，他们腾出自己的杂房，打扫村里的宫庙，整理家族的祠堂，让工人们住下来。工人们铺层稻草打地铺。但这些空间远远不够住，工人们就地取材，搭建一间间茅草棚。厨房搭在茅棚外，几块石头垒个灶，生火做饭。五个人共用一个洗脸盆。

至1961年春，林场扩大规模，场部搬迁到现在还在办公的企仑自然村。这时，抽调来的干部和职工，加上家属，已经达到200多人，这些聚集到长龙山区腹地的平均年龄十七八岁的年轻人分成了五个组，吃住、劳动在大樟、林源、企仑、寺际、真茹等五个远近不等的工区，垦山造林，开启了长龙林场的艰苦创业史。

"锄草，炼山，挖穴，回土，种苗，抚育。在场长陈玉存带领下，一年四季，大伙除了睡觉、吃饭，就是干活。春天，是最忙的季节，大伙在荒山上，先整出防火林带，再锄草挖穴培菀，然后回土栽苗，整个程序下来，累得筋疲力尽。上级组织要求我们，种植苗木要做到'三个一'：一年树苗能长高1米、直径长1厘米、一亩能长1立方米。因此，在回土、松土环节，我们需要格外认真，保证土质松软肥沃，树苗才能长得好。"王其仁回忆说，"当时条件极其艰苦，特别是冬天下雪，天寒地冻，又缺少衣被，冷得实在受不了了。不怕你笑话，记得有几次，我手冻僵了，就用自己的小便热热手，又投入劳动中。"

凭着这种干劲，长龙林场第一代拓荒者靠着一把锄头、一双草鞋、一顶草帽，硬生生地把长龙的荒山野岭变成一片片绿色的树林。

如今，这里杉树巍峨挺立，连树成林，似乎在诉说着一个个筚路蓝缕、砥砺奋进、艰苦创业的感人故事，更像是长龙林场工人与长龙村民那种不怕苦不怕累的互相帮扶的精神写照。

"林场的第一代人，真的苦呀。但回想起当初，我现在的精神是满足的。我们当时曾立下誓言，请党放心，建设山区，绿化祖国。我们没有食言啊！"说起往事，耄耋老人王其仁依然心潮澎湃。

二

今年夏天，我们走进长龙林场，走进林场办公楼，与1963年6月出生的护林员刘用锦零距离地接触。"我是1979年来林场报到，去年退休的。本来应该可以回家，回县城了，但舍不得离开这里。在林场生活、工作40多年，熟悉这里的一草一木，习惯了这里的生活，不想离开了。"刘用锦的妻子施雪娇，也是林场职工，他们俩继续留在林场护林。他们每天都要巡逻，往返在林场各个角落，用脚步丈量林场的每一寸土地，守护着这片森林安全。

他们说，种树难，护林也难。十年树木，百年树人，经过十年的精心培育，像杉树、马尾松等已经成才了。这就引来了一些不法分子偷偷砍伐树木。他们一般在深更半夜或者凌晨，在护林人熟睡后，钻进森林里，几个人合作，悄悄砍倒成才的树木，迅速扛着木材偷偷地移到自己地盘上藏匿起来。过了数天，再偷偷地搬运回家。这些不法分子，多半是与长龙地界相邻的几个乡镇的村民，对长龙林场的地形比较熟悉，作案手段娴熟隐蔽，不易发现。后来，护林人员在巡逻中发现有的区域减少了树木。于是，林场就成立了专门守夜的护林人员，埋伏守候在关键的路口，与偷伐木者斗智斗勇。

魏植开老人1959年来到长龙林场工作，他从林场一名普通职工做起，再担任林场赤脚医生，到后来成了林场的管理人员，见证了林场的整个发展。他说,"当初,林场附近的村民法律意识薄弱,对偷伐木违法行为不当一回事。为了做好宣传教育活动,林场成立了闽剧团,我是剧团的导演。"林场闽剧团的成员,白天照常参加劳动;晚上就到长龙各村庄公演《沙家浜》《红灯记》等剧目。在演出期间,同时宣传了国家造林护林政策。这种宣传,既丰富了长龙老百姓的娱乐生活,又提高了群众法律意识。魏植开说,他还常常免费帮助当地村民打针治病、建屋垒灶,像他这样为村民做好事的林场职工很多。长龙各村村民也乐于支持林场的工作。

三

60年前,长龙林场第一代人在荒山陡坡上凿坑种树,战天斗地,终于让一座座荒山绿了起来。

30年前,长龙林场第二代人在科学经营合理利用上,继续造林护林,将林场做大做优,保护环境,美化家乡。

今天,长龙林场第三代人正在站在更高的起点规划森林游憩与生态旅游,向林中"寻宝",为林场可持续发展再努力再出发。

现任连江国有林场经营科林科长介绍说,2017年7月,国有林场改革后,原连江长龙国有林场与原连江陀市国有林场合并更名为连江国有林场,为省属国有林场,隶属福州市林业局,为一类公益事业单位。经营以保护和培育森林资源、维护国家生态安全、提供生态公益服务为主。

目前,林场采取多种方式经营,达到提升生态效益、提升经济效益、提升社会效益的"三提升"。

森林是陆地上最大的生物群落、最大的可再生资源库、生物基因库和生物质能源库,同时也是最大的"储碳库"和最经济的"吸碳器"。长龙林场凭借良好的森林资源和科学经营管理水平,优化林分和树种结构，充分提高了林分质量和特种多样性，并通过森林经营碳汇项目开发、森林公园建设和近自然经营，在涵养水源、保持水土、提供休闲旅游康养等方面提供了良好的森林生态服务和共享产品，森林生态效益凸显，可满足生态文明建设、国民经济发展等需求。

其次，积极开展非木质资源经营，开发大樟工区丘祠茶园茶产业文化教育示范基地建设，通过打造茶产业文化教育示范基地，对原有茶园进行改造提升，将其打造成集观光、休闲、采摘体验、茶文化传播、绿色食品茶叶等茶文化教育科技示范基地，作为长龙林场"一场一景"建设展示窗口。

第三，开发连江长龙森林公园。连江长龙森林公园于2012年经福建省林业厅批复成立，位于连江县长龙镇境内，景区涉及企仑工区003林班，总面积2271亩，整个区域保持了完好的自然形态，无任何工业污染，有丰富的生物景观资源、水体景观资源和借景资源，用生态专家们的话说，"这里天蓝、水清、地净，堪称人间净土"，有连江后花园之美称。周边又有具有民族风情的畲族聚居区及古民宅，有名胜古刹光化寺、炉峰寺，有登高胜地炉峰山，是避暑踏青、生态旅游、观光休闲和野外见习实践的好去处。目前，林场正在多方筹集资金，争取政府与民间共同开发，力争形成集生态旅游、红色教育、森林康养、分时度假、研学旅行等多个层次、多个领域的文化旅游格局。

回望长龙林场风雨兼程60多年，谱写了一首跌宕起伏的艰苦创业的生态绿化进行曲。

60多年来，三代长龙林场人一茬接着一茬干，实现了从荒山秃岭到绿水青山，从绿水青山再到金山银山的美丽嬗变。

1955年3月出生的黄建辉，1980年从福建林业学校毕业，就分配在长龙林场工作至2015年退休。他从普通技术管理员，到生产科科长，到担任副场长，到工会主席。他说，"我把自己青春、自己的一切都给了党和人民，我一心只希望祖国发展更好，更多人能过上好日子。"

是呀，长龙林场的60年发展，难道不是祖国发展的缩影吗？长龙林场一代人接着一代人干，像长龙大山一样执着，扎实苦干；像长龙大山一样傲然耸立，不断进取；像长龙大山一样攀高不止，生生不息。

一缕茶香长龙来

林朝晖

茶叶是长龙镇这块土地最真诚的抒情!

纵横的沟渠,将茶树规划得方方正正。绿色的茶树,腰身婀娜妖娆。一缕阳光穿透云雾,轻柔地网在茶树上,反射出一种湿润的光泽。几只鸟在上空飞翔,就像宏大乐谱上的几个稀疏音符。

采茶姑娘行走在这道亮丽的风景中,她们左手拥篮,右手采摘,长长的指尖放在叶梗处,轻轻一掐,顺势投进已经溢满香气的竹篮里。她们的身姿和双臂像蝴蝶翩飞在绿树茶丛之间,她们的笑容似彩霞飘逸在山野绿雾之中。

这是两年前我行走长龙镇留下的美好记忆。

今年夏天,带着对那片土地的眷恋,我在长龙镇镇长陈鸿等人的陪同下,来到长龙镇采访。放眼望去,满眼绿色,丛丛簇簇的茶树林,生长在坡坡岭岭,千亩茶场绵延数里,云海雾涛,奔涌翻腾在山峦沟壑之中。环顾四周峰峦叠翠,溪碧水蓝,我的心里发出深深的感叹:长龙真是上天赐予人间一个种茶的好地方!

我们一行走访的第一站是长龙第一茶厂,长龙镇茶企联合支部书记陈锋热情接待了我们。

陈锋书记介绍:长龙第一茶厂成立于1992年,是长龙镇最早开始集中加工销售茶叶的厂家之一。刚开始茶厂只有十多个工人,都是当地的茶农，大部分的生产靠人力完成，主要做当地老百姓平时喝的绿茶。经过十几年的发展，茶厂占地4000平方米，厂房2600平方米，年产茶250000公斤，主要生产绿茶、红茶等，产品主要销往江苏、浙江等地。凭借着茶叶的物美价廉，长龙第一茶厂产出的茶叶渐渐成为百姓喜爱的生活茶。

长龙第一茶厂不仅经营有方，而且在挖掘本地红色资源上下足了功夫，他们主动对接红色交流教学活动，投入大量资金对教学基地重新规划分区，设立党员活动室、党员会议室、阅览室、茶叶生产教研体验区、茶文化展陈区等，完成党建示范点向党建精品示范点转变的步伐。2021年，长龙第一茶厂被授予连江县第一批党员教育培训现场教学点，同时也是连江红色旅游线路点之一。

陈锋为我们泡上一壶新制的明前茶，只见透明玻璃杯中，一根根鲜嫩的茶叶在水中曼舞，随着氤氲的水汽，茶香四溢，轻啜一口，鲜香醇美，回甘悠长。

品着好茶，我开始采访。

我问："长龙第一茶厂为何能在竞争激烈的市场，保持不败之地，还能深得市场青睐？"

陈锋一脸自信地说："需要开拓创新。原先，我们厂主打绿茶茶种，后来，引进'金观音'这个茶种，既能做绿茶，也能做红茶，大大提高了市场效益。随着茶园的生态改造，这些年，我们厂培育出了'茶垅七墩'等名优茶叶品牌。随着市场的慢慢打开，我们厂产出的茶销量越来越大。"

我饶有兴致继续问："陈书记，你怎么会考虑到茶文化与红色文化相结合？"

陈锋说："我是土生土长的长龙镇人，长龙有着深厚的红色底蕴，在如何把我们的好茶和红色文化紧密相联方面，我琢磨了很久，后来想到了研学这条途径，抱着试一试的心理，我们主动对接红色交流教学活动，提炼红色文化和茶文化融合的教学方法，实验证明，这是一条很好的路子。"

陈锋边说边指了指挂在墙上一块"创新创业实践培训基地"烫金招牌，这是今年初福建省茶叶流通协会授予长龙第一茶厂的。

陈锋接着介绍："我们通过党建引领，深挖长龙特色，指导带动茶厂开展茶旅研学、亲子采摘等活动，让游客在欣赏长龙美景的同时，体验采茶、制茶、品茶的乐趣，感悟博大精深的中国茶文化。既让长龙茶为更多人所了解，又使长龙的红色文化广为传播，可谓一举两得。"

言之凿凿，发自肺腑。长龙第一茶厂经过不懈努力，终于有了丰厚的回报。近日，由福建省文化和旅游厅、福建省茶叶学会联合主办的2024年"紫荆花杯"茶叶鉴评名茶评优活动中，连江县长龙第一茶厂选送的茶样——"茶垅七墩·梅兰春"荣获绿茶类金奖，为连江讲好"一片叶子"的故事写上了浓墨重彩的一笔。

据了解，长龙第一茶厂每年可带动长龙镇周边100多户农户或发展生产，或收购其茶青，或安排到厂务工。长龙第一茶厂以带动农户脱贫致富为原则，大力推行茶青收购、招收务工、技能培训等方式，让农户获得稳定收益，实现脱贫目标。

我们走访的第二站是长龙岚峰茶厂，接待我们的是英俊帅气的小伙子陈伦荣，他是个退伍军人，在部队摸爬滚打五年后，到外面世界闯荡，外面的世界很精彩，也很无奈，打拼一两年后，陈伦荣觉得月是故乡明，便回乡创业，子继父业接手了长龙岚峰茶厂。

长龙岚峰茶厂成立于1998年，占地面积约3000平方米，目前有固定职工10人，是长龙镇最早开始集中加工销售茶叶的厂家之一。主要生产长龙绿茶、长龙红茶、低档炒青、珠茶等，产品主要销往浙江、广东、广西等地。

陈伦荣接手长龙岚峰茶厂后，发挥部队敢打、敢拼、敢闯的精神，承包下炉峰山大部分的茶园。他知道，炉峰山茶园被评选为福建省最美茶山，是连江县的旅游胜地，茶园风景美如画，况且茶园面积很大，前景看好。

因为彼此都是军人出身，我与陈伦荣聊得很投缘，陈伦荣兴奋地告诉我，长龙岚峰茶厂最近获了个三等奖。

陈伦荣如此兴奋事出有因。这次福州市茶协会组织的一次茶叶评审，长龙岚峰茶厂拿春茶的福云六号茶干去评审，这是该厂一款普通的茶叶，陈伦荣抱着重在参与的心态参加比赛，而其他茶厂参赛的都是比较好的茶青品种，福云六号茶干能从众多品种中脱颖而出，获得三等奖，显得弥足珍贵。

告别长龙岚峰茶厂，我们来到长龙花茶总厂。只见厂长陈华灼正在车间忙碌，制茶机器已火力全开，浓郁的茶香扑面而来。

陈华灼告诉我，长龙花茶总厂创办于1990年，是集产、供、销一体的生产加工企业，主要生产经营绿茶、红茶、茉莉花茶、白茶等茶产品，年产各类茶叶500吨，产品销往北京、江浙、广东等地。1998年至2008年，长龙花茶总厂被评为福州市农业产业化龙头企业。在茶园管理上，工厂推行绿色建园，强化源头管控，加强与福建农林大学，福建省农业科学院茶叶研究所技术合作，共同探索农药化肥减量化行动实施方案，开展茶叶初制加工厂升级改造，引进2条高端清洁化自动化生产线，实现全程自动化、清洁化、标准化。

据了解，陈华灼是个真诚内敛的企业家，他没有花太多精力宣传品牌，而是反复琢磨如何带动当地农户走上致富之路，经过深思熟虑，他推出了"公司+基地+农户"的产地利益共同体系合作模式，用订单收购方式，指导农户绿色栽培，协助农户进行生产环节控制，共带动周边农户336户，带动种植面积1000亩，增收350万元，促使农户散茶园向龙头企业流转聚集，形成茶园基地化管理。

一级一个台阶，长龙花茶总厂走得步履铿锵。

离开长龙花茶总厂，我们来到了红卫茶厂。

"红卫茶厂的茶，包含着爱国、包容、和谐的情怀，更是一部自强不息、创新进取的成长史。"陈鸿动情地介绍。

翻开红卫茶厂的发展历程，能看到爱国华侨林正红的奋斗足迹。2016年，越南归侨、红卫茶厂厂长林正红和姐姐林正花一起创办红卫茶厂，她们大力发展茶叶生产，茶园面积由最初的30亩逐步发展到今天的5000亩，茶厂出产的茶叶通过国家认可的SC认证，品种也从原先的福云六号逐步改造为更加优良的福云二号、福鼎大白、梅占、金观音、牡丹等十几个良种，这些轻揉慢捻出的茶叶，无声述说着"云上茶乡"的独特魅力和广阔前景。如今，红卫茶厂成为连江绿茶、红茶、白茶的重要生产基地，带动了农场归侨的就业、增收。

谈笑间，我们见到了洪峰村支部书记林国辉。两年前，我和文艺志愿者来到洪峰村，便与林国辉认识，我俩聊的话题是乡村如何振兴。交谈中，林国辉对洪峰村的热爱，对工作的全身心投入溢于言表，给我留下了深刻的印象。

一路上，林国辉热情地介绍洪峰村这些年发生的巨大变化，不知不觉中，我们来到了福建省连江县长龙畲峰茶厂。

长龙畲峰茶厂的厂长兰金泉，是个在深山里成长的畲族孩子。茶山的水土滋养了他，让他变得执着坚毅，爱拼敢闯。由他采用传统的乌龙茶制造工艺精心制作"黑珍珠"乌龙茶，可谓是"云上茶乡"长龙最耀眼的"黑珍珠"。2007年荣获"中茶杯"全国乌龙茶一等奖；2012年，在杭州举行的世界名茶评比中，黑珍珠乌龙茶获第九届世界名优茶评比"世界佳茗大奖"乌龙茶类第一名，成为获得最高荣誉的"世界佳茗大奖"的7家茶厂之一；2015年，获得米兰世博会名茶评优"乌龙茶类"金奖；2019年，获海峡两岸茶博会"绿茶类"金奖，并顺利通过食品安全认证，被指定为全国高级评茶师茶艺技师教学指定茶样；2020年获首届海丝国际杯茶王赛（肉桂）金奖。

一块块奖牌、一串串的荣誉，凝聚着创业者的艰辛付出，如今长龙畲峰茶厂的绿色茶园，在哺育一方百姓的同时，也造就了独具地域特色的茶山景观。

在长龙镇的五家茶厂参观学习，每个茶厂都有自己的特色与亮点，都流传着创业者的感人故事。据统计，长龙镇茶叶加工企业共有18家，年产干茶5500吨，年产值4000多万元。长龙镇因为有很多茶厂的存在，解决了很多当地百姓的就业问题，为百姓带来了创收，对长龙的经济发展功不可没。在我看来，长龙镇的每个茶厂就像一幅画，图案里蕴藏着党的阳光雨露、创业者坚实的脚印、茶农忙碌的身影。

在长龙的土地上行走，我们品茶赏景，一壶新茶，一路笑谈，为行程带来缕缕香韵。陈鸿告诉我，长龙镇产茶历史悠久，有400多年的栽培历史，平均海拔380米，是全县海拔最高的乡镇，并拥有约2.36万亩的茶叶种植面积，有着"云上茶乡"的美誉，是福州市产茶重镇，全镇一半以上人口从事与茶叶相关的行业。2015年、2018年相继获评福建、福州最美茶山。

"作为国家级生态乡镇，接下来，我们将做足茶文化、茶产业、茶科技'三茶'融合文章，充分带动乡村生态休闲旅游发展，讲好一片叶子的故事，实现'茶园景区化、茶旅一体化'，继而带动一二三产业协调发展，为乡村振兴注入源源不断的活力。"陈鸿对长龙镇的未来有着美好憧憬。

雨洗青山四季春，高山云雾出好茶。近年来，长龙镇党委一班人因地制宜，不断加大茶产业扶持力度，鼓励茶农实施茶树品种更新改良，改造标准化生态茶园，加大对新技术、新工艺的推广和应用，重点扶持农业龙头企业发展品牌战略，突出培育"长龙绿茶""茶垅七墩""龙顶云尊""金观音""滴翠绿"等本地茶叶品牌，着力建设福州地区最大的茶文化旅游区，辖区有黄花厝生态农场、茶山文化公园等休闲旅游基地。并努力开拓茶产业发展国际新销路，以长龙第一茶厂作为福建省茶叶加工考点的建设为亮点，打造集茶文化体验、培训学习为一体的茶旅文化新线路。积极推进茶叶跨境贸易合作，带领本土茶叶走向国际市场，构建了茶叶经济体系新业态。

心中有丘壑，眉目做山河。镇党委一班人在茶叶上做足了文章，他们树立品质长龙茶、品牌长龙茶的宣传意识，讲好长龙茶故事、打响长龙茶品牌，让茶叶成为连江县长龙镇一张闪亮的名片，一个文旅融合的响亮品牌。

在长龙镇土地上行走，我深深地领悟到长龙镇的美，这种美不仅在于外表，还在于当地政府、村干部、百姓热爱土地之心，家乡是他们心之所系，梦之所绕。从炉峰到才溪畔，从畲乡到造福新村，到处都留下他们倾力奉献、苦干、实干的印迹。如今，一幅幅百姓安居乐业的锦绣画卷正在这块土地上徐徐展开。

离开长龙镇的时候，我来到炉峰山，站在高高的山顶，眺望四周，满眼绿色，一条条绿色的长龙，穿行于云遮雾罩之中，层层叠叠的茶梯连绵起伏，一垄垄茶树郁郁葱葱，一芽芽茶尖翠绿娇嫩。

一阵清风拂来，茶香涌动，我们期待长龙镇的这缕茶香，能飘向更远的地方。

归侨心中的桃花源

陈道忠

初夏的连江长龙，一眼望去，茶园像绿色的海洋，一行行连绵不断的茶树，像一层层绿色的波浪在荡漾，空气中也含着茶叶的淡淡清香。

茶山有一群特别的人，讲话不是南腔也不是北调；穿的服装花花绿绿，明显不是当地人。他们是什么身份？哪里来的？要回答这些问题，得从20世纪50年代末到60年代共和国那段特殊时期讲起。

一

文献史料记载，共和国成立后的50年代末60年代初，印尼、越南、缅甸、菲律宾等东南亚国家，怀疑、歧视、嫉恨、打击和排斥华侨（华人）的事件屡有发生，甚至出现攻击华人的暴力事件。如1959年印尼颁布"总统第十号法令"，通过各种手段剥夺和削弱华资，一些城市特别是农村地区频频发生哄抢货物、烧毁华侨商店等打砸抢事件。20世纪60年代中期以后，越南因为国家利益及其地缘政治的原因，煽动东南亚邻国排斥中国。1965年9月30日（即九三〇事件）印尼爆发大规模的排华暴乱，许多华侨被赶出家园关进集中营，甚至遭到杀害。

华侨是我们同胞，血肉相连。明朝末年，特别是清、民国时期，异族入侵，战乱频繁，国将不国，民不聊生。他们被迫背井离乡，到东南亚异国他乡讨生活。华侨的遭遇引起我国政府的高度重视，1959年12月9日，中国政府严重抗议印尼大规模的反华排华活动，并提出全面解决华侨问题的三点建议，保护华侨正当权益，对流离失所或不愿意继续居住印尼的华侨，中国政府准备安排他们回国参加建设祖国。鉴于当时形势的判断和事态发展的趋向，为切实保护我国海外侨民安全，我国政府果断决策，部署加快建设新的华侨农场，让这些华侨有个家。于是，省侨委于1960年9月开始筹建国营长龙华侨农场。1962年开始接收安置从闽侯上街华侨农场撤销后搬迁过来的归侨，后来陆续安置从印尼、缅甸等8个国家的难贫侨和归侨学生。

潘厚璧，女，缅甸归侨，退休前任职长龙华侨农场。她回忆：我出生在缅甸仰光市一个叫Jiu Men Ye（音译）的镇上，这个镇很小，但有一条很繁华的街道，街道十字路口处有家挂红旗的咖啡店，那是我的家，这家咖啡店是父亲来缅甸后白手起家开的。我父亲是福州闽侯人，16岁那年，为躲避战乱，爷爷把他送到了缅甸讨生活。父亲勤恳能干，几年后便有了自己的咖啡馆。父亲的上进为他在镇上赢得了好人缘，后来经人介绍，母亲便嫁给了他，我们兄弟姐妹6人相继出生了。

排华运动开始了，晚上常会听到枪声和惊叫声，为了防流弹，每晚睡觉前，我们都要给墙壁装上厚厚的木板。父亲的好朋友劝他回国："中国比这安全。"在缅甸土生土长的母亲有点迟疑，但看父亲回国的意愿很坚决，她妥协了，无论在何处，一家子团聚才是家。1966年，缅甸仰光机场，父亲为我们办好登机手续后，领着母亲和我们兄妹6人登上了回国的客机。飞机降落昆明机场后，我们坐火车到达福州。父亲本来想回福州闽侯，但那时候福州安置工作比较困难，工作人员建议我们去连江长龙农场暂住一段时间，就这样，我们一家就来到了连江县的长龙农场。

长龙华侨农场主要安置归难侨、回国读书参加社会主义建设的青年学生和其他原因回国定居的华侨。据统计，从1962年到1978年17年间，长龙华侨农场共安置印尼、缅甸、越南、马来西亚、新加坡、柬埔寨、菲律宾、泰国8个国家华侨近3000多人。从此，归侨身上风格独特、带着东南亚异域风情的服装成了一道亮丽的风景线，风格迥异的八国风情在长龙异彩纷呈，纵情绽放。

二

20世纪60年代初，我国正处于三年自然灾害最严重的时期，缺衣少食，糠菜半年粮。为了给归侨找一个赖以生存的好地方，省侨委领导在地图上比画着、寻找着，最后将目光锁定连江县长龙公社。

长龙位于连江县东北部山区，平均海拔380米，是连江县平均海拔最高的乡镇。这里土地肥沃、坡地平缓，常年平均气温16.7度，年降雨量在1600—2100毫米，年平均雾日60天左右，山高雾重，地形、土壤、气候条件极为优越，最适合种植茶树，是福州市的产茶重镇。历史上，长龙的"鹿池茶"曾获得1911年巴拿马国际博览会银奖。

长龙又称茶陇七墩，1958年7月设长龙乡，同年9月成立长龙人民公社，行政区域4414公顷，下辖7个行政村，3个畲族村，地广人稀，民风淳朴。这年，长龙修通了连接104国道的飞石至长龙泥结石公路，建成了463万立方米才溪水库，以及兴办国营林场等，天时、地利、人和俱备，上级领导一锤定音，选择长龙创办华侨农场。

华侨农场创办伊始，岚下大队首先过渡35亩耕地，接着，岚下、下洋、建庄、苏山、丘祠等大队纷纷献出山地田园，支持归侨发展生产，安居乐业。华侨农场组织农民和归侨充分利用山坡丘陵多的有利条件，广辟茶园，发展茶叶生产。最初开垦岚下大队的桥头厝、炉峰山，后来又开垦东岭、岭头；建庄西樵、门前山、后门山；下洋的过岭；苏山铁炉岗；丘祠鹿池、草鞋坪、四角丘等地。先后成立了炉山、炉峰、东风、红卫、延风、建红、东方红、长征、红旗、朝阳，共10个工区，占地7500亩，其中耕地116亩，茶园5000亩，绿油油的茶树给荒山野岭披上了绿色新装。同时派人到外地学习种茶、制茶技术，引进梅占、大白、大毛、福云、奇兰等茶叶新品种，茶叶产量、质量不断提高，在1972年秋季广州中国出口产品交易会上，长龙特色绿茶成为交易会上茶产品的一大亮点。

归侨们有了家，有了工作，有了爱情，生活如春笋拔节日日高，脸上的笑容像初升的太阳。归侨江武民和潘厚璧成了一对夫妻。江武民的回忆充满了甜蜜：

到长龙农场时，我已经是15岁少年了。在农场那几年，每天都可以听到连江县电台传来的广播。耳濡目染，没过多久，我学会讲一口流利的普通话，还学会了写汉字，这些都是有趣的事情。后来我如愿考进连江县电台，当上了理想中的播音员，也成为连江县文艺宣传队的一员，下海岛，下农田，为村民们表演节目。

有一天，在县城的马路边，我看见一个小女孩独自站在人群中哭泣。仔细端详，原来是农场里的孩子。我赶紧上前，小女孩一眼就认出了我，原来她看过我们文艺队的节目，对小有名气的我还有印象。认真询问，才知道小姑娘只身走了一整天，从长龙徒步到县城找爸爸。爸爸没找到，自己却迷路了。多年后，身边的朋友同事陆续成家生子，唯独我单身一人——江武民想起遇见妻子的场景——是在途经长龙的班车上，她亭亭玉立、落落大方，我着迷了，决心追到她。求婚那天，她说起儿时的故事。我一下子想起来，原来当年在路边哭泣的小女孩，是你啊！算起来我和妻子携手走过了40多年。

50多年前，江武民踏上归途，家中一贫如洗。50多年来，江武民找到归宿，和最爱的人朝夕与共。所有的快乐幸福，他归纳一句话：家在长龙，真好！

三

几十年政治风云，长龙华侨农场名称、行政归属多次变动，体制改革不断。1961年10月，建立国营连江长龙华侨农场，设立农场党支部。1965年1月，长龙华侨农场与长龙公社、长龙林场合并，统称长龙华侨农场，成立国营农场长龙华侨农场党委会。1966年"文化大革命"席卷全国，成立连江长龙农场革命委员会，简称"革委会"。1979年撤销革委会，恢复"福建省连江县长龙华侨农场"名称。1979年4月，华侨农场由省侨办主管划归福州市政府管理。2014年11月1日，福州市长龙华侨农场正式划归连江县政府管辖。

虽然名称、行政归属变了，体制也变了，但党和政府、各级领导对华侨农场的支持，对华侨的关怀，一如既往，始终不变。

1970年5月13日，韩先楚上将以福建省革委会主任身份率有关部门领导莅临农场视察，解决精制茶叶生产出口难题。1976年7月，福建省委书记处书记林一心莅临农场视察工作。2000年7月，中国侨联主席林兆枢与国侨办国内司司长周中栋，在省农科院院长刘中柱、省侨联主席李欲晞、市委副书记陈扬富等陪同下来农场检查生态园建设。2001年9月，全国华侨农场科技进步交流会现场大会在长龙华侨农场召开，国侨办主任郭东坡、中国侨联主席林兆枢带领全国各省市侨办主任、84个华侨农场场长以及中央电视台、华声报记者到场参观报道。

长龙华侨农场成立至今，连江县历任县委书记、县长，省市侨办历任主要领导几乎都来过这里，有的像走亲戚一样，常来常往。省部级领导陈明枢、汪毅夫、王美香、洪捷序等也莅临检查指导工作，解决农场实际困难。

房子建起来了，归侨们搬进了新居；学校办起来了，孩子们走进了宽敞的教室；医院办起来了，华侨的健康有了保障；自来水管铺设了，大家用上了洁净的自来水；工厂办起来了，华侨们拓宽了就业渠道。可以说，归侨的幸福生活离不开党和政府的关心、支持，有国才有家，有强大的祖国，才有华侨幸福的家。

据2004年侨情普查数据，长龙华侨农场归侨侨眷与英、美、德、法、荷兰、丹麦、瑞士、瑞典、日本、意大利、新加坡、加拿大、澳大利亚等27个国家和地区3.6万多华侨华人有着亲属关系，往来密切。党的十一届三中全会以后，随着国家放宽出国出境政策，一些归侨、侨眷投亲靠友，选择再次出国出境创业。至今，长龙华侨农场归侨侨眷到港、澳、台地区和外国定居的达1800多人，亲属分布世界27个国家和地区。

现在像潘厚璧一样选择继续留在长龙，把根扎在这里的多是老华侨。她说：……哥哥在澳门、二姐在香港、大姐在万隆，只有我在长龙。几年前，我以游客身份回到出生地，走在GARD4DJATI街上，电影院还在，曾经的学校却没有了。比起熙熙攘攘、人声嘈杂的GARD4DJATI街道，我还是喜欢长龙的家，无处不透露着生机，房子高了，马路宽了，卫生也更整洁。潘厚璧深情回忆她的父亲：虽然我在缅甸出生，但对中国的历史一点也不陌生，父亲很注重我们的教育，闲时爱和我们讲中国的历史故事，比如屈原投江、海瑞罢官……他觉得虽然我们身在异国，但不能忘本，尤其是祖国的传统文化。父亲还坚持在店外立杆插五星红旗，大概这是他向千里之外的祖国致敬吧。父亲回国后一直保持在家门口挂五星红旗的习惯，让自己和家人更有归属感。老一代归侨衷心希望祖国繁荣富强，长龙华侨农场越办越好，归侨的生活更加幸福快乐。

四

现在连江县委县政府正在打造长龙茶业特色农业休闲观光路线，不断完善基础设施建设，整合开发"茶、佛、畲、侨、红色"等文化，以旅游促发展，带动长龙绿色品牌推广的同时，进一步提高群众的收入，让长龙茶山成为群众致富的金山银山。长龙华侨农场作为总体战略的一部分，开始实施农业休闲观光工程，推出了"游览连江炉山，观赏万亩茶园，体验八国风情"生态风情旅游……

有强大的祖国，就有归侨幸福的家。潘厚璧抑制不住兴奋，吟诵道："心中若有桃花源，何处不是水云间。"长龙就是我们的桃花源，就是我们的水云间。

"灼灼其华"嘉贤里

黄锦萍

一

你见过什么样的桃园？是先秦诗人笔下的"桃之夭夭，灼灼其华"，还是东晋文人陶渊明《桃花源记》描绘的"芳草鲜美，落英缤纷"；是唐代诗人崔护的名诗"人面不知何处去，桃花依旧笑春风"，还是如今早已遍布乡村田野，"桃花浅深处，似君深浅妆"的桃花源？

其实，古人向往的世外桃源就在我们身边，就在连江县长龙镇嘉贤里家庭农场桃园中。六月初的一个午后，200亩桃园绿油油青翠翠，一眼望不到边。六月初正是桃园最安静的时候，枝头绽放过的桃花已经谢幕，桃园中争奇斗艳的场景，已经留在阳春三月的朋友圈和抖音里，但我还是从一对恋人赏了嘉贤里桃花后的留言中，读到桃花源里的浪漫，留言写道：桃花飘逸，写满相思的花笺上，不敢奢望你能把三月读懂，把桃花情节看透，我愿醉在朵朵盛开的妩媚中，今生只为你绽放——真是一树桃花一树诗，千树万树为谁痴？桃主李智亮告诉我，现在离采摘果子还有20多天时间，20多天耐心等待之后，也就是七月的整个月份，又是嘉贤里桃源的高光时刻，桃树将集结所有能量，以最饱满的姿态，最诱人的色彩，让果子娇嫩欲滴，粉里透着红，甜里裹着蜜，这是对种果人最热烈的回报，也是对摘果人最慷慨的馈赠。

跟着桃主李智亮到桃园里走一走，我发现每一株桃树都身材匀称，长得粗壮结实，差不多一个人的身高，一问才知道这种"开心形"桃树，品种叫"湖景蜜露"，原产于江苏无锡市惠山区阳山镇，2015年冬引入长龙镇嘉贤里家庭农场栽培。"开心形"桃树果然长得很开心：中海拔，多雨露，空气鲜。好阳光共分享，不争不抢；好果子慢慢长，不急不躁。"开心形"桃树通风透光，枝条分布匀称，成形快，早丰产，提高了空间利用率。这种安安心心、相互关照的生长环境，正是这一片果园的福分，不长好都不行啊。

二

我拜访的长龙镇嘉贤里家庭农场位于下洋村马鞍山，创办于2015年10月，小李是这里的"桃花岛主"。

小李坦诚地说起自己的成长经历：高中毕业后随大流去外地打工创业，每年过年时才回来。每次回乡，都要与三五好友相聚，闲聊之中，大家都在感叹，我们这一生奋斗到底为了什么？在他乡即使飞得再高，我们的心一直都没有离开故乡啊！在外拼搏，总归有一天会老的，总要落叶归根。他说，我父辈也是地地道道的农民，一直对这一片土地心怀眷念之情，当时的我，心底就种下了回乡创业的种子。2012年我开始在村里寻找发展机会，因为我们是山区，做工业没有根基，恰好姐夫是县农业局果树专家，所以就想到了种果树。之后就跟随姐夫，带上老爸，几次前往江浙一带富有果树种植先进经验的地方学习、求教，经过不断论证，最终选择了浙江奉化这个地区的水蜜桃品种，专程去奉化区水蜜桃研究所基地引种栽培。紧接着又去了浙江象山县考察论证"春香"橘柚（当时日本新育成的橘柚品种）的品种特性，我们俗称它为"黄金贡柚"，这是橘和柚的杂交新品种，似橘非橘香于橘，似柚非柚甜于柚，很受客户青睐。

　　回忆起连夜从奉化运桃树苗回乡的过程，小李很是兴奋。他深情地说，这哪是在运整个皮卡车的树苗，分明是农民摆脱贫困奔小康的希望啊！如果新品种栽培成功，可以带动周边的乡亲一块来振兴乡村产业。经过7个多小时的长途运输，终于把树苗运到我们的农场基地。当时这一片荒山杂草丛生，根本就没有农场的样子。为了种好这一片桃花源，小李他们克服重重困难，把这片荒山承包了下来。随即马不停蹄地除草、开荒、翻耕、测量，紧接着动员志同道合的乡亲进行种植、浇灌、定干整形。果树一般要有三年的成长周期，第一年树苗长高了一点，第二年树苗长壮了一点，第三年就等得有些着急了。这片果树到底行不行，一切都是未知数，那真是桃树结果前的至暗时刻，生怕有一点闪失。虽然姐夫是果树专家，也相信奉化的水蜜桃一定不差，但果子没有长出来之前，心里也是忐忑不安，毕竟投入几百万元资金。老父亲也整天担忧：这树真的能行吗？能适应我们这里海拔约370米的山区气候吗？长出来的果子能跟奉化的一样香甜吗？小李说，这三年是我们最难熬的日子，如果不成功，市场不认可，那三年的辛苦都白费了，不只是时间成本、人工成本，投入的几百万元也将全部泡汤，最对不起的还是与我们同甘共苦的农民兄弟。眼看着时间一天一天过去，眼巴巴地盼着桃树听到呼唤，开出美丽的花，结出饱满的果。就这样千辛万苦地熬到第三年七月份，终于修成正果，所有的付出都得到了回报，满园桃树结出沉甸甸的果实，不仅颜值高，而且果大香甜，虽是中熟品种，但已达到了晚熟的水准，水蜜桃笑了，我们也笑了。

　　如今9年过去了，农场面积已经扩大到200多亩，近2300株水蜜桃苗壮成长，近6000株橘柚出类拔萃，最初设想的以果树、蔬菜、茶叶、水稻、甘薯、中药材等农作物助力乡村振兴，小李多年的心愿得以实现。现如今农场有家庭成员6人，从业人员4人，常年雇工6人，年度临时雇工天数达450天左右。农场自创办以来，已投入资金680万元，实施了机耕路、排灌系统、电力线路、管理房和办公用房等一系列基础设施建设，以及苗木、农药、肥料等生产资料投资。农场在果树专家的指导下，以科技思维管理农场，制定了生产管理制度、农业投入品管理制度、田间档案管理制度、农业环境保护制度等，实现了统一生产技术规范，做到产品可追根溯源，确保农产品健康安全。目前，农场主要种植水蜜桃品种5类，包括湖景蜜露、玉露、白凤、中油蟠7号、中油蟠9号；柑橘品种4类，包括春香、红美人、由良、明日见，全场果树长势良好，已经成为福州、连江市民赏花摘果、农旅休闲的桃源胜境，嘉贤里桃源打响乡村振兴品牌，长龙水蜜桃声名鹊起。

  我向果树专家请教湖景蜜露水蜜桃高产栽培技术。他非常专业地告诉我，"健康土壤、科学栽培、绿色防控、品牌高效"是关键。因地制宜地指导该园实施了三沟配套、土壤酸化改良剂、生物菌肥、肥水调控、增施钾肥、水分管理、枝干涂白、生态调控和全程机械化作业等工艺，集成应用了长枝修剪、土壤调理、精准施肥、生草栽培、现代病虫监测、病害源头控制、虫害综合诱杀、科学用药等核心技术，使嘉贤里家庭农场的水蜜桃每667平方米（亩）产量基本稳定在1500—2000千克，平均单果重达200克以上、优质果率95%以上，满足了当前消费者追求高品质、大果型水蜜桃的要求。而"春香"橘柚在嘉贤里家庭农场引种也表现良好，树势中等，早结，丰产，抗逆性强，果大，色泽黄，果肉较化渣，风味浓郁，品质优，种植经济效益较高，市场前景好，如今已在连江县适宜种植宽皮柑橘的区域推广种植。

三

2020年的盛夏时节，桃园迎来福州大学至诚学院人文艺术系的7位实践队员，他们来这里开展"绿色生态促发展"调研活动。在农户的带领下，至诚学院学子沿着农场小路走向桃园深处，感受这片世外桃源，一个个光鲜红润的桃子挂满枝头，向人们展示它绰约的风姿，诱人的香味。

农户向实践队大学生详细介绍了桃子的种植经验，尤其在桃林中设置音响、播放音乐的举措，引起实践队员们的浓厚兴趣。李智亮告诉青年学子：这是一种刺激桃子生长的措施，音乐种桃原理是利用激光多普效应测振仪，精确地测量出桃树自发声和接受声的频率，并根据不同的温度、湿度进行自动调节。对桃树施加特定的声波处理，与桃树自发声和频率相匹配，发生谐振，提高光合作用，加快细胞分裂，促进桃树生长发育，达到丰产、优质、高效的栽培效果。

实践队员经过调研认为，嘉贤里家庭农场地处中海拔山区，水蜜桃常年被云雾缭绕、雨雾滋润，拥有深林溪涧的悉心呵护，远离工业尘埃污染，土壤中富含硒元素，才能生长出香甜美味、果香浓郁的桃子。他们发挥年轻人的聪明才智，拟定了项目宣传推广方案和产品包装，即采用线上线下相结合的模式进行推广宣传。线上，队员们用微店认领，有利于不便出门的顾客轻松快速下单，大大提高了成单率，避免滞销的问题。线下，队员们充分利用桃花的花期吸引广大顾客带领孩子们前来参观并加入桃树认领活动，共同见证桃树的生长过程。他们帮助桃主小李建立微信群和购买小程序，收集顾客信息变得更加便捷，微信用户也有积极的反馈。为进一步突出项目特色，他们还设计宣传海报，撰写宣传文章，推出两轮桃树认购活动，结合桃子"高山原生态"的天然品质进行销售。运用认领模式可提前了解市场需求，推出下一季度计划，从而使农场收益大幅度提升。认领模式的创新，使"购桃"的过程更具活力，客户带着家人亲临桃园，感受田园乐趣，桃子的销售量比往年提高30%。交流中，实践队还建议农场要建立特色农业产业，打通运输渠道，以生态经济的方式，发展与桃子相关的衍生品，比如桃胶、桃干、桃汁等，打造竞争新优势，为桃园拓展更大的市场。

在嘉贤里桃园，我看见很多桃树挂着认领人的小木牌，木牌上写着认领人的昵称和编号。认领了属于自己的桃树后，桃花盛开时节，认领人可以亲手为桃树进行施肥、浇水、疏果、采收等农事作业，也可以委托桃管家照料，了解更多耕种细节，共同见证桃树的生长过程，体验诗意的田园生活，品尝放心的劳动果实。这种提前认领桃树的方式，不仅保证了顾客对高品质桃子的需求，而且价格优惠，也使桃主便于宏观调控，确保销路畅通，皆大欢喜。

中国的传统文化中，桃蕴含着图腾崇拜，有着生育、吉祥、长寿的美好寓意，也象征着春天、爱情、美颜与理想世界。桃树的花叶、枝木、果实都映照着民俗文化的光芒，其中表现的生命意义，致密地渗透在中国桃文化的纹理之中。人们都说水蜜桃的灵魂，在于阳光、土壤与水的完美结合，粉色的花朵和果实圆圆的曲线，让人联想到女性优美的风姿，所以她的花语是"优美"——受到这种祝福的人，生活一定滋润，完美。

梅花香自苦寒来

——记"连江艺昌闽剧团"破茧化蝶成长史

王大荣

连江县长龙镇下洋村,是一片英雄的热土。这里曾弥漫着战火的硝烟,也曾浸染着烈士的鲜血。

时光流转,硝烟散尽。而今蓦然回眸,在这片红色的土地上,活跃着一支颇具传奇色彩的民间剧团。他们秉承先辈们的铁血精神和坚忍品格,凭借着内心对闽剧艺术的热爱和追求,白手起家,筚路蓝缕。在历经时代风雨的洗礼和磨炼中,破茧化蝶,从一支默默无闻的小剧团,逐步成长为声名远扬的福州市一类一甲民间职业闽剧团。

它就是文艺百花园中一朵不畏严寒,傲雪迎春的腊梅——连江县艺昌闽剧团。

闽剧属于福州话地方戏,也是久负盛名的中华剧种之一。下洋村地处偏远山区,交通不便,信息闭塞,但却是滋养闽剧艺术的一方沃土。村里不但有一大批喜爱闽剧艺术的草根艺人,更有众多爱看闽剧的铁杆粉丝。每当逢年过节或农闲时光,群众自发组织的各种闽剧演出活动便十分热闹,后来也发展到受邀前往周边乡村甚至邻近县份演出。这种虽然业余但长年累月的艺术积累，让下洋村的民间艺人们有了不断提升自己的机会，演出队伍也得以不断整合壮大，并且在闽剧演出界也慢慢地拥有了一定的小名气。1988年，正是各地闽剧演出市场蓬勃发展的大好时机。以下洋村闽剧艺人王祯坚为团长，整合了下洋村闽剧演出的原班人马而组建的"连江县艺昌闽剧团"应运而生。这是一支拥有正规的演出资质许可，经过文化部门严格审批，真正意义上的民间职业演出剧团。它由此揭开了下洋村的闽剧演出事业，从过去的业余演出，迈向职业化、专业化的崭新一页。

然而，对于艺昌剧团来说，从业余演出团体到职业演出剧团的蜕变和转型升级，对其今后的长期发展，既是一个巨大的机遇，也是一个巨大的挑战。在强手如林、竞争激烈的闽剧演出市场，刚成立不久的艺昌剧团，要想尽快站稳脚跟，并赢得自己的一席之地，就必须付出百倍千倍的努力。这对于剧团的管理者来说，是一个极其艰巨但又无可回避的重任。作为首任团长的王祯坚，带领着剧团，磕磕碰碰地进行了几年的闯荡和艰苦的探索。但由于年龄和身体的原因，他对自己的领导工作渐有力不从心之感。值此关键时刻，一个年轻帅气、聪慧过人，既懂闽剧又懂管理的年轻人，自然而然地进入了众人关注的视野。他就是王祯坚团长的儿子王文奇。王文奇是自幼跟随父母泡在闽剧场中长大的。由于从小对闽剧艺术的耳濡目染，使他对闽剧产生了一种强烈的热爱和追求。他12岁开始学戏，由于天资聪明，又勤奋好学，几年时间，就成了团里样样精通的多面手。后来，随着年龄的增长，他也更加懂事。每每看到父亲忙里忙外，四处奔波的身影，他就感到心疼，于是就自觉地帮父亲打理一些团里的工作，尽可能为父亲分担一些劳累和压力。而父亲对此也感到十分的欣慰和赞赏。几年时光一晃而过，父亲每天为剧团的生存而奔波劳碌的身影，在王文奇年轻的心灵中，已逐渐升华为精神图腾。闽剧艺术这一从小就在他心底留下的深刻烙印，不仅归结于一份安身立命、家族传承的事业，更成为他值得奋斗一生的神圣使命。这种发自内心的责任感和使命感，正是成为王文奇后来子承父业、继往开来，带领艺昌闽剧团不断发展壮大的强大精神动力。

1996年，在父亲的深情祝福和众人的期盼中，王文奇众望所归，成了艺昌闽剧团的第二任掌门人。上任伊始，他立即根据当时演出市场的行情变化，当机立断、大刀阔斧进行变革创新。一方面，他发动全团上下加紧排练新戏，优化剧目，力求在演出质量上精益求精。另一方面，他主动出击，调研市场行情，承揽演出业务。他要让自己的剧团走向更加广阔的演出市场，让更多的观众能够看到剧团的演艺，了解剧团的整体实力。那时，各地的交通状况普遍不好，而基层乡村的交通条件更差。尤其是那些地处偏远的乡村，不但路途遥远，而且道路崎岖难行。有的剧团都不愿前往，但王文奇却从不推辞。每次他都身先士卒，率领全团人员翻山越岭，历尽艰辛方能到达目的地。其间，也曾发生过演员在山路上不慎摔倒受伤的事故，但大家都能咬牙坚持了下来。

那时候，下乡演戏，老百姓看戏的热情十分高涨，但演出的各方面条件却十分落后。乡村中少有像样的舞台，大部分都只能在旷野上临时搭盖。拴几根戏柱，盖几张戏幕，摆几块戏板，就成了一座简易戏台。后台摆上锣鼓乐器，前台演员表演唱戏。台下四周围满了全村的男女老幼，或坐或站，一个个伸长脖子，看得津津有味。戏演完了，观众散去。演职人员打开铺盖，就地宿营过夜。其间还要遭受蚊虫叮咬，寒暑侵袭。待到天明，生火做饭。收拾行装，再度出发。如此日复一日，年复一年。他们用自己坚实的脚步，踏遍八闽大地的山川田野。他们无论走到哪里，无论那里的演出条件多么艰苦，他们都始终如一地为广大的观众献上一台又一台精彩的剧目。这种吃苦耐劳的精神，精益求精的艺术追求和对观众高度负责的精神，不但赢得了广大观众由衷的喝彩和赞赏，也为剧团赢得了在业界的好名声。

辛勤的付出，总会得到丰厚的回报。1999年，艺昌剧团迎来了第一个高光时刻。在福州市文化局对全市所有民间剧团的年度审核和综合评比中，艺昌闽剧团以黑马的姿态，首次杀入了全市一类一甲职业闽剧团的行列。随后连续五年，艺昌始终稳稳保持了这个头衔，从而确立了自己在演出界的江湖地位。一时间，艺昌剧团在闽剧演出界声名鹊起，人们无不对其刮目相看。各种邀请演出的预约纷至沓来，剧团上下每天忙得不亦乐乎，艺昌的演出事业进入了高速发展的快车道。与此同时，王文奇也再次果断出手。他先后投入了一百多万元资金，为剧团购置了一辆小车和一辆大巴车，改善了现代灯光、音响，添置了演出服装和道具，还专门为演员修建了宿舍楼和排演场。从此以后，演员们居有定所，饮食温饱。外出演戏，以车代步，节省了大量的时间、体力和精力。因此演起戏来，一个个更加精神抖擞，形神兼备，把一台台的古装闽剧，演绎得精彩绝伦、气象万千。把台下看戏的观众高兴得直呼"过瘾"。

就在艺昌剧团收获着来自四面八方的喝彩和赞扬声中，身为团长的王文奇，却一刻也没闲着。他深切知道，演出市场的变化那是日新月异。"逆水行舟，不进则退"。只有不断提高剧团的整体水平，才能始终保持在演出市场上旺盛的生命力。为此，他不吝高薪聘任名家主演各类角色，在演艺上力求精益求精，更上一层楼。同时在编导策划、音乐设计、舞美布景等各方面也同样高标准，严要求，尽其所能地发挥和调动全团上下的整体积极性，做到人尽其才、各领风骚、配合默契，以求达到最佳的整体效应。好马须配好鞍，好的剧团还需有好的剧本。对此，王文奇也是下足了功夫。本着对传统剧目推陈出新，好中选优的原则，力求让每一次的演出都能达到集思想性、艺术性、观赏性于一体的最佳效果，成为深受观众喜爱的精品剧目。王文奇的心血没有白费。2000年，艺昌团首次携《百蝶香紫扇》剧目参加全省民营剧团调演，就获得了优秀演出奖。这一成功令王文奇信心大增。2002年，艺昌团再次携剧目《淑女情》参加福建省第七届民间戏剧大赛。该剧以跌宕起伏的爱情和悲剧结局震撼人心，再加上演员的表演精彩纷呈，获得了观众极大的好评，再次荣获优秀演出奖。当时省、市的一批闽剧界的老前辈，老艺人观摩了艺昌团的精彩演出，对于该团的整体水平给予了很高的评价，称赞其是福州地区民间职业剧团的佼佼者。王文奇也因此一举成名，成了全省闻名的年轻闽剧家。携此强劲势头，2003年，王文奇受邀参加"新世纪第二届全国地方剧种发展战略研讨会"，并在会上宣读了他撰写的论文《花开沃土、根扎民间，介绍福建省连江县艺昌闽剧团》，引起了热烈的反响，并获得了荣誉证书。2006年，在省政府举办的振兴闽剧座谈会上，王文奇团长代表民营剧团做了典型经验发言，受到了与会者的广泛好评，也进一步提升了艺昌闽剧团在省、市的知名度，剧团被省戏剧学会授予常务理事单位。并且从2006年至今将近20年的时间里，在福州市近百家民营剧团的激烈竞争中，艺昌团以其优异的表现，始终当之无愧地跻身于全市民营剧团前三名的行列。

艺昌闽剧团在拼搏中前进，又在前进中不断提升自己，创造着一个又一个耀眼的成绩。2013年，艺昌团参加全省"金源杯"折子戏决赛，其选送的《文王访贤》《十一郎》两个剧目均获金奖。2014年，剧团选送《哑女告状》参加省第十二届折子戏"水仙花杯"决赛，主演陈宝容荣获个人金奖。2015年参加福州市第23届戏剧会演，剧团选送的《团圆宴》获得优秀剧目奖。同年，参加福建省第26届戏剧会演中，《柳暗花明》荣获剧目二等奖。2018年，在参加福州市第24届戏曲会演中，《采莲女进宫》荣获演出二等奖。此外，剧目《桂英拜将》也在福州市第25届戏剧会演中深受评委和专家的好评。就在艺昌闽剧团在省、市级各种大赛中屡屡获奖的同时，他们的市场演出率也跟着水涨船高，呈现出一派欣欣向荣的新景象。据王文奇介绍，在演出高峰期的那些年，全年的演出日程都安排得满满当当。演出地点也大多是经济发达的侨乡和人口密集的大镇。剧团上下每天不是忙于排练新剧，就是忙于外出演戏。有时甚至要连续演几十场，一天也不得闲。每个月发给演员的工资就是大几十万。那真叫一个事业红红火火。

取得这些来之不易的成绩，得益于艺昌团长期以来重视剧团的整体建设。坚持每年都要编排四五个广大观众喜闻乐见的优秀剧目；坚持艺术上的精益求精；坚持出精品、出人才、出效益。因此，他们在不断取得丰硕成果的同时，也为发展繁荣闽剧事业，满足广大群众日益增长的文化需求，提升新农村精神文明建设作出了积极的贡献。

艺昌闽剧团发端于下洋民间，植根于下洋沃土。下洋村滋养了闽剧艺术和艺昌闽剧团，而闽剧和艺昌剧团也以他们独特的方式反哺和滋养着下洋村的父老乡亲。下洋村的王厝里，是远近闻名的"闽剧专业村"。这里的王氏族亲，有近三分之二的人员从事闽剧表演事业。对他们来说，闽剧不仅仅成就了他们追求艺术、圆梦舞台的梦想，剧团更是成为他们解决生计，安身立命的理想庇护所。这些年来，王文奇着眼于艺昌闽剧团长远发展的目标，始终对下洋村那些有志于投身闽剧事业的年轻人予以重点关注和提携，尽可能把他们培养成闽剧艺术的后备人才，为艺昌闽剧团源源不断地输送新鲜血液，让剧团始终保持蓬勃的朝气。而他自己的女儿王艺岚，则是其中的优秀代表。王艺岚从小受到闽剧艺术的熏陶，13岁进入艺校学戏，毕业后先后在市闽剧团、省实验闽剧团等担任演员。2021年，由于艺昌团演艺事业发展的需要，作为王家闽剧艺术第三代传承人的她，毅然听从父亲的召唤，回到艺昌闽剧团挑起了大梁。短短两三年时间，她已经担纲主演了多部的优秀古装闽剧，塑造了一个个栩栩如生的古代人物形象，为艺昌团的演出舞台增添了光彩。尤其是在2024年5月份，艺昌团携带最新排练的《亘古忠烈》参加了福州市第26届戏剧会演。剧中由王艺岚扮演的妲妃惊艳全场，好评如潮。艺昌团在本次会演中名声大振，赚足了风头，并且顺理成章地斩获了"重点剧目金奖"。

"俏也不争春，只把春来报，待到山花烂漫时，她在丛中笑。"艺昌闽剧团从偏远的小山村走向广阔的社会大舞台，实现了历史性的华丽转身。它就像一只破茧而出的美丽蝴蝶，在闽剧的舞台上尽情地展现着华彩的身姿。它又像一朵傲霜斗雪、历经严寒的腊梅，在文艺的百花园中，静静地散发着那沁人心扉的幽香……

村名背后的故事

陈道忠

我第一次听到建庄名字,是在一辆手扶拖拉机上。记得长马公路刚通车不久,我和村里的几个大人一起去东湖畜牧场买猪仔。拖拉机冒着黑烟,大声喘气,从透堡塘里村一路盘旋而上。拖拉机爬过山顶,过丘祠村后,又是一个陡坡,接着是一个弯弯曲曲的下坡。下坡路又长又陡,一行人战战兢兢,谁也不敢吭声。过了一座小桥后,地势平坦,拖拉机"突突突"一路欢歌前行,大家终于舒了口气。一个老人说:"三宫坂到了!"一个中年人说:"是官仓下!"一个年轻人说:"是建庄!"他们谁也说服不了谁。公路的右边有一些低矮的房子,随着吵闹声一晃而过。我是第一次坐拖拉机出远门,所以记忆深刻。

第二次听到建庄名字,是在连江一中校园里。我班上一个同学叫杨与堂,长龙建庄人,会武术,还喜欢讲故事,令我崇拜。与堂同学讲他家乡的红军、抗日游击队和他舅舅邱惠的故事。故事很多,可他村里又有宫坂、官仓下、上澳、下澳、王化庄、黄花墩、后湾里等等地名,我听后云里雾里,到底哪个才是建庄村?但故事好听,情节生动,也就没有深究这些细节问题了。

这次编撰《长龙之光》一书,我走进建庄村,采访了连江作协原主席阮道明先生,长龙镇原副镇长陈开灼,村党支部书记兼村主任陈开传，村原党支部书记阮金和，以及村老人会的林圣龙、阮孝宜等老先生，终于解开了我50年的疑惑。

建庄村，旧时属名闻乡嘉贤上里，乾隆版《连江县志》载："其在治东北之四十里为起也。图一，曰嘉上。地名二十一，曰茶陇、下洋、黄家墩、官仓下、邱储、苏坑、院后、东岭、岚下、洪樵"等。对照谷歌卫星地图可知，现建庄村应是在原来黄家墩和官仓下两个村落的基础上发展起来的。

黄家墩亦称黄花村、黄化村、黄花庄、王化村、王家墩，应该是当地方言原因，"黄""王""花""化""庄""村""墩"谐音混淆，才造成地名莫衷一是的原因吧。其中一种说法：长龙古称七墩，这里土地肥沃，每到春天，油菜花盛开，田野一片金黄，清新如画，故名黄花墩。我觉得这种说法有点靠谱。民国后期，黄花墩、后湾里、大樟等自然村同属浦洋乡。1950年黄花墩、后湾里、大樟自然村属下洋乡辖区。1958年，长龙人民公社成立，下设黄花村大队，辖黄花村、后湾里、大樟三个自然村。大队址设在黄花村大王宫。黄花村大队原为曾、林、杨、吴、陈、肖、庄等多姓居地，现有曾厝里、杨厝里地名流传下来。

后湾里，吴姓聚居地，明末清初，其始祖从马鼻肇迁于此，在大帽山麓凿井取水，开荒造田，修建祖厝，耕读传家，名闻遐迩。清末又迁居何氏一家。因地处官仓下、黄花墩自然村之后、大帽山拐弯处，故名后湾里。

大樟自然村，聚居雷、兰等少数民族村民，因古时候村落被大片樟林所掩映，故名大樟。

官仓下包含上澳、下澳、宫坂（三宫坂）下南山、鱼池侯等多个自然村，原名宝庄。长龙《阮氏族谱》载："泰定三年（1326），阮氏先祖卜居于宝庄。"村民取"宝庄"，大概与漫山遍野盛产野茶有关，古时茶叶是个宝，有富饶之意。宝庄坐落在青龙岗下，马鞍峰西南面，北面毗邻苏山村，旧称陈阮山，今为遗址。后村庄移迁后门仑。

上澳坐落于后门仑山脚，村落的房屋坐北向南，北面有防护林，依偎着马洋溪，地方不大，却多有豪杰之士。

下澳自然村人口不多，主要是居住陈姓族人，分三对厝、新厝埕、下南山等地段。据说，清道光年间，官府在下澳建粮仓，纳茶陇（即下洋、官仓下、岚下、邱储、苏山、洪塘、真茹等七墩）公粮。后把下澳、上澳、宫坂等更名为官仓下。民国后期，官仓下属浦洋乡，新中国成立初期属岚下乡，1954年又属苏山乡。1958年，创立长龙人民公社，设立建村村。

1963年，建村村与黄花庄合并，建村取"建"字、黄花庄取"庄"字成立建庄大队，寓意走康庄大道，共建美好家园之意。1964年长龙公社与国营长龙华侨农场合并为国营长龙华侨农场，建庄大队又改为建庄管理区。1972年，长龙华侨农场又析出长龙公社，恢复了建庄大队，此后撤社建乡建镇，建庄村名字沿用至今。

建庄村是英雄之村。在土地革命、抗日战争及解放战争中，英雄辈出，可歌可泣。

连江与罗源、古田、宁德等县的接壤处崇山峻岭，地广人稀，新中国成立前习惯称之为"山面区"。20世纪30年代，杨而菖、梁仁钦等经常到"山面区"宣传发动群众开展革命斗争。1931年，官仓下成立地下党小组。1932年6月，连江地下党领导的闽中工农游击第一支队在合山成立。游击队打土豪、斗劣绅，发动贫苦农民减租减息、抗捐抗债，当地豪绅惊恐万状。1933年11月，长龙乡成立苏维埃政府，林敬昌任主席。苏维埃政府发动群众，打土豪、分田地、减租减息、抗粮抗捐、营救革命同志，掩护抢救伤病员，积极筹集粮食和衣物支援游击队。

1934年10月中旬，中国工农红军闽东独立师第三团进攻透堡失利。11月，国民党八十七师联合各地民团，"围剿"长龙山面区根据地，大举围捕枪杀红军战士，烧毁民房，残害无辜百姓。11月中旬，官仓下赤卫队配合闽东红军连江独立营，在开元寺（今照镜寺）伏击国民党"清剿"部队，活捉透堡民团团长，并押往官坂枪决。敌人组织重兵报复，官仓下村被洗劫一空。

土地革命时期，建庄村在册的烈士有雷清俤、肖细细、林兴官、雷礼水、林敬昌、叶依盛、吴福祥、陈妹妹、钟金銮等9人。

林兴官，1933年参加革命，参加了创建连罗革命根据地的斗争。闽东工农游击第十三总队战士、闽东红军第十三独立团司务长。1934年9月在筱埕反"围剿"作战中牺牲。

雷礼水，又名兰礼水，1933年初参加革命，历任建庄乡农会主席、赤卫队队长、下洋乡苏维埃政府主席。1934年1月，率领下洋乡担架队配合闽东工农红军第十三独立团前往罗源县开辟游击新区，在攻打罗源民团据点的战斗中牺牲。

林敬昌，1932年秋参加革命，长龙乡苏维埃政府主席。1934年2月长龙反"围剿"战斗中，在宫坂三功祠开展对敌斗争宣传时被敌发现，惨遭杀害。

抗日战争时期的1941年，日军第一次攻陷连江。在中共连江地下党精心组织领导下，下洋成立抗日游击队。官仓下老红军邱惠，任游击队指导员。游击队在队长梁仁钦（后陈位郁）、指导员邱惠带领下，杀鬼子，惩汉奸，活跃在长龙、浦口、东岱、东湖等一带。向日寇亮剑，沉重打击了日军的嚣张气焰，打出了中国人的志气，打出了游击队的威风。

解放战争时期，在中共闽浙赣区委城工部领导下，官仓下、黄花墩地下党员发动群众，开展抗丁、抗粮、抗税斗争，组建革命武装，瓦解国民党保甲政权，积极筹款筹粮支援人民解放军。出生后湾里村的吴福生，在长期革命斗争中，以"白皮红心"身份从事革命工作。他利用国民党连江县政府委任为浦洋（辖浦口和下洋）乡长的身份做掩护，接送、营救革命同志，侦察、传递情报，筹粮筹款支援前线，为党的革命事业做出了很大贡献。

建庄村是新农村建设的模范村。村民们发扬优良传统，在共产党领导下，战天斗地，村庄发生了翻天覆地的变化。

据介绍，新中国成立初期，建庄村是在一片废墟上搭建的"茅屋"村，经过几十年奋斗，基础设施不断完善。1968年以来，建庄村先后修建了大樟、西门洋、马洋里等水库，总蓄水量达65万立方米，彻底改变了"十年九旱"的状况，村民普遍用上了自来水。2005年"龙王"强台风，澳里桥被洪水冲毁，同年重修新大桥。县道长马公路贯穿全境，村村通水泥公路，长龙段拓宽后新街区宽度达29.5米。建庄村是长龙镇政府所在地，中小学校、医疗卫生、电力设施、电信网络、有线电视、金融机构等配套齐全。在美丽乡村建设中，建庄村的环保、绿色生态优势，成为得天独厚的条件。村域内没有工业污染，以农业种植、养殖为主，茶叶、竹笋、蘑菇、茭白及反季节蔬菜等特色农产品畅销全国各地。

陪同人员带我走进建庄村文化活动中心。文化活动中心占地面积1030平方米，建筑面积1208平方米，2012年动工，2015年竣工落成，耗资618万元。主入口处铺就长条花岗石台阶，门楼四根九米高合围粗的高大花岗石柱，雄伟壮观。走进大门，迎面是一幅巨大的铜制屏风，雕刻龙凤呈祥等吉祥图面。西边镶青石碑记，简单记载新中国成立后三功神祠（大王宫）演变成文化活动中心的历史。其实在土地革命时期，大王宫就是中共地下党的秘密联络点、交通站。佛殿地下的秘密坑道可通后山战壕，直至广应寺。解放战争后期，为配合解放军扫荡残敌，解放连江，由郑敢领导的长龙地下党游击队在大王宫设立支前供应站，出色完成了支前任务。活动中心主楼为三层框架结构，为群众文化娱乐场所。主楼进去是戏台，戏台前是观众大厅，设置高标准实木软座椅五百多位。行人道宽畅，连接宫外的四个大门，安全便捷。建成这幢宽敞气派的大楼是仓山区建新镇（对口帮扶）等单位和乡贤乡亲同心协力的结果。丰富多彩的文化活动，记录了建庄村的进步、社会主义新农村文化建设的历程。

我们来到了村中心地段的"中国·嘉贤里"公园。只见一大片宽阔的草坪，上面绿草茵茵；步行道旁，绿树成荫；重要景观点，鲜花盛开；远远望去，像一幅精美的油画，让人赏心悦目。公园设计、布局，彰显设计者高超水平。公园占地面积15.4亩，总投380万元，公园边配套一座文化活动中心，总投资210万元。我被花岗岩背景墙的长龙五色文化所吸引，在红色文化石雕中，我找到了邱惠的名字，向他深深地鞠了一躬。

我走到公园的北边，清澈的河水，整治过的堤岸，鱼儿在水中悠闲游动，几只白鹭在水中自由觅食。据介绍，在建造公园同时，对公园附近小河进行疏浚改造，种植花草树木，灯光美化。我想象得到：每当夜幕降临，小河两岸华灯绽放，灯光倒影，水上水下，竞相辉映，美不胜收。村民们从四面八方聚集到公园里，在悠扬的乐曲声中，少妇、大妈翩翩起舞；老大爷们围坐在小河边的椅子上，天南地北闲谈，领略家乡的美丽景色，享受着改革开放带来的幸福时光。

建庄村不仅是英雄的村，更是省级乡村振兴的试点村。2000年，建庄村被农业部授予农民田间示范学校。2019年，建庄村入选第一批国家森林乡村名单。2022年，福建省农业农村厅认定建庄村为第二批福建省乡村治理示范村镇。村党支部、村委会历年被县委、县政府授予文明安全小区、文明单位、先进单位、标兵单位、先进集体、先进基层党支部等各种荣誉奖励。

我一路走来，看见一排排三到四层的小洋房，井然有序；宽敞笔直的街巷，整洁干净；路旁的绿化树，整齐划一；村容村貌令我啧啧称奇。我还听说政府实施"造福工程",大山深处的畲族同胞纷纷迁居建庄村,不由得竖起了大拇指称赞:从新中国成立初的几间草房发展成镇区所在地,实施'造福工程'后户数达1130户、常住人口3000多人的畲汉和睦相处大村落。"

  一天时间的采访,可谓走马观花。建庄村的亮点还有很多,如学校、照镜寺、茶山公园等等。我想下次再来,住上几天,探寻建庄村人文历史,品尝建庄村的特产竹笋、茭白,还有糯米酒、绿茶,做几天建庄人。

山地风光

高高的红旗山

林思翔

长龙的地势一如其地名一样，延绵的山峰犹如一条长长的巨龙，在连罗边界蜿蜒着，从官坂的合山直抵罗源的万宝山。虽说是山区，群峰林立，可山普遍不高，多在海拔三四百米间。这样，海拔627米的红旗山，夺得山高之魁，成了全镇最高峰。全镇68平方公里大地上的大山小山里山外山芸芸众山，均列阵其麾下，归属红旗山统领。

"山高我为峰"。众山之首的红旗山好不威风。一杆红旗立于山顶，如一抹红霞飘忽苍穹，引四里八乡万目注视。"红旗山上红旗飘，万千风情在山头。"多少年来，人们仰望红旗，浮想联翩，都想登上山顶，一览长龙第一高峰的无限风光。

初夏时节，万木葱茏。在镇干部的热情引领下，我们驱车向红旗山进发。红旗山位于长龙镇区北面的洪峰村境内。镇干部说，过去上山的路是条弯曲的山岭，人们徒步爬山，异常吃力，对许多人来说，红旗山是可望而不可即的。改革开放后，镇里畲族青年兰仕华、兰建明，走出大山，经商创业，事业有成后，带头回乡捐资修路，在当地政府的组织推动下，修起了一条数公里长通往红旗山的水泥路，直达山顶。车子穿行在绿荫谷地间，山道弯弯，峰回路转，杉松做伴，修篁护卫，秀色可餐的山野风光尽收眼底。

随着车子的抬升，渐觉树木稀疏。不知不觉间，到了红旗山顶上。在山下仰视的高高尖顶，原来是一块较为平坦的开阔地，山风拂面，神清气爽。不绝于耳的蝉鸣声，令人尤感红旗山之恬静清幽，感受这寂静山野生命的美好与灵动。

"高处不胜寒"。在寒冷气候中存留的有限景物，造型要比山下的来得好看。松树如塔巍然屹立，斜枝条条如佛手向上、整齐划一；野杨梅树高体大，浓荫绿翠，上百年树龄依然朝气蓬勃，红彤彤的果实仍旧清甜；山岩虽长年风霜剥蚀，然心地不改，依然绽开笑脸，喜迎来客。看来大自然也不厚此薄彼，山顶艰苦，"颜值"弥补。

几块天然巨石的随意交叠，构成了红旗山的顶峰，坚硬的花岗岩质地映透出山体刚强的风骨。一杆红旗插在基座上高高飘扬。红旗山原名"茶石鼻"，其实早先人们只知其高不问其名，因了解放战争期间我军在山麓打了一场胜仗，把红旗插上山顶，遂被定名为"红旗山"而广为人知。如今水泥基座上"华东军区司令部"几个大字犹在，记录着这庄严的历史性事件。由于处于众山之巅，故红旗也成为这一带广袤大地制高点的标志，成为南来北往飞机高空注视的一个地标，胜利的红旗成了导航的旗帜。

这杆红旗不仅给红旗山命名，还为红旗山抒写了一段红色的历史，给红旗山原本泛红的山野，增添了光彩。

红旗山所在的长龙洪峰村，是土地革命时期连罗山面区根据地的中心区域，当年邓子恢、陶铸、叶飞、黄孝敏、杨而菖等革命先辈在这里领导革命斗争，在该村成立了闽东北第一个革命委员会，成立了山面区第一个党支部，建立了游击队，开展了春荒斗争，镇压了地主恶霸，涌现出了林嫩嫩夫妇、林春官、林寿銮等革命先烈，在连罗革命史上写下了光辉的一页，留下了许多可歌可泣的生动故事。当年红军议事地点的尊王宫如今修葺一新，成为人们"朝圣"和进行爱国主义教育的基地。

抗日战争期间，我人民军队凭借红旗山一带有利地形，居高临下，向驻守在山边亭下厝的日本军队开炮，击毙敌人6个，打击了鬼子的嚣张气焰，谱写了一曲抗战胜利的凯歌。

1949年夏，解放军大举南下解放江南。8月的一天，由于连日下雨，红旗山麓的大小瀑布汇成一股洪流，沿着峡谷倾泻而下。此时，从浙江、江西一带溃逃的国民党汤恩伯残部被叶飞率领的中国人民解放军第三野战军第十兵团，一路穷追猛打。敌人经罗源逃窜到红旗山峡谷的文朱村一隅时，面对汹涌的洪水和潮水般追来的解放军痛击，一部分被就地消灭，大部分在涉水途中连同辎重被洪流冲走，只有少数人涉水过溪，沿洪峰外澳村方向经黄岐逃往马祖。这次的红旗山麓追击，我军大捷，解放军把红旗插到高高的山顶上。从此，这座山头便有了"红旗山"这光荣的名字。

敌人丢盔弃甲一路溃逃，当地群众尾追袭扰。敌人不时向群众开枪射击，赤手空拳的群众只好眼睁睁地看着敌人逃去。在洪峰村外澳自然村的一间草楼旁，一个刚出生的男婴被扔在那里。畲民兰某见到后便把他抱回抚养。这名婴儿长大后参军并入了党。他与当地一位畲族姑娘结婚后，生养了多个子女，现其外孙都上大学了。善良、淳朴的畲族同胞养育国民党军人弃婴的懿行在当地传为佳话。

有道是，登高望远，"欲穷千里目，更上一层楼"。登上红旗山顶，但见群峰逶迤，层峦叠嶂，千山万壑皆在脚下，视线直抵灰蒙蒙的天际线。此时，似有寥廓江天我为峰之感，山风吹拂，好不快哉！

立于峰顶岩石俯视四野，目光可及连江半壁江山。

南面，东湖基建工地全线铺开，幢幢高楼拔地而起，我国东南片区最大的一站式农产品交易市场之一的海峡国际农产品物流园正在这里崛起，它与不远处的粗芦岛国家远洋渔业基地遥相呼应，一南一北，如同两翼，助推着连江这只"金凤"腾飞；

西面，丹阳大地如画锦绣，新洋、山边、花园、上下周，座座新楼耸立村间，绿树掩映，错落有致。小河溪沿阡陌流淌，高速路于大地穿行，贝里蟹谷深藏山间，秘境风情令人遐想。都说距离产生美。山清水秀的丹阳，俯瞰简直就是个"大花园"。再远些，视线越过三重山，在蓝天白云的天际线下，蓼沿山地隐约可见，连江的西北山区何其壮阔！

东面，马透人熟悉的高高炉峰，与红旗山相比，略逊一筹，只能屈居第二。炉峰茶园碧连天，风景独好，素有"福州最美茶山"之美称。在此鸟瞰，可见美丽富饶的马透平原和碧波荡漾的可门港湾，连江东北翼色彩如此青绿；

北面，是原始森林密布的文朱山。陡峭的山崖与红旗山对峙，形成深切的山谷。山面郁郁葱葱，谷底流水潺潺。高山流水，浑然天成。文朱山也是红旗山的靠山，为红旗山挡风遮雨，不受侵扰，使其稳居群山之巅。

莽莽文朱山，是当年山面区长龙革命根据地通往罗源山区的必经之地，是革命先辈活动的地方。山间一条崎岖小路，被人称之"红军路"。至今90多年过去了，这里的群众还在流传着当年叶飞避险山间猪姆潭的故事。

猪姆潭位于这座大山下九湾座溪流中部，悬崖峭壁，地势险峻。土地革命时期，叶飞同志多次来山面区开展革命活动，国民党政府四处搜捕。当地党组织和游击队就在极为偏僻的猪姆潭边上搭起一间简易草楼，安置叶飞同志。叶飞同志在这里来来去去避险半个月。当时白色恐怖，敌人满山搜捕，游击队生怕炊烟暴露目标，不敢在隐蔽处生火煮饭，就安排可靠人员轮流从别处跋山涉水三餐送饭。洪峰村外澳、孙厝后畲汉群众，宁可自己少吃一口饭，也要冒险为叶飞同志送饭，千方百计让他有饭吃，直到他安全离开。在艰苦岁月里，叶飞同志与当地群众建立了深厚感情。后来他题词道："闽东老区人民的革命业绩永载史册。"深情赞颂老区人民为革命作出的伟大贡献。

夏日上红旗山，天蓝地绿，视野开阔，妥妥地感受了一回连江山水的壮阔与秀丽。当地朋友告诉我，红旗山四时风光各异，四季景色不同。春天，则杜鹃花怒放，红红火火，把山野点燃得绚丽多彩；秋日，枫叶点缀，层林尽染，把山地装扮得斑驳灿烂；冬季，天寒地冻，山体庄重。如遇下雪年景，则顶峰素裹，天地苍茫，展现出一派难得一见的北国风光。

红旗山，高高的山。一处观光赏景的好地方，一座让人留住乡愁和回味历史的壮美之山！

约略西施未嫁

黄文山

我们到长龙去。

长龙地处连江东北部山区，东临马鼻、透堡，西靠丹阳、东湖，南接浦口、敖江，过去曾是连江一处咽喉要道。

说到连江，当地人常挂在嘴边的一句话就是"海连江"，这是因为福建的第六大河流敖江由北向南穿过县境并自此入海。而黄岐半岛更是一头探入大海深处，成为我国渔产最丰富的地方之一，连江人由此深得江海之利。但连江境内多山，山无处不在。即便是三面被海水团团包围的黄岐半岛，其主体还是山地。山和海都是连江人相亲相伴的好邻居，山海相依，构成一道独特的自然景观。

过去，从连江县城到马鼻和透堡，就一定要通过这处叫长龙的山乡。马透平原位于连江东北的罗源湾畔，自来是富庶的鱼米之乡。这片平原东濒大海，极目是宽阔的罗源湾，海风猎猎，水波接天。而西部和南部则横亘着大山，连绵起伏，略无阙处。山不高，海拔大都在五六百米，但蜿蜒峭拔，崎岖难行。几年前，我们曾到过透堡和马鼻采风。同行的作家中就有当地人，说起年轻时步行从马鼻穿过大山到连江县城的一路艰辛，言语间却带着几分对山的崇敬和赞美。

明嘉靖年间倭患频仍，富庶的马透平原自然成为倭寇垂涎之地。

当年一股倭寇在洗劫了透堡街后，藏身于一座海岛。戚继光率军进剿，在这里打了一个漂亮仗。由于海岛四周遍布滩涂，船只难以靠近。戚继光采用当地士人陈第的计策，制作泥橇，并训练士兵驾驶泥橇。很快，戚家军就向倭寇发起了凌厉的攻势。只听战鼓轰鸣，数百条泥橇如同箭矢般飞快地驶过泥滩，直插礁屿。这一仗，戚家军消灭倭寇400多人，解救乡亲2000多人。

戚继光的进军路线，便是从连江县城经长龙山区直下透堡和马鼻。至今，在长龙下洋村乌岩山环山腰的小道旁，还保存着戚继光军队用过的"千人饮"泉井。据说，当时正值端午时节，骄阳似火，天气十分炎热。士兵们翻山越岭，又累又渴，忽然，有人发现山道旁的草棵中沁出一汪清泉。于是，士兵们一个接一个来到泉边饮水。喝过甘泉，几千人的队伍精神抖擞，直奔下山。戚继光还在长龙山上设置哨所和烽火台，守望着罗源湾。后来，这处"千人饮"泉井被长龙村民精心保护起来，成为连江抗倭的重要遗存。

我们乘坐的大巴车司机过去到过长龙，直言当年长龙公路崎岖难行，给他留下难忘的印象。对当下长龙的道路变化，称赞有加。而车窗外的景色，则更让人爽心悦目。映入眼帘的是一波接一波的绿，如大海的浪涛，翻卷着、呼啸着奔腾而来。汽车只一个转身，便跌入这万千翠绿之中。司机忍不住打开驾驶室的车窗，放入一股新鲜的山林气息。长长地吸一口气，感觉中，连空气也是绿的，带着丝丝微甜，沁人心脾。

这当是长龙的魅力所在，清新的空气，爽人的绿色，绝尘的宁谧。

下洋是长龙最大的村落。景色清幽的才溪水库就位于峭拔的炉峰山下。"炉峰晓瀑"曾是敖江12景之一。雨季时，壮阔的瀑布从乌岩头百余米高的悬崖上飞泻直下，气势恢宏。清孙澄有诗赞曰："一派飞泉挂碧空，银河隐见五云中。涛声远震千峰响，山势回环万壑通。匹练长留太古雪，珠帘时卷半天风。乌岩片石凭天险，遥接沧溟大海东。"将瀑布奇观描绘得淋漓尽致。瀑流跌落峡谷，穿过重重山岭，之后汇进敖江入海。1958年，人们在这里建成才溪水库和发电站，20世纪在连江经济建设中曾发挥过重要作用。

而今，才溪水库一个靓丽的转身，成为长龙一处美丽的高山湖泊。我们沿着湖畔漫行，满眼湖光山色，怡悦心田。行进在峻岭峡谷中湍急的流水至此已化作一泓凝碧。仔细看，那深绿中还有浅蓝、赭黄乃至微紫。我很少见过哪一处湖水有这样丰富的色彩和仪态万千的身影。这或许是因为环绕着翠湖的叠叠山峦和层层茶园。泱泱湖波竟然将天地、山川、花草、树木的颜色全部吸纳于怀中，而后又向世人尽情展示。

千亩茶园呈螺状环列，绿如翡翠。得山川之灵气，汲草木之精华，长龙云雾绿茶香醇味长，品质超群，一直深受人们喜爱。

下午，村支书驾车引领我们上大帽山。他说，在大帽山山顶上可以俯瞰才溪水库和村庄全景。通往山顶的道路，盘旋曲折，道路本不宽敞，弯道却多，一个急弯紧接着又一个急弯，而且都是90度的急弯，转得人头晕目眩，心跳加速。时浓时淡的雾气，在山峦间缓缓流动，周围的一切：草木、岩石、房屋……都变得模糊而缥缈，我们乘坐的汽车如同腾云驾雾般，盘旋着、摇晃着向前同时向上爬升。

等到车子戛然停下，我们晕晕乎乎地下了车，感觉已是站在山头的一块平畴之上。山风拂面，带来一股柔柔的凉意。

山头最高处建有一座"怡心亭"，六角六柱，翘檐欲飞，亭柱虚空，给人无边的视野和无限的想象。

眼前是一列长长的山峦，雄浑起伏，宛若一条蛟龙，盘旋直向东溟。我甚至想，这或是长龙得名的一种由来。

而下洋，顾名思义，是山间的一处盆地。村庄依山傍水，房屋鳞次栉比，井然有序。山水人家，生态怡然。

最让人赏心悦目的当然是这面山间湖泊。湖的形状十分优美，如同一条柔洁的绸带优雅地飘落在山峦间。湖波如镜，倒映着四面青山，淡淡的水汽，从湖面上冉冉升起。周遭静极，仿如仙境。

"烟雨偏宜晴更好，约略西施未嫁。"此景此情，令我心头一下便涌出南宋词人辛弃疾的句子。我想，用来形容这处湖水一点也不为过。

悠悠外窑岭

张振英

长龙是个山区小镇，外窑处其东北边隅，是个小畲村，虽然偏隅一方，但在历史上，却是长龙最古最重要的东北口岸，究其原因，就是因为这条外窑岭。

岭的形成

长龙东邻马透地区，从炉峰顶下望，马鼻平原的纵阡横陌，罗源湾畔的海光水色，马透村落的高楼别院……一切尽在眼底。从马透地区往上看，云里雾里的长龙，如同高挂在半空当中。长龙与马透看上去近在咫尺，却因南北走向的炉山山脉，像一道屏障，横亘于两个地区间，活生生地将两地分割开来。早期的炉山比现在出现在人们面前的，要高得多，要陡得多，尤其是东面，简直是绝壁断崖。马透人想从正面上炉峰，比登天还要难。

当年，炉峰顶上，多数日子都是云遮雾绕，老一辈人常借峰顶是否有云雾，来判断来日的天气。炉山独特的地理位置和风貌，早就闻名于世。根据方志记载，炉山在西晋年间，就被冠以"道教七十二福地"之一，成为连江道教活动中心，高道名士的修炼地。炉山在经历大大小小数十次山崩之后，到了明代才修有炉峰南侧的乌岩岭，俗称"透堡岭"。在这之前，马透人上炉峰，只能从炉山主峰南北两侧山涧中找路，共有两处：南面的，叫大溪，以前这里有村庄，叫大溪里村。从村沿溪而上，到了山脚，其路之险，只有采草的药农才能走，普通人根本无法上去，更不用说修岭铺路；北面的，就是鲤溪。鲤溪是村名，也是溪名。作为连江境内闻名的山溪，《三山志》《连江县志》都有记载。鲤溪来水共有两支，一支是西北面的"龙潭水"，一支是鲤溪上洋里村西边的三溪口。三溪口是三溪汇流处，其中一支是通向炉峰山脉北侧顶部的。这里有一个村庄，自被命名为外窑村后，这条溪便被称之为"外窑溪"。

外窑溪穿村而过，是炉山东部山脉沿线中海拔最低的地方。如果说，炉山山脉是隔断长马两地的一道屏障，那么，这个外窑溪就是在屏障上撕开的一道口。之后，人们利用冲刷积在溪上的小石头，沿溪垒路，逐步形成沿溪古道雏形，后经不断的修补，才形成相对完整的古道。

后来，外窑下部的上洋里西北侧发生山体滑坡，人们便借变得平缓的山坡，"改弯取直"，将古道下部的三溪口段改走山坡，并全线修了台阶。自此，现在盘旋于人们面前的"外窑岭"才完全告成。

商农古道

历史上，外窑岭曾经是连江东北面最为繁忙的古驿道。这也是当地社会经济发展到一定阶段的历史产物。

长龙是一片山区，所有村庄，都撒落于连绵的山包周边。炉山主峰海拔628米，而东面山脚下的马透地区，却半边平原半边海，平均海拔只有8米，这一带雨水充沛，时常起烟雾。因受到炉山山脉的阻挡，烟雾长期滞留炉峰周边山上。长期的雨泡雾浸，滋润了炉山上的植被，农业产品，尤其是茶叶草药，成了最丰富的特产。历史上，长龙长期被称为茶陇，就是因为这个原因。

过去，马透地区属于五贤乡，乡的治地就在鲤溪村不远的东邨，也就是现在的马鼻东川。这一带农兴商旺，物产丰富，自古就是连江境内闻名的鱼米之乡，但地理位置却在连江东北边隅，商品的流通，物资的往来，人员的交流，进进出出，在早期只有三条途径：一走水路，直接上船从可门口出去；二半陆半水，就是走"南势"南峰岭，翻官坂山到松（船）坞改水路外出；三走陆路，在透堡岭修成前，这外窑岭是马鼻一带人陆路出境的唯一通道。根据考古调查，外窑、真茹、儒窑（徐窑）等地的长马山区交界处，都发现宋窑遗址。外窑岭下面有座七佛寺，在20世纪末重建时，发现五只宋代青瓷碗，其形态质地与山上遗留的瓷片相同。因此，当年的长龙，不仅产茶，而且还产瓷器。而离长龙最近最大的市场，就是马鼻市场。外窑岭下来，到东邨的斗门就有道头，这也是长龙产品出海的最为便捷的通道。早年，马鼻的海货走陆路线，也是通过这条路进入山区，除了长龙，还到丹阳，甚至进县城，走省府。外窑岭下有块大岩石，上刻有雕像，共七尊大佛，经专家鉴定，为北宋作品，现已收入《中国风物志》。七尊大佛中，有两尊为"波斯人"。可见，北宋时期，这里的商路，不仅通向中原各地，还到海外。据说，早年"波斯人"的到来，有的是做商业贸易，主要经营茶叶和瓷器生意的，还有就是宗教交流。

宋元以后，大批中原移民进入五贤乡，尤其是马（马鼻）、透（透堡）、赤（赤石）地区，为了家族的繁衍安居，许多富足的家族，还有大户人家，开始向周边地区购买田园山场。例如，民国后期，长龙的外窑、真茹等村庄，有许多山场土地都是透堡杨兆记的。有土地就得有人管理和耕作。因此，当年往来于外窑岭的，有商人、有农夫，有小贩……有本地人、有外地人，甚至外国人……曾经的外窑岭，不分昼夜，不分寒暑，人来人往，不绝于途，完全是一条繁忙的商农古道。

"仙"踪"神"道

炉山闻名较早。炉山被命名为"道教名山",方志记载中,虽然可以追溯到西晋,但真正对山上及周边村庄仙踪神迹的记载,到唐代才出现。

外窑岭岭脚第一村,就是鲤溪上洋里村,而鲤溪东过湾头,就是东邨,也就是当年的五贤乡的中心腹地。东邨南面的斗门,就是水路外出的道头。外窑岭到顶部,接近外窑村南出,就是横山,沿着横山小路,经光化,过边坪,就可以直上炉峰。根据方志记载,还有现场考查,当年的"名道仙师"造访炉峰,走的就是这条道。

乾隆版《连江县志》记载:"章寿,保安里人,幼牧羊于香炉峰,遇王、谢二仙,受学得道……"章寿,出生鲤溪上洋里(另一说出生透堡)。他自幼聪颖,悟性过人,小时候边放羊边识字。据说,唐开元元年(713)有一天,有几只羊一直沿古道往山上跑,他一路追赶,到横山上面,遇见两位"仙翁",一位姓王,一位姓谢。他们正坐在一块大石头前下棋。他在一旁观看一阵,发现这是两个"高道仙翁",便拜师为徒。经朝夕研习,不久,尽得"修真秘诀",悉悟"大道之妙"。从此造福一方百姓,并收徒传道,成为唐代福建道教界的名士,《九仙志》《三山志》《福州府志》《连江县志》《福建道教史》等,均有其记载。唐开元二十九年(741),他在炉峰"得道"时,都记为"白日升天",并称他为"章仙"。外窑岭南侧的横山上,"王、谢二仙"下棋的棋盘石等众多的"章仙"遗迹,至今尚在。

同样出生在上洋里村的,还有一个道教界的历史人物。她叫李三娘。根据方志和有关历史资料显示,李三娘出生于唐大历年间的一个九月初九日,其母因生她时产难而亡。父亲是位闲儒,饱读诗书,但体弱多病，常带女儿上山采药自疗。稍大后，李三娘也偶尔独自上山为父采药。据说，她曾在古道上，先后遇到一对夫妇，他们是闾山法主的传人。从夫妇俩身上，李三娘除了学到一套闾山剑术外，还获得三本"秘籍"，一本是有关医治妇病儿疾的，叫《药术》，还有两本是《剑术》和《法典》。此后，在父亲的帮助下，李三娘潜心研学，尽得《药术》真谛。在学有所成后，她悬壶济世，报效乡梓，成为远近闻名的"小神仙"。李三娘与陈靖姑和林九娘义结金兰后，三姐妹以闽、浙、赣为中心，四出弘扬闾山道法，成为"女人教"三位宗师。唐贞元七年（791）她在辰山海边"得道"后，与两位姐姐一起，被民间尊为"妇女儿童的保护神"。清乾隆四年（1739年），皇帝封她们三姐妹为"天仙圣母三位太后元君"。如今，陈、林、李三姐妹信众过亿，备受世人敬仰。

炉山作为道教名山，历史上，不断有道教"高人"造访，或者采药炼丹，或者收徒传道。章寿、李三娘的"奇遇"，都与古道结有渊源，说这是条"仙踪神道"一点也不为过。

战略要道

外窑村与上洋里村之间的古道，早期基本上沿溪而走，起起伏伏，中段以下低洼处，还常被大水淹没，三溪口段改道后，这种状况才被改变。但上半段的外窑岭，许多路段，南边山涧，北边石崖，岭两旁依然险峻，大有"一夫当关，万夫莫开"之势。

外窑是畲族自然村，畲民最初大批入闽，是在唐代。根据《闽东畲族志》《福州畲族志》记载："唐光启二年（886）盘、雷、钟、蓝四姓三百六十余丁口，为王审知向导官，从广东潮州凤凰山至闽连江马鼻道上岸……"畲族是极具战略眼光的山地民族，他们入连后，利用王审知"先导官"的身份，选居五贤乡的"龙潭背"，并在浮曦和鲤溪选点置产安排畲民入居。"龙潭背"是五贤乡山面区的"腹地"。浮曦和鲤溪，一个山边，一个海沿，又是两个要地。山口则取险峻要地，立村外窑。这样，借这外窑岭"天险"，可进可退，可攻可守，可上可下，上下呼应，以保畲民安宁。五代后期，"龙潭背"畲民往外迁徙时，向北一路，走的就是经浮曦，北上罗源的坝头，再到闽东、浙南……而向西一路，则经鲤溪，上外窑岭，入居长龙、丹阳、小沧等地。现在，外窑还是畲族村，鲤溪、浮曦两村，依然住有畲民，并分别建有自己的畲家祠堂。

外窑岭上部中段，有座小神龛，立于岭边，仅一平方米。内供三尊塑像，中间为山寨大王，两边为部将。这里也是外窑岭最为险峻的地段，北边为岩壁，南边为山谷，谷底还有溪水，隔着山谷的对面山，是绝壁山崖，山崖也是横山的北侧，崖顶是一片"平冈"。这里是当地人说的"太府城"。到这里，残墙石基，水井土城，其遗址仍然可见。据说，元代末期，一个太府监携大量财宝，率一队官兵南逃，到马海上岸后，见这里地势险要，便筑墙为寨，占山为王。他身边随从个个武艺高强，士兵训练有素。但他们在这里，只求守山自保，却从不扰民劫财，甚至周边乡村遇上匪患等，寨里还伸出援手。以前这里常遇抢劫，自有了"太府城"后，劫匪也逃了。因此，寨王过世后，民间便以香火相祀，并在岭边建立神龛，香火延续至今。

红色通道

到了明代后，透堡修了乌岩岭，从此，马透地区上长龙就多了一条通道。因岭处于炉峰南侧，上岭后直达建庄、下洋等长龙的中心区域，陆路来往县城也更为便捷，因此，马透人上长龙，陆路进县城，首选的变为这乌岩岭。从此，外窑岭便失去了昔日的繁忙。但在马透"闹革命"时期，却因其偏远隐秘而成为"红军岭"。

1926年，受中共福州市委委派，在福州读书的共产党员陈兴桂，秘密回到了家乡，在马鼻从事革命活动。他宣传革命道理，秘密发展中共党员，在马鼻的东川报国寺，成立了党小组，这也是连江最早的党组织之一，还同时建立了中共福州市委交通站，负责联络护送来往的革命干部。交通线起于闽东，经陆路或水路进入马鼻，到报国寺中转后，上外窑岭，穿长龙、丹阳、闽侯山区，然后进入福州市区。因为线路隐蔽，组织严密，即使在革命低潮时，许多交通站被破坏，交通线中断，而报国寺交通站这面旗帜，却始终飘扬在这条线上。当年，许多从福州撤出来的党的领导干部，就是经这条线转到闽东，一些因组织被破坏，成为"孤雁"的革命同志，也是通过这里重新找到了组织。

　　土地革命时期，马透地区大闹革命，举行武装斗争，打响闽东革命第一枪，此后，又建立苏维埃革命政府，发展壮大连罗苏区革命根据地。连罗蓬勃发展的革命形势，惊动了国民党政府，反动派多次派重兵"围剿"。当大兵压境时，因为建庄、下洋等地是长龙的中心，在下洋国民党还派有驻军。马透与山面区的联系，无法从透堡岭往来。当时，马透地区党员干部的撤离，运往山面区的军需物资，红军的游击运动……走的几乎都是外窑岭。1933年至1934年间，为了建立山面区革命根据地和苏维埃革命政府，陶铸同志时常上下奔波于这道岭；1934年，为了建立闽东红军独立师，叶飞同志进入山面区根据地，走的就是这条道。外窑岭就是这时候被当地群众称为"红军岭"。抗日战争和解放战争时期，连江的游击健儿的身影，常常出没于外窑岭上，因此，后来的外窑岭还被冠以"革命最彻底"的"红色通道"。

　　如今，外窑岭依然完好存在，而作为"岭头"村的外窑，虽然这些年不少人外出发展，甚至在外地有了自己的产业，但乡人对家乡的那种情怀，却始终没有落下。他们正在规划文旅乡村发展的蓝图。外窑岭的故事仍然在继续。

茶山游园

万小英

到了连江，车开始盘旋上山。长龙镇就在海拔380多米的山里。这个全县平均海拔最高的乡镇有"云上茶乡"之称，处处皆茶山。

福建茶山很多，但与别处不同的是，长龙思考了一个很特别的问题：茶山就在那儿，游人的距离多少是好？通常来说是远观，一垄垄、一排排的茶树依山而生，就是好景；偶尔也近玩，偷偷钻入茶树丛，模拟采茶，抚枝弄叶。这两种方式都不错，但也有不足。太远看的是平面，脑海只留一幅画面；太近则会一叶障目，且易损害茶树。

与茶山相处，有没有一种既不太远也不过近的方式，可以从容地看见她、发现她、记住她呢？长龙提供了一条大胆的路径，将八九座茶山用五六公里长的休闲径道连起来，由此形成一个大型的自然公园，这就是"茶山文化公园"。对于城市中长大、见惯了公园假山的我来说，茶山公园由此有了一抹奇幻色彩，在深山乡村，山林被招进了人类的园子——茶山，不再只是山野，不再只是风景，不再与人相对，在这里，她成了一种生活，一种亲密又不失自由的互动。人与茶山融在一起。

一

木拱廊桥跨溪而立，一端连着小镇，一端通向茶山。公园没有大门，这就是入口——"长龙茶山文化公园"镌在桥额。苍黑色的廊桥古色古香，翘檐如燕，廊屋通道大概有五六十米，仿佛一篇长长的欢迎致辞，向人发出邀请。

小径是有颜色的——明净的色彩——这段湖蓝，那段淡黄，还有七彩的彩虹梯，它们就像随山势舞动的彩练，让四季皆翠的茶山明媚活跃。草木也加入了舞蹈队，公园沿路种了山樱花、梅花、小叶枫树、杜鹃、小叶紫薇、红叶、乌桕、无患子、银杏树等，春季观花，秋季观叶，四季有颜。对了，这里冬天还开着福州很罕见的一种花，就是雪花，去年冬天下了雪。

在山坡的拐角，我的眼前一亮：一把巨大的紫砂壶腾空而出，倾斜四十五度角，茶水如瀑，哗哗倾入大瓮般的紫砂杯中……循环往复，茶饮不息。这颇为壮观的雕塑，演绎着茶的行为艺术；这永不停杯，也寓意这里的茶生长无穷尽。

当我在一个山头看到黄灿灿的秋千乐园的时候，好像意识到了什么。两个女孩在里面玩，一个坐在圆环形的秋千上，一个在木梯摆渡上行走。正前方有一架十几米高的秋千，如果荡起来大概会飞到山外。我的童心生起，坐在上面。老林推了一把，风和山顿时荡漾起来。

路悄悄地引我们下了这座山，经过一座铁架桥，到另一座山去。老林说山谷如果没有桥，会很陡，不安全，所以公园搭了好几座桥。这座桥惊艳，淡黄桥面，二十多根红褐色的铁条排列，在几十米高的天空交织成半椭圆穹顶。过桥回首，在翠绿山林里，在蓝天白云下，只见它们如一颗颗褐红色的心，层层相叠——而我们，从心穿过。

我再次生起刚刚在秋千乐园里的那个想法。当在山头遇到月亮天梯的时候，我确信了它——彩带般的路，四季的花，黑色的茶壶，黄色的秋千，红褐的心桥，还有这纯白的月亮天梯——这个公园是在满山茶树的绿色底板上，添上了明亮的色彩。老林说，茶山文化公园的设计主题就是"云上茶园，彩色芬芳"。怪不得了！

走上去，去摘那轮皎月吧，月亮天梯很有一种圣洁的氛围，多么适合拍婚纱照！老林证实了这点，确实有很多新人来这里留下幸福的身影。而我也想，当天上的月亮升起，与公园的灯光相互映照，又是多么美妙！

镇人大主任林芳新是土生土长的长龙人，对家乡充满感情。如何实现乡村振兴？如何助力连江打造生态旅游新城？大家都认为茶山是长龙的最大特色，开发茶山，树立鲜明的旅游形象是必由之路。茶山文化公园作为风景地标，2018年开始建，目标是打造成集畲族风情体验、茶园观光、休闲品茗、登山健身、茶事体验、风光摄影、观星露营、山地自行车比赛、茶产品购物等多功能为一体的综合性旅游区。公园目前已投资1600万元，利用土地、山体、溪涧，分区设计，营造不同景观风格，正在形成"一带一环七区"的空间结构，即滨河休闲景观带、缤纷运动休闲环、入口广场区、茶园观光览胜区、茶韵广场区、粉樱翠茶游赏区、茶工艺体验区、星语星空休闲度假区（露营基地）和管理服务区。

我暗自为茶山庆幸，这些点缀其间的景点，并没有破坏茶山的自然美。人为与天然是和谐的，常常画龙点睛。

在山头，照片已经聚焦好了，与人齐高的相框里，郁郁葱葱的梯田茶园也准备好了。她在等着你进来合影，相机按一下，将她带走。

二

爬山的妙处，不仅是眼前有景，转身远眺，山外的景色更触动心弦。

　　站在观景平台，视野开阔，长龙镇尽收眼底。长龙地名由来，有人说是这里山脉如一条长龙，也有人说古时有一条龙经此出海。可以想象，山路没有修建之前，长龙人出去一趟有多么不容易，要靠双脚一步步踩过泥巴和碎石，走到县城要两个半小时。谁能想到，曾经的贫困乡，现在建设得有模有样。

　　一眼望去是密密麻麻的房子，与其他乡村不同，这里的农家房子是排列整齐、紧密的，如同山上的茶树一般。村民开门见茶山，不，可能会先看山脚下的田地。从山上看，田地被分切成错落的方块，水汪汪的是茭白地，土黄色的是稻田，绿油油的是菜地；有一块地开满了黄色的鸢尾花，我以为是村民种植的，老林说那是污水处理的环境美化。

　　长龙一直以来种粮蒔菜，近几十年才以茶叶的种植与加工为主，并渐成品牌。长龙的白菜和白萝卜有名，主要供给连江县城和福州市区。

　　那是什么？我指向镇子。老林侃侃解答：

　　前方——那是建庄村的嘉贤里广场，唐代这里属名闻乡嘉贤里，嘉贤里是长龙的古称（嘉贤最早见《周礼》《仪礼》，意思是德才兼备）。塔吊悬臂下的几栋高楼？哦，是在建商品房，这里山清水秀，在这里购房居住也不错。远处那古建吗，那是寺院，长龙是佛教圣地，有炉峰禅寺、光化寺、广应寺等名寺。晚唐有个太子还在光化寺避世隐居呢，寺前曾有御赐六角石亭，立有"文武百官到此下马"石碑。

　　左方——看到那座山了吗，抗战时期，曾有国民党军队偷偷经过，军官被我们的游击队俘虏了。长龙是革命老区乡镇，老一辈革命家陶铸、叶飞等都曾在这里留下革命战斗的足迹。这里还出了黄花岗七十二烈士卓秋元。

　　右方——那是洪峰村，原先叫洪塘村，对，就是从仓山建新镇的洪塘迁过来的。当年林氏族人不忘老家祖地，将新居住地取名洪塘，马尾区亭江镇也有个洪塘村，也是分支。洪峰村原本在偏远的山里，是畲族行政村，近年政府实施造福工程，将他们从山里搬迁出来，与建庄村在一起，村名后来也改成了洪峰村。

右后方——那是华侨农场的房子。是的，住的是华侨。20世纪六七十年代东南亚排华，所以1961年在这里建了华侨农场，安置来自印尼、缅甸、越南等8个国家和地区的归国华侨3000多人，形成"八国风情"侨文化。目前农场还有800多人，与世界25个国家和地区华人华侨36000多人有亲属关系。

我现在知道了，茶山文化公园的"文化"所指为何了，就是他们概括的五色文化，即绿色茶文化、红色革命文化、青色畲族文化（畲服以青为主）、蓝色侨文化、金色宗教文化。

这时，老林指着右方的远山说："看到了吗，那是可门港！大海在那里。"我定睛凝视，山峦之间有些蒙蒙的，看不大清。老林说有雾气，天气好时可以看到。这是真的，我后来在炉峰顶很清楚地看到了港口，还有海边的马鼻镇、透堡镇。

不过我的视线落回遍山茶树，空气里仿佛有淡淡的茶香。是时候该说说茶山了。

三

如果有机会再次来到长龙，我一定会在茶山上，只是安静地坐着，与茶树相对，仿佛独自拥有了这整片的山。

东边的山上远远传来机器的突突声，原来是在机采茶叶。只见一垄茶树丛，有两人端着机器的两头，各在两侧，机器拂过茶树顶尖，长出来的新绿茶叶就被卷入……老林说，这里大部分茶叶一年采五季，除了明前茶是人工采摘，其余四季都是机采。

茶树看着都一个样，其实有不同品种，适合做不同的茶叶。老林介绍说这里最好的茶树是梅占，还有福鼎大白、小白、金观音、福云六号、安大、土茶、毛蟹、金牡丹等十几种。

长龙栽种茶叶有400多年历史。"云雾山中出名茶"，这里山高雾重、日夜温差大、土壤肥沃，非常适合茶叶生长，早在1911年，长龙"鹿池"绿茶就得国际巴拿马博览会银奖。不过很长一段时间，长龙并没有大力发展茶叶种植，改革开放前只有集体茶园1200多亩。今时不同往日，茶园已达2.36万亩，茶叶加工企业20家，年产干茶6500吨，长龙镇成为全球重要农业文化遗产福州茉莉花与茶文化系统联合国粮食与农业组织的监测点。

长龙目前近1.3万人口，大部分年轻人在外务工，常住人口只有4000多人，茶园主要由留守的中老年人打理。不过好在种茶的劳动强度不算大，冬天修修边，施施肥，大部分时间就是等待茶树吐芽……而采茶可请人，制茶有企业。老林说，种茶收入还可以，而且茶山文化公园现在也吸引了游客来旅游打卡，他们会买茶叶，还有其他土特产，还会订民宿避暑，这些都会带动村民提高收入。

我们继续往上走，到了公园最高的山，海拔450多米。3名工人正在摆弄一个大圆环，老林说到时候会放一架脚踏车，人到上面踩踏，测试脚力。我哈哈大笑，爬这么高还要面对挑战！这显然不适合我，旁边两个黄色呐喊筒可能是为我这样的人准备的。

嘴巴凑过去，喊什么？眼前连绵的茶山，那一垄垄茶树忽然好像就是人的指纹，箕形纹、斗形纹、弓形纹……还微微带着人的体温。我深吸一口气，对着喇叭向茶山大喊——

"你好！"

悠悠光化寺

林思翔

车子出长龙镇区往东北，眼前展现一片开阔的盆地，竹林丛丛，菜蔬青青，新楼座座，错落有致。这便是苏山村。由此再前行一段路，便到了青山环绕、绿水奔流的光化自然村。

光化村位于中国道教三十六洞天、七十二福地中列七十一福地的炉山之中，层峦叠翠，茶树遍野，云雾缭绕，风景如画，故有茶洋境之雅称。

光化不仅因风光秀美、盛产茶叶而远近闻名，使其声名远播的，还因为这里有座千年古刹——光化寺。"先有光化寺，后有光化村"，古老而神秘的光化寺，历经千余年，几度兴盛，几度荒废，文化积淀深厚，充满传奇色彩。唐宋元明清，延续到如今；沐浴千年雨，古刹尚年轻。光化寺的故事就是一本厚重的书。翻开书页，细细品读，方能感知她的前世今生。

传说唐开元年间，炉山的美景吸引了连江安德里人（今透堡）章寿来此修道，"邑章寿学道于此，得仙，有炉尚存。"其得仙后，济世救人，为民除害。人以"道高龙虎伏，德重鬼神钦"称赞章寿之功德。宋代状元郑鉴曾赋诗曰："峙立交辉紫翠间，疏帘半卷镇长闲。神仙自有祈年术，一缕青烟起博山。"宋《淳熙三山志》载曰："光化寺 旧有章仙坛，唐开元中，有敕书碑碣记其事。"这样看来，

"章仙坛"就是光化寺最早的基础。

过了100多年后的唐咸通二年（861），道坚法师在"章仙坛"基础上盖起寺院，称炉山寺院。虽然规模不大，但从此此地由坛转为寺。

光化寺大规模的扩建和最具神秘色彩的传说发生在唐昭宗李晔当朝的乾宁年间。唐昭宗年间（888—904）是唐朝历史上一个动荡不安的时期，面临着严重的内忧外患。内部，宦官专权、朋党之争以及藩镇割据等问题日益严重，导致中央集权削弱，政令不畅。外部，周边少数民族的侵扰和内部农民起义的打击，使得唐朝的统治基础进一步动摇。

昭宗即位后，试图通过改革来挽救危局，但因改革触犯了宦官和藩镇的利益，导致政治斗争激烈。昭宗与宦官集团的斗争尤为激烈，最终虽然铲除了部分宦官势力，但也因此激化了与藩镇的矛盾。唐朝与周边藩镇和少数民族的军事冲突不断。例如，与河东节度使李克用的战争、与宣武节度使朱温的斗争等，这些冲突不仅消耗了唐朝的国力，也加剧了社会的动荡。长期的战乱和政治不稳定导致社会经济衰退。农民负担加重，土地兼并严重，社会矛盾激化。黄巢起义虽然被镇压，但其影响深远，加速了唐朝的衰落。

最终，唐昭宗在904年被朱温所杀，时年仅38岁。朱温还设下鸿门宴，宴请昭宗儿子，趁他们饮酒欢畅之时，派人将九位皇子全部勒死。

可是，在光化寺、苏山村，却代代相传着一个关于昭宗第五子李祎避难光化寺的版本，令人深感神秘。

说的是昭宗李晔第五子即太子李祎，见时局危险，便躲入禁卫军中，结果有个很像他的人（替身）被抓误杀。乾宁二年（895年）李祎带领数百禁卫亲军，离开京城，南逃福建。乘船至罗源湾，恰遇台风，在天然良港可门口避风时，随行的风水师相中连江苏山这块风水宝地。乾宁太子李祎遂在这里大兴土木，建设禅寺，欲以振兴佛教挽救大唐江山。当年的建筑群落达13座之多。寺院建成的898年，恰逢唐朝年号为光化元年，随即将寺院命名为光化寺，也蕴含光明普照、化育万民之意。李祎亲率禁卫亲军300余人在光化寺出家。从此，清幽的光化寺，成为这位皇太子憩息心灵、静神养气的地方。光化寺成为一座如律薰修的清净道场。随行的船工及勤杂人员则与苏山当地居民通婚。至今光化自然村散居着的几十户人家，仍有陈、郑、谢、潘等诸姓。

这里人代代相传的乾宁太子在此修行的故事，似乎也不是凭空捏造的。正如光化寺住持德雄法师所言："为什么这些传说别的地方没有，偏偏在这里传了一千多年？这一定有它的缘由。"这确实是个"谜"。千余年来人们一直在猜，猜谜的过程，也是人们探询和追求答案的过程。

当地人搬出一桩桩理由，说明皇太子在此修行建寺的蛛丝马迹。除了口口相传的故事外，还有周围散布着的一些文物。比如，寺庙边上有座由青石砌成的高约两米、圆柱形的唐代藏骨塔。由于塔座浮雕精美、线条柔和，所刻猛虎、莲花、祥云等形象逼真，令人联想到皇家园林的细致和精巧。因此，代代相传此为太子藏骨塔。据说，在光化寺周边这样的藏骨塔还不止一座，且塔下还有宽敞的墓室。

再比如马桥。光化寺正对面的山脚下，有一条小溪，溪上有一座荒弃的古石桥。这不起眼的小桥，历代都称下马桥，俗称马桥。"文官下轿，武官下马"。若不是太子在此，怎称下马桥？这又是一个佐证。

马桥通往光化寺的山道两旁还立着两对旗杆石，据说这是当年寺院的大门。这也令人遥想当年寺院的壮观规模。如此规模的建筑绝非一般人所能为之。

光化寺内尚存8个硕大的石水槽，最大的一个达数米长。还有宽厚的石础、方盘等。围绕这石础和石头围墙绕一圈，可感当年寺院庞大面积和壮观规模，想象彼时光化寺13座佛堂的古刹风采。

2008年3月，当地村民在整理寺庙两侧茶园时，还挖出了一些散落的石构件，经拼接成为完整的石塔。石塔直径一米多，高3米左右，底座四周雕刻着6面麒麟、鹿等动物的浮雕，塔身成圆柱形。专家确定这是舍利塔，估计建于宋代。专家说，留存这么完整的宋代舍利塔，这在福建还是比较少见的。

唐乾宁太子来寺修行的故事，代代相传，历久不衰。这神秘的传说，增添了光化寺的光彩，提高了光化寺的美誉度，使地处深山僻壤的光化寺成为一座名寺，始终香火鼎盛。人们对古寺、对先人一直保持着一种敬畏的心情。

岁月无情，光化寺也历经沧桑。宋咸淳三年（1267），光化寺被赐合沙郡公常挺为功德寺，更名为"报国宁亲寺。"常挺为连江城关人，生于南宋开禧元年（1205），卒于咸淳四年（1268），曾任吏部尚书，后官拜参知政事，为副宰相，参与掌管国家大事和朝廷日常事务，乃连江县封建社会中任职最高的官员。常挺文籍满腹、博学审问，为宦30年，正职之外多兼教职和史官。可惜光化寺赐其功德寺的第二年即逝世，归葬连江城西。

时光剥蚀，风吹雨淋，至元末明初光化寺几成颓废。明洪武年间（1368—1398），陈维顺重修光化寺成了一段佳话。陈维顺是连江马鼻一位商人，经商有道，为人平和。一天傍晚时分，他成交了一笔生意后，带着银圆，独自一人从丹阳沿山间小道欲回马鼻。路过光化村时，被一伙劫匪穷追不舍。他逃进光化寺废墟残墙处，慌不择路，便钻进荒废的佛案下，遂被蜘蛛蒙上了蜘蛛网。吓得瑟瑟发抖的陈维顺对天发誓："如果能够逃过这一劫，我一定为光化寺重建庙宇，重塑金身。"劫匪追至，见佛案下蜘蛛网密布，喝了几声，见无动静便匆匆离开。

诚信的陈维顺果然不食前言，事后他卖掉良田，舍重金重振光化寺雄风，并复名光化寺。后人为纪念陈维顺，就在大雄宝殿旁边塑起陈维顺造像。这位身着长衫、慈眉善目、严谨端庄的小商人，重建光化寺成了他一生最出色的善举。从此人们记住了他。后来随着时间的推移，光化寺逐渐破损。在陈维顺族裔后人的倡议下，许多信众纷纷捐资，重修了寺庙，使其面貌有了改观。

佛教圣地的光化寺，现当代还是一处革命活动的场所。土地革命时期，邓子恢、陶铸、叶飞、杨而菖等革命先辈在"山面区"开展革命活动时，在苏山村留下足迹，光化寺是我地下党一处秘密联络点。苏山村支部书记赖金水说："当地人民积极投身革命，涌现出了陈学仁、郑金潮、郑圣鹅、兰细妹、陈三妹、兰宗司母6位革命烈士和谢琼富、郑金福、潘恒村、郑圣平、郑瑞泉、郑瑞腾6位'五老'人员"。解放战争期间，连江县党的有关方面负责人翁绳金在长龙开展革命活动时，常住潘恒村家中。担任翁交通通信员的潘恒村，利用家里开食杂铺的条件，积极为游击队筹措物资，还变卖田产支持革命。光化寺这处秘密的革命活动联络点，为革命的胜利做出了贡献，因而披上了一抹殷红的色彩。

太平盛世，古刹迎来了新生。改革开放后，寺庙开放，光化寺逐渐兴旺起来。2008年的一天夜晚，福州正心寺住持德雄法师梦见光化寺几近荒废的情景，并见有高人指点，让她出任光化寺住持。她冥冥之中感觉到这是先人的托付，是一种责任。于是从福州城区寺庙带领一拨僧众，来到光化寺。她担任住持，挑起了重修历史名寺的重担。刚来时寺庙破损严重，她们就住在漏雨的房舍里，开始了重建工作。十几年来，德雄法师带领大家克服种种困难，多方筹集资金，先后在原址上重建了大殿、书院、僧舍等楼宇房舍。如今，重修的寺院已初具规模，雄伟的大殿、别致的书院等建筑物展现出古刹新生的崭新风貌。

　　眼前这位德雄法师，戴着金边眼镜、透着温文尔雅的学者风范，如今还兼任福州正心寺住持、佛学院院长。她告诉我们，在建设过程遇到困难时，她也曾动摇过，但想到弘扬传统文化是一种责任，一种传承时，又满怀信心，坚持了下来。再者，有关部门的支持和当地村民的热情也感动了我们，村民们献地捐物，出工出力，无私帮助，也给我们增添了力量。她说，他们准备分三期全面修复古寺，目前才完成第一期，以后还要重修钟鼓楼、法堂等建筑物以及绿化美化环境，串起周边瀑布、清塘、奇岩、石亭等景观，使寺宇与自然和谐统一，让千年名刹焕发青春，绽放异彩，成为人们朝圣和旅游的好去处。

　　悠悠光化寺，漫漫天地间。千年古刹，弦歌不辍。当今，太平盛世，百业俱兴，光化寺必将迎来新的辉煌！我们衷心祝愿。

走进"红色寺院"

——广应寺

郑寿安

这就是连江县级文物保护单位、被誉为"红色寺院"的广应寺?是的。

眼前:十余座殿宇依地势抬升建筑,层次分明,高梁大柱,气势非凡;照壁梁栋,金碧辉煌。歇山型屋顶,琉璃碧瓦,闪闪发光;飞檐翘角,直刺蓝天。天王殿、大雄宝殿、大士殿、观音阁、钟鼓楼均按传统格局设置,彩绘斗拱,富丽堂皇,雄伟壮观。回廊檐枋,栏杆扶手,洁净无尘。配殿、僧侣宿舍、听经亭,皆仿古建筑,寺院规制一应俱全。从这角度看,广应寺与当地其他寺院无二致,更无迥然不同。唯独开阔的可供停车与健身殿前广场与众不同。寺院总体建筑面积超出四千平方米,为长龙镇规模最大的禅林胜地。再放眼周遭,寺庙被马鞍山环抱,山峰秀丽,茶园叠翠,竹林婆娑,青松劲拔,环境静谧,景色如画,正如寺中楹联所描绘的"松声竹声钟磬声声声自在,山色水色烟霞色色色宜人。"

如此这般佛国洞天,如此这般古刹净地,竟然与革命义士结缘,与红色战士联手,简直难以置信。

广应寺结缘革命者的故事，即所谓"红色"故事，还得从"五台山高僧"说起。

广应寺首建于唐贞观元年（公元627），由了翁法师兴建。经宋崇宁（公元1105）沙门全庆大修，明嘉靖真信重修。后来，由于兵匪寇攘，时移世易，加上年久风雨侵蚀，渐趋破损，走向凋零，疮痍不堪。到了20世纪初叶，从山西五台山来了一位高僧驻锡，重兴古刹。

这位"五台山高僧"广结信众，捐资衷善，开源节流，广应寺才得以振兴，梵天明征，香火日盛，旧貌换新颜。

这位"五台山高僧"是位爱国爱民佛教人士。他志存高远，高瞻远瞩，佛学渊博，弘扬教运，"出家而不出国"。他身怀绝技，既是武林高手，又是医药能手，尤其擅长青草药医病疗伤，深受信众和远近百姓敬重。

这位"五台山高僧"选择广应寺住持，看中了它深藏山高林密的炉峰山中，背靠院后村，东临岚下村，西出九溪口，便可直下透堡，且距长龙镇1.5公里，离外澳也只有12公里。地理位置相对独立，环境相对僻静，而与县城、丹阳、潘渡、马鼻等距离，可谓中心地点，对外出弘法与化缘比较便益。更重要的是，此地没有灯红酒绿、繁歌密弦，更无与达官贵人和迂腐文人应酬的厌烦。平时与农夫野老交往，早晚与晨钟暮鼓相闻，唯有真实与诚挚。这是他的真爱。

话说，院后村卓家小子卓秋元，家中排行第六，乳名叫依六，幼时上过书塾，初通文字。由于家贫，12岁便辍学务农。为了贴补家用，他干起"肩挑花担，闯荡四乡"的卖花郎小本生意。村里有一年龄与其相仿、潜心学习青草药治病救人的小同乡，与他志趣相投，交情甚笃。一次，他到丹阳卖花，遭一群地痞欺凌，被打得鼻青脸肿。卓秋元发誓要学武功自卫。小同乡十分同情秋元的遭遇，私下留意替他找个拳师。说也凑巧，又一日，小同乡对一棵青草药的药效有存疑，于是跑到广应寺请教"五台山高僧"。此时，高僧正在练武，只见拳脚功夫出神入化，看得入迷。当询得那青草真正药效之后，飞奔回家，将高僧练武情况告诉给秋元。秋元立马翻过马鞍山，到广应寺拜师。高僧见秋元聪明灵慧，体魄健壮，学武心诚，也十分喜欢，于是收他为徒。从此，一有空闲，秋元就到广应寺习拳练武。在高僧悉心教导下，经过一段时间勤学苦练，秋元拳脚，棍棒，刀枪等武艺日渐精通。至今，广应寺还留下师徒练拳习武的场地遗址。它虽然长满萋萋绿草，漫溚青苔，但足迹依稀可见。

随着广施善缘和对人品了解，"五台山高僧"知名度直线上升，成了远近闻名的风云人物。一天，广应寺来了一位稀客。此人便是透堡棋盘堂光复会领头人，俗称光复会"大哥"的吴适。此时的光复会业已成为孙中山反清救国的革命群众组织。高僧在客堂会见吴适，一席交谈之后，两人相见恨晚。会见结束，高僧将一旁端茶递水的卓秋元举荐给吴适。从此，秋元加入光复会，协助曾守辉拳师，教会员拳脚功夫。

成了光复会会员之后，吴适交给秋元一个任务，即承担散于连江各地会员秘密联络工作。秋元利用卖花郎串街走巷的便利，把联络员任务完成得细密无误，吴适十分满意，把他当作助手和参谋。

秋元每过一段时间，都会回广应寺探望高僧师傅，并向他讲了自己所承担的联络员工作。高僧对他赞赏有加，当即腾出一间僧舍作为秋元从事秘密革命活动的联络点。于是，丹阳的胡应升、魏金龙、陈清畴、林西惠、陈发炎，潘渡的罗乃琳等光复会会员，常到广应寺联络点聚会，练习枪法。从这个角度上说，广应寺成了连江辛亥革命志士一个可靠又秘密的据点。

1911年，辛亥年。孙中山决定在广州举义。随即电令闽省组成一支敢死队奔赴广州。吴适立即从光复会会员中挑选出卓秋元等26人组成敢死队，从连江经马尾，乘货轮赴广州，参加广州起义。当年

3月29日潜入广州，加入黄兴指挥的第一路军，攻打都督府。卓秋元臂缠白巾，置生死而不顾，英勇当先，冲进府衙。后转战军械所，途中在辕门与李准卫队遭遇，展开巷战。战斗十分激烈。秋元不幸中弹身亡，献出29岁年轻生命，成为广州黄花岗七十二烈士之一。

奔赴广州起义前夕，卓秋元前往广应寺与高僧话别。高僧给予热情鼓励。随后拿出笔墨纸砚，请秋元留下墨宝纪念。秋元挥笔写了一首诀别诗。诗曰："霹雳惊雷震九天，炉峰距粤路三千。推翻帝制求民主，建立共和志益坚。梓里健儿勤奋斗，山村士卒勇争先。舍身宁可酬家国，敢教壮志献英年。"诗吐豪气干云，字含舍生忘死。

高僧将此诗贴于墙上，认为这是感人肺腑的千古绝唱，慷慨悲歌，是多年未曾见到的好诗，因而心中无比感奋。共和国成立后，卓秋元被追认为烈士。他是长龙镇第一位革命烈士。

从此，广应寺与一位革命烈士英名联系在一起，抹上一层瑰丽的红色。大约四五年后，那位"五台山高僧"离开了广应寺，云鹤天下。但他给广应寺寺僧留下爱国爱民、伸张正义的好传统，并发扬光大。

进入土地革命时期，连江成立了以杨而菖为首的中共连江县委。在党的领导下，土地革命风起云涌。1930年10月，杨而菖来到岚下村，住在同学卓益增家里，秘密发展卓益增、卓益金、陈学贻三人入党，并成立了岚下村党小组。接着，以党小组为核心，组织周全发、姚昌明、卓玉宝、卓庆元、姚春明、陈秋元、陈学仁、赵伙水、陈顺金等人成立"农夫会"，带领贫苦农民开展抗租减税斗争。随后，杨而菖一行来到广应寺视察，向僧侣宣传了党的土地革命政策，指出佛教重在普度众生，共产党旨在解放贫苦百姓，两者有共同之处，都是为民造福。他的话得到当时寺住持和众僧赞同与支持。1933年3月"连江县革命委员会"在长龙外澳成立，这是闽东第一个红色政权。党领导的革命武装连江工农红军游击队也组建成功,用枪杆子保卫红色政权,保卫革命胜利果实。以长龙为核心区的连罗革命根据地在山面区扎下了根。红军游击队帮助贫苦农民斗地主打土豪,分田分地,抗击国民党军事"围剿"。不久,岚下村成立了以陈顺金为主席的苏维埃政府和一支村赤卫队,姚春明、黄遵桂等人参加赤卫队。陈学贻、赵伙水等30多人加入连江工农红军游击队。他们以广应寺为游击队秘密活动据点,在这里部署反"围剿",用革命武装抗击国民党军队和土豪劣绅联手的妄图扑灭连罗革命根据地的保卫战。

为了方便游击队聚集与出击,广应寺众僧白天担负起守卫、伙食供应和情报收集等任务;晚上与游击队员一起挖掘从寺内通往后山的一条秘密隧道。只要有警,就掩护游击队从隧道安全转移。新中国成立后,村民在山上垦荒植茶,栽种地瓜,不经意间园地出现塌陷,才发现这条秘密隧道。可以说,这条隧道是军僧同心开凿的产物,是广应寺又一次对革命做出的贡献。可惜,这条秘密隧道没有保留下来,也为人不知。

一个地道的农民,要成为会拿枪会投弹的游击队员或赤卫队员,必须经过军事培训,而培训最佳地点是广应寺。于是,广应寺就腾出一间僧舍作为培训场所。红军游击队感激院方的安排与照顾,为了避人耳目,也为了应付临时出现不测,经过商量,决定由队员集资购买一个佛龛赠送给院方,安放在那间僧舍案桌上。这样一来,一旦有警,游击队员疏散来不及时,就扮演成香客信众,集体"礼佛",朝着神龛上香,膜拜。如今,游击队赠送的那个神龛至今还留在寺院里,成了广应寺与游击队之间联手对敌的历史见证。实际上,广应寺成了当年连江工农红军游击队一个培训基地。

曾经在广应寺培训和接受教育的岚下游击队员或赤卫队员,如赵伙水、陈学仁、陈顺金、林依法等人,曾参加攻打浦口、东岱、马鼻，以及罗源大获乡与国民党军队或地主保安团的战斗，表现英勇顽强。其中，卓庚水在辋川战斗中中弹受伤而残废。在反"国剿"中，赵伙水、陈学仁、陈顺金，被敌方捕捉。赵伙水被关押官仓下，受严刑拷打至股骨粉碎、遍体鳞伤，仍拒不投降，最后敌人用畚箕将他拖出去杀害。陈学仁在县城执行侦察任务时被捕，遭游街示众后，杀害于下坂尾。兰宗司母作为乡苏维埃政府交通员在执行任务途中被杀于长龙真茹村。全村四位烈士为革命献身。广应寺僧人闻讯后，满怀悲愤自发念经为他们英魂超度。

现代京剧《沙家浜》中有一段感人肺腑的场景，就是沙奶奶为照顾受伤的新四军战士每天三餐里有鱼虾补养身体，好让他们早日康复再上前线杀敌立功。这种军民鱼水情，也曾出现在广应寺的僧人与游击队员身上。

时任闽东红军十三独立团一连指导员的陈云飞，马鼻人，曾多次来到岚下村指导游击队和赤卫队如何开展灵活机动游击战。他和村民陈秋元是族亲。在一次反"围剿"战斗中，陈云飞中弹受伤，被送到广应寺疗伤、躲藏。广应寺从住持到僧侣严守秘密，一面采草药为他疗伤，一面省下口粮让他吃饱，还违反"杀生"禁制偷偷上山捕捉野兔，给他增加营养。在僧人悉心照料下，陈云飞很快康复，返回连队继续带领游击队员开展对敌斗争。陈云飞曾带领红军游击队增援红军抗日先遣队在潘渡桃源、降虎寨与国民党军的激战。1934年12月，红军连江独立营扩编为红军闽东西南团时，陈云飞任连长，在长龙总洋村与敌八十七师一个营激战一天一夜后，转移连罗沿海坚持游击战。新中国成立后，他出任福建省民政厅厅长。这位身经百战的将领对在广应寺的那段经历记忆犹新，对寺僧感激之情久久不忘。

"国运昌，寺运亦昌"。改革开放给广应寺带来无限生机。这座"红色寺院"为更多人所向往，前来参观的人越来越多。为适应新发展,释开平住持期间,开通长300多米、宽3.3米的通寺水泥公路,修缮了大雄宝殿、天王殿和僧舍。2003年,由琯头旅美华侨方绩丰信士捐资130万元人民币,建造二层巍峨壮丽的观音阁地藏殿,为古刹增姿添彩。2011年,由心惺法师接任广应寺住持。她以诚心笃念,远渡重洋,从美国背着一尊玉观音,回国接管了这座"红色寺院",并继续弘扬佛法,虔礼宗风,广施善缘。2013年信众集资建造了十亩面宽的放生池。2014年由长龙乡贤、旅澳侨胞阮孝木先生捐资120万元人民币,在大雄宝殿正前方、放生池旁竖起一座高13米的三面观音菩萨石像。2016年乡村又修建了从岚下门亭通往寺院长800米、路面宽6米的水泥路。至此,古刹红色革命文化与佛教文化相得益彰,环境更加优美,参观游览更加舒心。继而,心惺法师不忘广应寺好传统,每年都舍出约五万元人民币作善款,给周围村落孤寡病残老人送去生活用品,谱写爱国爱民新时代篇章。那尊由她背回的玉观音如今成了镇寺之宝。

徜徉在殿前由五彩鹅卵石铺成的健康小道,沐浴清爽山风,环顾满山青翠,静观池水金鲤畅游,端详三面观音慈祥面容,心中感慨万千。广应寺古刹在晨光中显得既古老又年轻。它,古老得安然,年轻得朝气。此时此刻,仿佛脚下曲曲弯弯悠悠长长的小道,埋藏着岁月,牵引着脚步,去感受一种无形力量穿透时间和空间。

仙山福地说炉峰

陈道忠

唐朝及以前，庐山因仙人结庐修道而闻名于世，道教史书谓庐山，是中国著名的道教圣地之一。庐山山体挺拔俊秀、山顶凹陷、状如香炉，故地方史志称香炉山，也叫香炉峰。《八闽通志》卷四载：香炉山其顶如香炉状，上有石，书"粘云"二字。又一说是唐邑人章寿在此筑炉炼香丹，而得道成仙，也称炉峰山，简称炉峰。这座山不管怎么叫，都离不开"炉"字，炉山地区的长龙、透堡、马鼻、丹阳等乡镇的乡亲习惯叫炉山。

炉山地区方圆300里，东临罗源湾，远眺东海；西延潘渡贵安，俯见榕城；南接下洋浦口，直抵鳌江；北连丹阳松山，怀抱罗川。炉山主峰位于透堡镇、长龙镇之间，是罗源湾马透平原西部拔地而起的高大山峰（炉山核心区），是福建省道教圣地之一。唐道士司马承祯（639—735）所编《天地宫府图》云：七十二福地，在大地名山之间，上帝令真人治之，其间多得道之所。庐山列第七十一福地，是中国七十二福地之一。唐·五代杜光庭（850—933）撰写《通天福地记》详细列出了各洞天福地，庐山在福州连江县，属谢真人治之。洞天福地的说法大致起源于汉末晋初，道教指神仙居住的名山胜地。唐开元年间，道士章寿在炉山顶结庐修行，留下不少人文景观、历史古迹和神话传说。

早在5000年前，炉山地区就有古闽越先民在此拓土生息。2015年初，省考古队在炉山东麓的馆读黄岐屿发现了贝丘遗址，根据送往北京大学AMS实验室检测的样本数据，发现为新石器晚期（5000年前左右）的古人类聚居地。沧海桑田，斗转星移，晋太康三年（282）设温麻县，炉山地区属之。唐武德六年（623），温麻县改名连江县，设5个乡：宁善、永福、太平、名闻、五贤，计辖20个里。炉山属五贤乡安德里，名闻乡嘉贤里。宋元明清沿袭旧制。

民国时期乡镇名称变换频繁，炉山行政管理主要由马鼻、透堡、长龙管辖。新中国成立后土地改革，炉山核心区山地做了大致划分，土地权属延续至今，变化不大。现在炉山核心区主要乡镇、单位有长龙镇、透堡镇、长龙华侨农场等，是汉、畲及归国华侨的聚居住区，各民族文化相互交融，又富有各自特色。大家共顶一片蓝天，和睦相处，在共产党领导下，过着幸福美满的生活。

炉山主峰海拔628米，新建的炉峰禅寺位于山顶的凹陷处，于2006年建成，仿古建筑，钢筋混凝土结构，大门屋顶梁脊色彩等处处体现佛教文化特色。主殿四扇二进院落，前落是天王殿，后落是大雄宝殿，东西两侧是钢筋水泥结构现代建筑的僧房和客堂，整个禅寺精致漂亮，别有一番韵味。

据记载，此寺前身为"黏云庵"，意思是同云黏在一起的草庐。这名字起得很贴切也很有诗意，估计是一位饱读诗书的名人高士或高僧起的。"明正德年间，长乐梅花法师善缘进驻，拓建为寺……"善缘建寺等传说，说明明朝正德时期，炉峰上还是道教场所。明嘉靖年间，由于倭寇频繁骚扰闽东一带，以及随之而来的明末战乱，寺庙经济成了官府筹备军需的重要途径之一，所有道观都陷入困境。至清代，统治者以理学治国，在宗教上信仰藏传佛教，带有浓厚汉文化色彩的道教遭到冷落，大约这个时候炉峰禅寺出现在炉峰顶上，屹立至今。

炉山突兀而起，俯瞰四方，脚下的马透平原过去是汪洋大海，半山腰还有厚厚的贝壳堆积层，这地形地貌特征，大抵是火山运动造成的。福建沿海属于环太平洋地震带内，地壳运动频繁，造成海底火山喷发，浮出水面。火山喷出物在火山口附近堆积而成的锥形山体，上部坡度较陡，下部坡度较缓，锥顶端有一个火山口或破火山口。火山口大部分呈漏斗形状，底部坑口能积水成湖，成为火山口湖，也叫天池。炉山山体如锥形，山顶凹陷如漏斗，还有应潮湖（传说湖水应潮汐而涨落），符合火山锥、火山口和火山湖的地貌特征。炉山何时形成，怎么形成，有待地质学家揭开其神秘的面纱。

炉山地区地灵人杰，古代就有郑鉴、郑思肖等著名的爱国人士闻名全国。受先贤的影响和"国家兴亡匹夫有责"传统的思想教育，在近、现代风起云涌的革命斗争中，炉山地区发生了惊天地泣鬼神的英雄事迹，许多事件、英雄人物被写入历史，千古永颂。

清光绪三十二年（1906），反清团体"广福会"在炉山东麓的透堡棋盘堂成立，会员们从连江各地经炉山透堡岭汇聚棋盘堂集会、练武、发动群众，揭露清廷专制腐败。光绪三十四年（1908）春，全体"广福会"会员又聚集于此，推选吴适为首领，将"广福会"更名为"光复会"，决心推翻黑暗统治。光复会组织不断发展壮大，成为中国同盟会福建分会的分支组织。

1910年11月，孙中山在马来西亚召开秘密会议，决定举行第二次广州起义，倚重连江光复会的反清力量，派林觉民、林文等到连江与吴适等人晤面，传达秘密指令，动员光复会成员赴广州举义。连江光复会成员编入黄兴直接领导的"先锋队"（敢死队）。27日下午，先锋队遭到水师提督派来的北洋军的镇压，双方激战一昼夜，最终因寡不敌众而失败。

黄花岗七十二烈士中，福建籍的有20人，其中连江籍的就有10人。十烈士中除刘六符外，卓秋元、黄忠炳、陈清畴、胡应升、王灿登、陈发炎、魏金龙、罗乃琳、林西惠9人均为炉山地区的长龙、透堡、丹阳及潘渡镇人。因而孙中山先生曾褒赞曰："粤之花县，闽之连江。"卓秋元烈士在长龙广应寺练武时挥笔留下一首慷慨激昂的诗篇，诗曰："屏雾惊雷展九天，炉峰距粤路三千。推翻帝制求民主，建立共和志益坚。梓里健儿勤奋斗，山村士卒勇争先。舍身宁可酬家国，敢教壮志献英年。"

1930年重阳节，中共连江第一任县委书记杨而菖以重阳登高名义，带领农民夜校骨干二十多人上炉山，在炉山寺秘密成立农夫会。闽东轰轰烈烈的"二五"减租、透堡暴动由此开始。透堡暴动失败后，农会骨干三十多人突围上了炉山。闽中工农游击第一支队、中国工农红军闽东第十三独立团的旗帜是这些舍生忘死的热血青年撑起来的。1934年9月底，闽东工农红军第十三独立团和第二独立团，以及寿宁红军独立营在宁德支提寺合编组建中国工农红军闽东独立师。后来，由叶飞率领的这些闽东健儿驰骋于抗日战争、解放战争、抗美援朝战场，共和国的旗帜上有他们血染的风采。炉山地区有无产阶级革命家邓子恢、陶铸、粟裕、叶飞等人足迹。现在，炉山山顶的"红色丰碑纪念园"，炉山脚下的"二三革命纪念园""透堡红色文化传习馆"，参观学习者络绎不绝，对传承红色基因、红色文化，进行爱国主义教育，有着重要的历史意义和现实意义。

炉山山高路陡林密。新中国成立前，人们上炉山都是步行，主要从洋门岭、下洋岭、透堡岭、边坪岭、外窑岭、朱公岭登上炉山，山路崎岖。红军、抗日游击队健儿利用炉山易守难攻的地形优势，杀敌报国，血染沃土。新中国成立后，炉山开辟成万亩茶园。放眼望去，远处，一层层整齐有序的茶园从山脚盘旋而上，像一个个绿色堡垒；近处，茶树像一排排等待检阅的士兵，昂首挺胸。漫山遍野的茶园，像一片绿色海洋。炉山茶园荣获福州市"最美茶山"、福建省"云上茶乡"等称号。高山云雾出好茶，炉山属亚热带季风气候，雨量充沛，加上山高，昼夜温差大，常年云雾缭绕，所以茶叶芽肥叶厚，生产出来的绿茶味醇、香郁、色绿，泡上一壶，醇香四溢，满室飘香。1911年在巴拿马国际博览会上，炉山鹿池绿茶荣获银奖。2015年，炉山产的"黑珍珠"茶荣获米兰世博会名茶评优"乌龙茶类"金奖。炉山茶叶，是茶中珍品，是连江人的骄傲、炉山地区乡亲的最爱。

炉山的神话传说、历史古迹很多。以唐代章寿和明朝善缘法师传说最为广泛。章寿，唐开元年间连江保安里人，据《九域志》记载："邑章寿学道于此，得仙，有炉尚存。"民国《连江县志》记载："……幼牧羊于香炉峰，遇王、谢二仙，受学得道。"《淳熙三山志》（宋代福州府志）记载："章仙坛，光化寺保安里，乾宁元年置，旧有章仙坛，唐开元中有帛书碑碣记其事。里人章寿尽得仙术，当延平津蛟精为害，因斩之。今绝顶坛址宛然，天宝六载禁樵探，东西各二十五步，南北各二十步，坛侧有石井，每旱灾汲水归而祈之必雨。旁有章井尤清。山南一峰峭秀石上有章仙二字。今有拜坛石、炼丹井、扫坛竹、应潮湖等遗迹尚存。"

传说善缘法师为将"粘云庵"拓建为寺，前往福州购买建寺木材，从台江上渡推下木材，从炉山寺前圆照井升起。此井宋代庆历修造，嘉熙元年重修，至今保护完好，人称"圣井"。

寺西北不远处有突起土丘，是"书斋埕"旧址。据透堡高墙黄氏族谱记载："明嘉靖初黄良佐教书于此，与善缘交往甚密。一次黄梅季节，缺火苗无以为炊，到寺中乞火，见善缘手执纸团闭目祈祷，须臾纸团即燃。佐问及由来，答君家引也，佐始不信，缘曰尔内子尚在炊粿，翌日趋问，果然。后益敬重善缘，遂拜为师。翌年元宵谓佐曰：一游临安可乎？佐诺之，遂令闭目伏背。佐似梦似醒遍览西湖全境，醒来犹记一联云：五夜笙歌尚有穷蝉悲皓月；六桥花柳更无隙地种桑麻。善缘临终时令弟子架柴塔，自己端坐其中，佐求随附超升,缘令后厢沐浴,佐见盆中尽虫惧而缩返,超升未遂。缘赠其一扇,嘱有难当展。后倭寇侵闽,沦及透堡,大肆屠杀,佐杂逃民奔炉,寇穷追不放,佐忽忆师之嘱,展之,乌云黑暗,雷电交加,寇乃止。"

神话传说故事,体现了人们对美好生活的向往和追求,有助于我们了解炉山的深厚底蕴和信俗文化发展脉络。炉山不仅历史文化深厚,风景更是绝妙,有巍峨秀丽的山峰、变幻无穷的云雾、雄奇多姿的峡谷瀑布、历史悠久的寺庙古迹。

宋代透堡籍状元郑鉴写诗赞美炉山,诗曰:"屹立交辉紫翠间,疏帘半卷镇长闲。神仙自有祈年术,一缕青烟起博山。"宋代进士王梦有诗云:"石壁巍峨翠几重,旧时鹤驾去虚空。桑田变海今何在?留得名声万古中。"

炉山胜景、神话传说和历史文化古迹远不止这些,炉山地区还有朱熹命名的馆读村、岚下村,戚继光的千人饮和烽火台,皇太子出家的光化寺,莲花巅上的广应寺,九龙吐水的玉佛寺,碧血黄花的棋盘堂,九溪相会三叠瀑布等,形成了集道家文化、佛家文化、红色文化、山水文化、茶文化、华侨文化等多种文化融合交汇的胜地,是东南沿海一座名副其实的仙山福地,值得我们研究和宣扬。

后湾里：十二排榴古厝"文魁第"

吴用耕

长龙镇建庄村后湾里吴氏祖厝始建于明末清初，拓展于清康熙乾隆盛世，定型于道光年间。古厝由两栋六榴邸，一栋八榴邸，一栋十二榴邸构建，参差错落，沿山麓呈"泌"字形排列，总占地面积7000平方米，其中园林景观3000平方米，房屋251间，建筑面积3988平方米，古色古香，气势恢宏，在连邑闻名遐迩。历经三百载，风雨沧桑，八榴邸（108间）于1938年11月被日寇飞机炸毁，两座六榴邸不复旧观，唯有十二榴邸保存较完整。近年来，乡贤族亲凝聚合力，踊跃捐资，并争取政策支持，筹资超百万元进行修缮，十二榴邸焕然一新，被列入县级文物保护，成为长龙镇区传统古民居之翘楚。

祖厝肇建于清太学生吴亦联，十二榴邸续建于清道光年间（1840），距今已有175年历史，因门楼上方曾高悬"文魁""明经"横匾，故别称"文魁明经楼"，匾毁于"文革"期间，吴氏后人仍习惯称"文魁第"。宅院坐北朝南，中轴对称三进式，中央纵轴线上建门厅、大厅及住房，再在左右纵轴线上布置书房、厨房、次要住房、杂屋等，成为中、左、右四组纵列的院落组群。原先后部住房为二层建筑，称"文魁楼"，楼上婉转相通，并在各组之间设置长达200米的前后交通线——"备弄"（即夹道），兼具巡逻和防火的作用，当年曾是孩子们追逐嬉闹，躲猫猫、窟窟觅的好去处。为减少太阳的辐射，院子采用东西横长的平面，围以马鞍形风火高墙，在院墙上开漏窗，房屋也前后开窗，以利通风。客厅和书房前凿池叠石，植花木，构成幽静的庭院。宅院附建三千平方米花园，亭台楼榭，小桥流水，假山游鱼，昔日的惬意与繁华成了过眼云烟，耄耋的吴氏老翁只能唏嘘于梦中了。

沿石磴而上，映入眼帘的是四对碣石旗杆巍然耸立，这是"文魁第"的标志，见证着吴氏家族昔日的荣耀和风采，"文魁第"分东厝、西厝（各六扇），除旗杆外，埕街、庭檐、双天井、前后厅、书房、斗门、撇榭（厨房）、防火通道、角门、穿弄，山墙等整修后旧貌焕然，错落有序，仿佛在述说着书香门第的儒雅重道、绮美灵秀兼具山村农人的勤劳俭朴，乐天达命。《诗经·小雅·鸿雁》云："之子于垣，百堵皆作。虽则劬劳，其究安宅。"旗杆及门当，彰显昔日科甲联芳的显赫与荣耀。东西宅对称的两座门当，封建时代的"门当户对"寄寓着男女和合姻缘的第一要素。"文魁第"以建筑精美存世，砖雕、石雕、木雕工艺精湛，美轮美奂，房屋的构件鸱吻、角兽、雀替、脊饰、斗拱、斜撑、隔扇的雕琢，无不技法娴熟，功力遒劲，体现始创者吴开昌独到的美学意趣和理想愿景。灰塑、壁画、彩绘等装饰工艺十分高超，凸显修身治家的生活理念。正厅卧室八扇窗棂精雕细刻，行书楹联、古篆金文衬以莲花桂枝、蝙蝠铜钱、鼠抱西瓜，寓意"五福贺寿""连生贵子""连中三元"，展示屋主光风霁月的襟怀。笔者徜徉于堂前窗下，沉浸于绵长悠远的历史遐思。

"文魁第"东厅楷书颜体"贻香堂"，西厅"贻榖堂"，"贻香""贻榖"者，皆化用"三字经"中"人遗子，金满籝；我遗子，唯一经"的哲学意蕴，"不求金玉重重贵，但愿儿孙个个贤"，鄙弃金钱，德艺双馨，屋主教诲子孙的箴言颇值得我们当代人借鉴。上首"春风满座""一团和气"，后院两百米长廊横贯东西，深邃绵密，措置欲如。东大厅原悬挂的"圣旨盒",数代吴氏族人备感恩荣的镇宅之宝及厅堂中的"贻香""贻穀"烫金描红巨匾殇于"文革"。笔者却对这座古宅迄今仍保存相对完好的30余副楹联情有独钟,这些联句长短不一,字数不等,或悬于厅堂,或描于厅柱,或刻于窗棂,或摹于照壁,琳琅满目,美不胜收,浸润着吴氏家族绵延数代耕读传家的精、气、神,犹如洪钟大吕、天籁之音……

"文魁第"原先拥有118副楹联及照壁上的"两朱"(朱伯庐、朱熹)家训,岁月的沧桑使楹联损毁过半,尤其是厅堂正柱鎏金的联句湮失残缺,无法卒读,但墨书或镌刻的联句却赫然如新,不失为连江县古民居中保存楹联最多、最丰富之尊俎。东厝屏风联:"卜筑西山南,绕屋梅花看献艳;择邻躬阮北,隔墙棣萼倍交辉。"屏风内联:"阴隲子孙基,方便间尽心培养;纲常丈夫事,可为处努力担当。"门檐正柱联:"反己有真修,须留神检到身心界上;成人非别法,惟著力辨清义利关头。"壁绘《朱伯庐治家格言》由残缺而嬗变精粹,配楹联:"读书夜半涛声静;听鸟林深俗韵沉",诗意益然。厅前柱联:"立修齐志;读圣贤书。"堂柱联:"广福田须用礼耕义种;凭心地好培桂馥兰馨。""处已禀清掺,饮贪泉励志廉,著广州早播芳声贻燕翼;持家崇孝义,看积善留余名,褒梓里长绵厚德巩鸿基。""仁里是居,想燕翼贻谋,祖考既勤作室;义方有训,卜象贤济美,子孙共庆充闾。"窗联:"作福人,得半日读书半日静坐;留余地,将五亩种竹五亩栽花。"西厝檐柱联:"创业非难,有勤俭心皆能成就;齐家莫要,到和顺处便是祯祥。""于纲常内尽一分就是一分真事业;向经史中论千古才知千古大文章。"正柱联:"行仁义事;存忠孝心。"堂柱联:"家声传让国之芳,溯当时谊重友恭共仰高风绵望族;世德著词材之誉,缅昔日胸罗经史早贻文学振华宗。""循墙命趋庭闻,愿世世相承勿忘圣训;爱物仁敬人礼,当时时自反克守贤箴。""世事让三分,天宽地阔;心田留一点,子种孙耕。"窗联："义为路，礼为门，举足须循矩矱；入则孝，出则悌，立身自有准绳。""静以修身，俭以养德；入则笃行，出则友贤。"

品赏这些楹联，有的明白如话，有的引经据典，细加揣摩品鉴方能"悠然心会"。尤以厅堂柱上联中的"饮贪泉励志廉，著广州早播芳声贻燕翼"，勉励子孙后代为官须以先祖清官吴隐之、吴文华为榜样，不可贪墨害民。《晋书·吴隐之传》载：吴隐之操守清廉，"朝廷欲革岭南之弊，隆安（397）中，以隐之为龙骧将军、广州刺史、假节、领平越中郎将。（广州）有水曰贪泉，饮者怀无厌之欲。隐之即至，语其亲人曰：'不见可欲，使心不乱。越岭丧清，吾知之矣。'乃至泉所，酌而饮之，赋诗曰：'古人云此水，一歃怀千金。试使夷齐饮，终当不易心。'及在州，清操逾厉，常食不过菜及干鱼而已，……"明万历年间（1586），邑人吴文华任两广总督，以先祖吴隐之为镜，到任也喝贪泉一勺，离任时不取广州分毫及一方端砚，广东省志载云："粤人在高崖记其功立遗爱祠拜。"吴氏始祖泰伯的三让至德培育了吴隐之、吴文华清操廉政，"文魁第"以祖德宗功垂训后昆，与当下反腐倡廉及培育社会主义核心价值观一脉相承。四字联则趣味盎然，令人莞尔，如"牖月云楣"，云淡风轻，月色映窗，红袖添香夜读书，乐在其中矣。二字联多慕道禅心，如"醉月""光风""乐天"等。有的则颇具神秘意蕴，如"贤则读兮愚则耕"并不对仗，俗称"半边联"。而"半边联"与"半边莲"谐音，半边莲多长田埂墙畔，乃山区农民疗蛇伤之单方妙药，"家有半边莲，不怕蛇同眠。""莲"通"怜"，怜者，爱也，杜诗："遥怜小儿女，未解忆长安。"呵护子孙舐犊之情，溢于言表。

走出"文魁第"，倚靠着门前的旗杆碣，翻阅当地《吴氏族谱》及《连江县志》，厚重的历史人文气息扑面而来。自老屋落成后，有清一代获"功名顶戴花翎"者达15人之多，计有封典吴珍材，秋榜；吴焕庚，同治癸酉科解元方兆福榜第四名；附贡吴焕坤，光绪丙申署理德化县儒学训导。翰林院待诏1人（五品）；署理儒学庠生1人，署理儒学岁贡1人，封君太学1人，庠生4人，廪贡1人，耆宾5人。20世纪烽火岁月，仁人志士，报国图强，涌现"白皮红心"的秘密共产党员吴福生；吴福田等12人毅然加入地下党游击队，为新中国诞生出生入死，奋不顾身。新中国成立后，编入中国人民解放军，后为"中国人民志愿军"赴朝参战，屡立战功。他们均被评为"五老"（老地下党员、老游击队员、老接头户、老交通员、老苏区乡干部）人员，县委、县府颁发《"五老"荣誉证书》，享受相关政治经济待遇。赓续红色基因，老宅再添佳话。改革开放新时期，这座宅子依旧钟灵毓秀，焕发活力，人才济济，代不乏人。

"斜阳巷陌，风流总被雨打风吹去"。如今的"文魁第"已是"人去楼空"，但它同所有现存的乡土建筑一样，是华夏民族最宝贵的文化遗产之一，正如习近平总书记在《福州古厝》书序中所言，保护好它，就是守护好中华民族的文化血脉。

英名流芳

碧血黄花卓秋元

阮道明

我的老家在连江县长龙镇,其境内岚下院后自然村,地灵人杰,闻名遐迩,是我心目中的风水宝地。院后山清水秀,因古时位于佛教圣地广应寺书院后山坡,故名院后村。

我曾经写过几篇文章介绍辛亥革命志士卓秋元,自以为对他生平事迹很熟悉。这次趁纪念连罗苏区革命根据地创立九十周年机缘,我再次到岚下院后自然村采访,卓秋元的事迹给了我"三个意想不到"的惊喜和感佩。

长龙第一位革命烈士

辛亥年三月廿九日,即1911年4月27日,广州城响起一阵激烈的枪声,黄兴指挥的起义军向总督衙门发起攻击。一批手臂缠白色毛巾的勇士,腰缠炸药,手持钢枪,呐喊着扑向总督衙门。这群人不怕流血,不惧死伤,个个像"拼命三郎"。其中一位连江籍勇士,名叫卓秋元,身怀绝技,一个筋斗就越过高高的围墙,进了总督府。他冲锋在前,后面是把长衫剪成短衣的督队吴适和其他连江籍25位"敢死队员"。

总督卫队拼死顽抗,但很快被"敢死队"全歼。最先冲入总督衙门的卓秋元发现那里已经人去楼空，总督早就溜之大吉了。他打翻煤油灯点起一把火，火舌很快成了愤怒的大火，把整个总督衙门吞噬了。

起义军大队人马转而扑向第二个进攻目标市军械局。刚刚冲到东辕门，斜刺里杀出一队清军，双方立刻开始巷战。密集的枪声响彻夜空，呼啸的子弹打得两侧的土墙上扑扑直响，战场尘土飞扬，可谓枪林弹雨，你死我活。

卓秋元等"敢死队员"早就置生死于不顾，"不成功，便成仁"，边呐喊，边射击，边投弹，边冲锋。他打死打伤多少个清兵记不清了。正当他瞄准敌方头目时，一发子弹呼啸而来，卓秋元头部中弹，壮烈牺牲。跟在他后面的战友林西惠、魏金龙、陈发炎、罗乃琳、陈清畴，前仆后继，也不幸中弹身亡，尸横疆场。受伤被捕的黄忠炳、王灿登、胡应升、刘六符等，翌日也被杀害。广州起义以失败而告终。烈士们杀身成仁，舍生取义，他们的鲜血染红了广州木棉花，也染红了家乡满天云彩。

卓秋元等牺牲后葬广州黄花岗荒丘，只收敛72位起义者入葬，史称"黄花岗七十二烈士"。其中，广东省花县有18名，福建连江有10人，故被孙中山先生赞曰："粤有花县，闽之连江"。埋葬之日，苍天忽阴降雨，老天也在哭泣。

卓秋元是连江光复会成员，追随领导者吴适参加广州起义，同行的共26人。1911年农历三月廿四日，他们先集中连江县城郑家琪家，第二天赴马尾搭轮船，廿八日抵香江（香港）住湾仔旅社，翌日下午三时潜入广州小东营。下午五时三十分，一声螺号响后，起义军开始向广州总督衙门进攻。连江敢死队26人，个个像猛虎下山，勇往直前。这是一场与腐朽的清政权的生死决战，卓秋元为能参加这场决战感到自豪。他浑身是胆，勇猛异常，身上背的弹药最多，可身段依然灵活，动作干净利索，冲在起义队伍的最前面，彰显了连江革命党人大无畏精神……

黄花岗烈士殉难一周年之际，中山先生在一篇祭文中悲怆道："寂寂黄花，离离宿草，出师未捷，埋恨千古。"他在《黄花岗烈士事略》序言中写道："……是役也，碧血横飞，浩气四塞，草木为之含悲，风云因之变色。全国久蛰之人心，乃大兴奋。怨愤所积，如怒涛排壑，不可遏抑，不半载而武昌大革命以成。"

1950年，中华人民共和国中央人民政府内务部颁发《革命军人牺牲病故褒扬暂行条例》，追认黄花岗72个起义死难者为革命烈士。辛亥革命结束了中国两千多年君主专制制度，建立起共和政体，开启了思想解放和民族觉醒的闸门，推动了社会风气转变和人民精神解放，给国人心中竖立一座"人民英雄丰碑"。

卓秋元成为新中国追认的长龙镇第一位革命烈士，是我意想不到的。我到访过他的故居，虽然满目疮痍，但门楼傲然挺立。卓秋元是长龙人民的荣光与骄傲，永远彪炳史册。

一位打抱不平的武侠

卓秋元，1882年出生于长龙镇岚下院后自然村。贫穷的父母生育5个孩子，他在家族中兄弟排行第六，又名依六，少时上过私塾，为了贴补家用，他就边学边商，而后走村串户，成为"卖花郎"。有一回，去丹阳卖花，地痞无事生非，故意刁难他，把他的花货抢去踩踏，还把他打得遍体鳞伤。痛定思痛，卓秋元发誓要学本领自卫，回家后便拜广应寺高僧学习拳术。广应寺离院后不远，他一有时间就往寺里跑，勤学苦练，很快掌握了十多种武术拳路，练就一身武艺，甚至卖花途中还把扁担当刀枪耍弄一番，还独自到山里狩猎，锤炼胆量和臂力。功夫不负有心人，卓秋元的武艺与日俱增。

一次，秋元卖花路过朱公岭，见三个歹徒拦路抢劫一农妇，他

"路见不平一声吼,该出手时就出手",迅速上前对歹徒就是一阵拳打脚踢,打得他们鼻青脸肿,落荒而逃。此事经过农妇之口,一传十十传百,卓秋元打抱不平的武侠形象在周遭村落中广为流传。

一次,他应朋友之邀来到宁德,看见地痞流氓在街上无事生非,调戏良家妇女。他快步上前,拳脚发于心,四两拨千斤,将这群地痞流氓打得狼狈不堪,跪地求饶。良家妇女得救,过往路人见了纷纷拍手叫好。于是,卓秋元大侠名声进一步远播。

卓秋元是个小贩,经营的是小本生意,收入十分微薄,但他遇见贫苦人家或无家可归者,都会慷慨解囊,救济他们。无私无畏的卓秋元更得到乡亲们交口称赞。

自从与胞兄卓孝元一同加入了光复会后,卓秋元主动承担起教习众会员练武的重任,加上善于团结会员,多谋善断,很快得到会员们的拥戴。吴适见他"勇而慧,心眼宽",十分赏识,成为他的得力干将之一。

加入光复会会员后,卓秋元仍然干着老行当走街串巷,发挥其眼界宽、见识多、交际广的优势,充当与各会员联络任务。虽然辛苦,他却乐此不疲,十分惬意。

卓秋元由一个"卖花郎"成长为"打抱不平的武侠",是"天降大任于斯人也"的锤炼吗?这也是我意想不到的。

一位不凡的革命诗人

卓秋元的故居在院后青龙岗南麓,建于清康熙年间,是一座两进六扇五开间,有前后厅二撇榭两厢房一天井的木质结构的四合院。厅前有一副对联"笔聚风云气,书藏日月魂",颇有意韵和内涵。出生在这里的卓秋元耳濡目染,深受启迪。他辍学后开始通读《四书》《五经》,乃至《三国演义》《水浒传》等古典名著,平时也爱舞文弄墨，称得上自学成材。

卓秋元与广应寺有缘。广应寺，坐落在院后村南面不远的山坳里。自从来了个山西五台山云游高僧主持后，寺院香火鼎盛。这位主持"出家不出国"，颇有爱国思想，且武术高强，仗义疏财。遇上卓秋元后，收他为徒，教他拳术，二人志同道合，常在一起谈论国事，倾吐心声，既是师徒，又是同志。高僧支持卓秋元加入光复会，还让出一间僧舍作为光复会的一个秘密联络点，便于卓秋元开展秘密的革命活动。

卓秋元在奔赴广州参加孙中山先生领导的"广州起义"前，到广应寺与高僧话别。高僧深明大义，极力勉励他为推翻腐败无能的清政府而担起天下大任。两人交谈至深夜，还未能释怀。最后，高僧要卓秋元留诗存念。卓秋元欣然提笔题写了一首诗。诗曰："霹雳惊雷震九天，炉峰距粤路三千。推翻帝制求民主，建立共和志益坚。梓里健儿勤奋斗，山村士卒勇争先。舍身宁可酬家国，敢教壮志献英年。"此诗慷慨激昂，壮志冲霄。谁也想不到这次告别，成了他俩的永诀。这首无题诗，也成了烈士诀别诗。

卓秋元随连江"敢死队"进驻香港湾仔旅社。此时，湾仔旅社云集着来自海外和川滇的起义义士，气氛肃穆而神秘。那晚，海面上波涛汹涌，更增添临战前紧张氛围。说也凑巧，那天夜晚，负责召集福州同盟会员秘密赴粤的林觉民也投舍香江滨江楼。林觉民独自在灯下给嗣父和妻子写诀别书，即《禀父书》和《与妻书》。两书一气呵成，这是用笔蘸着泪水写成的心书，后来被史学家推崇为革命"血书"。与此同时，卓秋元也在苦思冥想，给家中父母留点什么，突然提笔写下"熏风南来"四个遒劲大字，并嘱托同来的敢死队员：若我阵亡，烦请生还者，到福建连江县长龙镇岚下院后村，寻找一座门楣上写有白底蓝字"熏风南来"相对接，且告知家父家母这是我唯一的遗物。

无论是写给广应寺高僧的诀别诗,还是寄给家里的"熏风南来"墨宝,都反映了卓秋元是一个具有高品质的革命诗人。这一点更是我意想不到的。如今,拾之如宝,珍惜万分。

黄花碧血,日月昭昭。卓秋元视死如归的精神,是他深厚的爱国情怀、坚定的革命信仰和实际行动的集中体现。这种精神不仅激励了当时的革命者不断前行,也为后人树立了光辉榜样。改革开放以来,院后卓氏族人思想解放,与时俱进,积极从事农工、建筑、贸易等产业,还有跨洋出国创业。从国家恢复高考至2023年,全村共有105名学子考取大、中专院校,其中不乏北京大学、北京航空航天大学、中山大学、大连理工大学等名校;族人还创办5家茶叶加工厂,占长龙全镇20家茶厂四分之一。

德合天地,千古流芳。卓秋元做了一个革命党人该做的一切,问心无愧地走进历史,历史也永远铭记这位英烈!

舍生取义的梁仁钦

郑寿安

1941年5月下旬的一天,在罗源县后路村,国民党反动派的枪口瞄准了一位28岁年轻人,一声枪响,他倒在血泊中。顿时,草木失色,山河呜咽,百姓垂泪。

这位年轻人英名梁仁钦,连江下洋抗日游击队队长,新中国追认的团级革命烈士。

党员与团员

梁仁钦,又名梁鸿,化名任志忠。1913年1月6日,出生于连江县长龙乡下洋村。1926年7月就读福州闽侯大庙山中学。时受五四运动新思潮、中国共产党反帝反封建的政治主张和马克思理论的影响,积极投身学生运动,成为进步青年。

1928年5月,为声援"济南惨案",福州各界举行反帝示威大游行,梁仁钦和同学们加入示威游行队伍,愤怒地冲进日本驻福州领事馆表达强烈抗议,遭到军警阻挠和殴打。梁仁钦头部被警棍击中,鲜血直流,但他全然不顾,还在帮助其他受伤同学。目睹这一惨状,人们钦佩梁仁钦的勇敢和不怕流血牺牲,赐给他"梁铁头"称号。不久,中共福州市委领导黄孝敏介绍他加入共青团。同年12月,由黄孝敏及市委军委负责人何利生介绍他加入中国共产党，并于1929年7月秘密接受军事训练。其间，他勤学苦练，很快掌握了各种长短武器使用方法，并能双枪齐发，射击精准度也达到百发百中。

1930年9月，梁仁钦奉福州市委指示，组织关系转回连江镜路支部，从事地下工作。10日，梁仁钦、杨而菖等8名党员代表来到县城西郊玉泉山关公亭，出席连江县第一次党员代表会议，成立中共连江特别支部委员会，中共福州市委行委组织部部长陈宗远主持这次会议。会议期间，梁仁钦既当代表，又负责后勤和保卫工作。因为工作认真服务周到，受到与会者一致称赞。后来，中共连江行动委员会改为中共连江县委，梁仁钦为县委委员。

县委成立后，梁仁钦负责筹建连江共青团组织。他先后发展10多名共青团员，分别在连中、透堡、马鼻、下洋成立团支部。经福州团市委批准，于1931年3月21日，连江县共青团代表大会在城东东岳庙秘密召开，成立共青团连江县委员会。会上，梁仁钦当选为第一任共青团县委书记。此后，连江共青团在土地革命和创建连罗苏区伟业中发挥生力军作用。既是党员又是团员，当好两员可谓双肩挑，梁仁钦功不可没。

不久，梁仁钦调任连江县委秘书，负责与福州市委联络工作。

救人与救己

"梁铁头"知道，革命者生涯，并非风平浪静，随时都有意外发生，是提着脑袋干革命！

1930年底，打入国民党海军内部，秘密开展兵运的中共福州市委军委负责人、琯头长门电光山炮台党支书何利生，在一次鼓动下级军官与士兵闹"欠饷"斗争中被发现而被捕。何既是梁仁钦的上级领导又是入党介绍人，可谓同志加战友，营救是必须的。此时，福州市委也指示连江县委参与营救何利生。营救任务落到梁仁钦和郑厚康身上。责无旁贷的梁仁钦化装前往何被拘所在地电光山，立即与海军中"内线"取得联系，再用光洋买通看守，入拘留所探视，与何商量营救方案。又连夜返回长龙，恳救父亲卖田变现。得到父亲支持后，梁仁钦正欲带卖田款数百元前往光电山。不料，国民党省政府缉侦处从查得的中共福州市委领导人名单中上赫然写有"军事委员何利生"，当夜命令海军长门要塞司令官将何利生解往福州监禁，致使营救计划流产。4月初，何利生又被押回长门炮台，执行枪决。噩耗传来，梁仁钦为失去一位上级领导和战友悲痛不已。

吴大麟，是连江特支书记，以县合作社主任合法身份为掩护开展地下工作。1938年秋天，国民党连江县县长陈荫祖以莫须有的"挪用公款，贪污舞弊"罪名将其扣押入狱，不日解往三元梅列集中营。得知此情，有了上次营救经历的梁仁钦，果断地采用强硬手段，派人割断县城通往外界的电话线，以破灭陈荫祖求外援的企图。而后带领地下党城关同志进行劫狱，成功地将吴大麟安置到浦口龙山村暂栖。而陈荫祖却为此丢了乌纱帽。

厄运也悄然降临梁仁钦头上。1934年10月，国民党纠集重兵"清剿"包括长龙红色根据地在内的连罗苏区。1935年1月31日。连罗县委在下屿渔村召开紧急扩大会议。会上出现意见分歧，争论持续到深夜。敌人得到情报，立即派兵包围了下屿渔村。参会人员紧急分散突围。梁仁钦跳海游向鹤屿，刚爬上滩头就被抓捕，而后押赴福州军法处监狱。

父亲梁木枝得知儿子被捕，心急如焚，立即变卖所剩田产，到福州上下打点，买通关节，才使梁仁钦免予一死，随即被转押到漳州"感化院"。审讯时，梁仁钦从容面对，机警而巧妙地应答。他避重就轻，避实就虚，原则问题上则守口如瓶。敌人在无法查证情况下，判他终身监禁。梁仁钦成了"政治犯"，直到1937年7月抗战全面爆发,国共两党第二次合作,国民党政府被迫释放在押"政治犯",梁仁钦才结束了两年多牢狱生涯,回到长龙家中,见到为自己操碎了心的老父亲。

回顾自己救人又被人所救全过程,梁仁钦一阵唏嘘,感慨万千。然而,他初心不改,矢志不渝,毅然继续奋进在革命征途上。

山上与海上

梁仁钦的革命生涯经历风雨交加,电闪雷鸣;闯过枪林弹雨,烽火硝烟。

1931年夏天,烈日炎炎,骄阳如火。乔扮成道士的县共青团书记的梁仁钦,和化装成算命先生的县委书记杨而菖,冒酷暑,顶烈日,翻山越岭,来到长龙山区总洋、叶洋、洪塘等畲汉杂居村落开展革命活动。他俩深入茅舍草棚,与贫苦农民交谈,宣传党的土地革命道理,引导他们从抗捐抗税抗债抗粮抗丁"五抗"开始,向武装斗争,建立红色政权渐进。在他俩努力下,先后在总洋、下洋、洪塘等村成立党支部,梁仁钦任下洋党支部书记。后从党员中挑选20名青壮年建起一支游击队,即后来发展成的闽中工农游击第一支队。梁仁钦也是其中一名游击队员。

"枪杆子里面出政权。"长龙苏区有了工农游击队,于1933年3月,在外澳尊王宫广场成立了"连江县革命委员会"。这是全闽东第一个红色政权。游击队在保卫红色政权和革命胜利果实方面起到了决定性作用。

这期间,福州中心市委、连江县委果断处理"连江游击队事变",在这危难时刻,县委改组了游击队,并新建一支拥有10支驳壳枪的特务队。梁仁钦勇敢站出来,挑起了兼任特务队长的重担。在他带领下,特务队一面发动贫苦农民开展减租分粮,分田分地运动；一面镇压捐丁税棍、土豪劣绅，以及清除混入革命队伍的叛徒内奸。一连数月，有10多个横行乡里、作恶多端的土豪劣绅被击毙，捐丁税棍等恶势力被铲除，还根据地一片朗朗乾坤，受苦受欺的农民无不拍手称快，大长了革命群众志气，大扬了游击队威名。炉峰山一带地主土豪一听到梁仁钦名字，一见到特务队行动，都吓得胆战心惊，坐立不安。尤其是，蓼沿乡溪东乡一战，更使梁仁钦声名远播。

溪东乡地势险要，村口修筑碉堡，要道设有关卡，乡里有百多个民团团丁，配有数十杆好枪，更有一名凶狠的团总把控，俨如一座土围子。经过事前侦察，梁仁钦和新任游击队支队长任铁峰，决定于1933年3月一黑夜，长途奔袭溪东。游击队、特务队神不知鬼不觉潜入溪东乡，在姘头家中把团总俘获，并迅速解除团丁的武装。游击队和特务队不费一枪一弹，不伤一人一员，就扫荡了这个土围子，最终团总以赔一箱大洋和25支短枪而投降。

不久，连罗两县保安队协同国民党海军陆战队连续发动三次"围剿"山面苏区，妄图消灭工农游击队，摧毁革命根据地。游击队掩护群众坚壁清野，撤往深山老林；而特务队在梁仁钦指挥下，采取灵活机动的战术，避实就虚，声东击西，与敌人藏猫猫，弄得敌人人困马乏，疲惫不堪，只好偃旗息鼓，草草收兵。革命根据地军民取得反"围剿"斗争新胜利。经过一系列实战锤炼，梁仁钦成长为一位优秀的军事指挥员。炉峰山山岭岭都留下了他的战斗足迹。

1934年1月，连罗苏区的土地革命进入高潮。工农游击队在透堡寺厅改编为中国工农红军闽东第十三独立团，辖两个连及特务队、赤卫总队，梁仁钦继续兼任红十三团特务队队长。同年3月，中共连罗县委在叶洋召开扩大会议，改组县委，由林孝吉任县委书记，增补梁仁钦为县委常委兼组织部部长。

为了打破敌人对红色根据地的长期封锁，筹集更多粮款武器，县委决定在可门口施家里成立"连罗红军海上游击队",并配备7艘大船,交给梁仁钦负责。梁仁钦注意力一下子从山上转移到海上。这个山里出生的孩子转战波涛汹涌的海上后可是费尽心思。1934年6月,经过精心策划,海上游击队在墨屿拦截了航行于福州至罗源湾航线的"祥安"号客轮。国民党马尾海军要塞接到客轮业主求援后,派出一艘"楚同"号军舰立即追寻而来。梁仁钦决定避而设伏,以逸待劳。果然,"楚同"号副舰长轻敌上岸,被梁仁钦带领的游击队队员一拥而上活活擒获。梁仁钦执行县委决定一枪处决了副舰长,迫使"楚同"号无功而返。眼看求救无果,客轮业主只好上门找梁仁钦谈判。后来,这艘客轮暗里成了海上游击队的交通船。首战告捷,梁仁钦率领的海上游击队展开了一条波澜壮阔的新征程。

连罗海上游击队风里来浪里往,为苏区运送粮食武器,弹药和药品,很快在北起崳山、西洋、浮鹰岛,南至福清海口、平潭岛,建立起一条"地下航线",从此沿海各游击队之间联系有了一座无形桥梁。屹立船头,眼观海面,海上游击船只乘风破浪,一往无前。

抗战爆发后,马祖南竿岛被一股海匪霸占,中共闽东特委指示梁仁钦要化险为夷,变匪为我用。于是,1940年2月,梁仁钦化名任志忠,和地下党几位同志,跟随比较熟悉情况的吴大麟潜上南竿岛,打入海匪内部,企图将这股武装海匪改造成党领导的一支武装。在劝其改邪归正,弃恶从善的过程中,梁仁钦做了大量工作,且开始取得成效,200多人枪的海匪基本上被地下党所掌控。可是,"兵变"东窗事发,被国民党军统特务察觉到了。吴大麟首遭杀害。危险袭来,梁仁钦和地下党同志果断地从海匪手里夺得一条双桅船,立即撤离海岛。驻岛国民党军发现后,驾船尾追。敌船越来越近,梁仁钦勇立船尾,手端驳壳枪,向敌军点射,弹无虚发,敌人应声不是倒在船上就是栽入海中。见死亡士兵越来越多,敌船终于放弃了追捕。梁仁钦一行避过呼啸子弹,冲出惊涛骇浪,安全登上连江陆地。

山上海上两栖作战经历,把梁仁钦锻炼得更加足智多谋,他的人生阅历也更加丰富多彩。

抗日与就义

抗日战争是全民族反侵略反奴役反迫害救亡图存的一场浩大的血战。

国难当头,梁仁钦义无反顾,以崭新姿态出现在抗日救亡镜头里。他一面积极宣传党的统一战线方针政策,带头捐款捐物,慰劳伤兵,支援前线;一面将土地革命失败后与党失去联系的地下党员、红军游击队队员、旧部重新集结,成立党领导的下洋抗日游击队。这支游击队拥有短枪2支,步枪5支,以及大刀长矛红缨枪,由梁仁钦出任队长。1941年4月19日,游击队在下洋九使庙列队出征。阵前,梁仁钦宣布了游击队宗旨和任务后,下令出战。在他率领下,游击队转战浦口、山下、黄家墩、城郊、东岱等地,不断歼敌或袭扰日军和汉奸队,大大增强了连江民众的抗日斗志。随着游击队频频出击,影响力与日俱增,不少热血青年加入,队伍很快增加到百余人,成了连江抗日不可小觑的劲旅。后来,这支抗日游击队还将日军驻连江司令官原田大佐击毙,给连江抗日斗争史留下浓墨重彩一笔。

为了团结更多力量抗日,梁仁钦遵照国共两党达成合作协议,团结连江境内国民党将士打击日本侵略者。新任县长陈拱北写信给下洋抗日游击队队长梁仁钦,约定在后湾村共商抗日大计。明知这是陈拱北挂羊头卖狗肉,弄虚作假,玩的还是那套假抗日真反共把戏,但为了坚持全民抗战,一致对外,梁仁钦置生死而不顾,毅然决然单刀赴会。临行前,他将由陈位郁暂代其职务和日后如何坚持抗战事宜,一一作了交代,而后以"明知山有虎,偏向虎山行"的胆略向后湾村走去。果然不出所料，陈拱北背信弃约，撕下面具，埋下伏兵，一俟梁仁钦到达，就令保安团将梁逮捕，并五花大绑将其押往罗源国民党七十五师师部邀功。

面对死亡，梁仁钦大义凛然，痛斥国民党反动派做出亲者痛仇者快可耻之事；痛斥陈拱北是个背信弃义卑鄙小人。梁仁钦的铿锵话语，令在场国民党人无不汗颜，也吓得陈拱北脸色土黄，哑然失语，无地自容。

1941年5月30日，罗源县后路村一块高地上，梁仁钦从容淡定，面对青山，高仰头颅，慷慨就义！

忠魂与日月同辉

——洪塘五烈士

吴用耕

一、林嫩嫩

　　山峦波涛起伏，树木戛天摩云，小路羊肠九曲，梯田层层上旋，旮旯角的穷乡僻壤——茶坨七墩之洪塘外澳自然村。清光绪三十二年（1906），林嫩嫩（谱名财善），出生于一个清贫的农民家中。外澳有两支林氏，嫩嫩这支称作"凤鸣林氏"，簪缨世族，宋仁宗赐"忠孝"二字，并赋诗"忠孝有声天地老，古今无数子孙贤"。清圣祖康熙题联"唐宋元明，百千进士三鼎甲；公孙父子，十二宰相五封侯。"康熙之后，这支林氏迁至洪塘，日渐式微，嫩嫩的祖父庸柱，次子厚仲，系林嫩嫩生父，皆为佃农。厚仲夫妇早逝，抛下孤苦伶仃的嫩嫩，从小给财主放牛、砍柴、种地、烧炭，在苦水中泡大，养成朴实刚毅、吃苦耐劳的品格。没钱上学，却拜师学艺，年深日久，居然学会了识字看书，且拳脚功夫了得，时常与总洋兰元进、孙厝兰礼义、外澳林茂淦切磋功夫，被村民称为洪塘"四杰"。

民国11年（1922），北洋系海军陆战队由北京一路南下，重新占据琯江电光山的长门要塞炮台，军队由一个团扩编为两个旅，势力盘踞连江、罗源、宁德、霞浦、福安、寿宁六个县份，公然指派县长，包揽税捐，在长龙七墩提前征收捐税7年。国民党连江县政府借口敖江连年洪泛，需加固堤岸，加征堤岸捐，捐丁税吏如狼似虎，畲汉民众苦不堪言、怨声载道。共产党员杨而菖、梁仁钦等顺应民意，以敲锣为号，号召民众开展声势浩大的抗捐税请愿斗争。1929年6月29日，数万民众有的扛着锄头，有的手举标语，顶着烈日从四面八方向县城进发，洪塘等村由林嫩嫩、兰元进、兰礼义、邱惠等领头，集合贫苦的畲汉农民加入请愿队伍。县太爷慌了手脚，宣布全城戒严，关闭8座大小城门，海军陆战队在城墙垛楼上荷枪实弹。面对这剑拔弩张的紧张气氛，民众毫不畏惧，共产党员陈祥榕、杨惠等一马当先，攀住绳索，矫捷如蛟龙，攀上城头。林嫩嫩与兰元进等使个眼色，几个人施展轻功，也攀住绳索上了城垛，一口气踢倒几个海军陆战队士兵，打开城门。请愿队伍如潮水般漫进城内，把县衙包围得水泄不通，狡诈的县太爷以缓兵之计稳住群众，又扣留会谈代表，致使请愿斗争功败垂成。参与请愿斗争的林嫩嫩等得以结识杨而菖、梁仁钦等共产党员，这为长龙山面区土地革命斗争预留了火种。

1931年7月，新成立的中共福州中心市委开始把革命斗争的重心由城市转向农村，先派遣市委宣传部部长（兼市互济会会长）黄孝敏扮作卖酒曲的商人，深入山面区，与林嫩嫩、兰元进等交上朋友，宣传共产党是为穷苦百姓谋利益，成立秘密农会，兰元进为会长，林嫩嫩成了农会骨干，党在山面区有了落脚点。接着杨而菖、郑厚清化装成算命先生，促使秘密农会酝酿减租抗债斗争。11月初，邓子恢化名林祖清巡视山面区，住在林嫩嫩阁楼上，晚上召集农会会员开会。由于大部分田租已被地主收走，邓子恢启发他们拒交"尾租"，林嫩嫩带着农会会员与地主斗智斗勇，取得了"拖租拖债"斗争成功。邓子恢循循善诱，使他看到了共产党人为解放劳苦大众的博大胸襟，勇于斗争、善于斗争的灵活魅力，对革命的胜利充满了憧憬。同年12月，由杨而菖主持，在北溪烧炭窑聚会，林嫩嫩等8个党员歃血盟誓："坚持斗争，永不叛党。"他在农运斗争中脱颖而出，为日后成长为县级红色政权领导人迈出了坚实的一步。

1932年6月19日，红军闽中工农游击第一支队在官坂合山村成立，林嫩嫩毅然加入游击队，从此成为职业革命者。9月4日，游击队在反击国民党第一次"围剿"后由他引路，队伍开进洪塘，分别驻扎在尊王宫、兰礼义草楼、孙氏宗祠等处，密密匝匝的一片片、一丛丛森林成为游击队的天然帐篷。他和妻子一道，腾空百年沧桑的祖屋，无偿提供给党组织和游击队使用，县委《阳光周刊》编辑部、印刷所、发行站都设在他家中，地下党省、市委领导人，曾出席莫斯科召开的中共"六大"代表江平、省委常委谢汉秋、苏阿德、市委黄孝敏、叶如针、张铁、黄源、林烈（林默涵，原中宣部副部长）、任铁锋、县委杨而菖、陈祥榕、梁仁钦、杨挺英、陈云飞及革命老妈妈杨母等均受过他的接待与掩护。

1933年2、3月间，旱灾肆虐，禾苗枯焦，贫苦农民饥饿断粮，福州市委、连江县委领导农民开展春荒自救斗争。林嫩嫩站在斗争的潮头，在山面区组织起分粮队、告贷队，农民涌进地主豪绅家中"告贷借粮"，借出粮食数百担，无偿分给断粮的贫苦乡亲，大伙风趣地比喻为"老虎借猪，有去无还"，农民斗争情绪愈发高涨，红色政权的建立提到了党的议事日程。3月，连江县各区、乡革命群众推举产生的代表大会在外澳尊王宫隆重举行，宣告连江县革命委员会正式成立，一致推选林嫩嫩担任县革委会主席，这是福州中心市委领导下的闽东北、福州、莆仙地区19个县份最早成立的红色政权。他全身心投入到红色政权健全与巩固之中，以县革委会主席的身份发布公告，对在连罗两县内打土豪借款和分粮斗争作了具体规定，保护中农、小商人利益，防止和严打敌人趁火打劫损害党和游击队声誉。他主张红白地区自由通商贸易，但严禁粮食、食盐漏入白区（国民党统治区）。叶飞对此极为赞赏，他回忆说："国民党严禁食盐进入中央苏区，但闽东盛产食盐，食盐出口被我们控制两年之久。"县革委会管辖下连罗两县30多个村庄普遍成立农会，贫农团、妇女会、儿童团、肃反队、赤卫队、妇女扫盲班等，"十字歌""共产主义妙""红军纪律最严明"等红色歌谣响彻山村，根据地进入鼎盛时期。陶铸1933年5月1日向党中央报告说：山面区游击根据地方圆四十里，反动派跑了，农会是公开的，党和游击队在贫苦农民中有很高的威望。这其中渗透着林嫩嫩的心血和汗水。

1934年1月，"闽变"失败，国民党军队和地主还乡团卷土重来，重点"围剿"闽东苏区，苏区军民英勇地投入反"围剿"斗争。1月初，连江县苏维埃政府成立，县革委会解散并入山面区委、区苏，林嫩嫩服从党的决定，加入闽东红十三团，担任政治部参谋，为保卫苏区红色政权再立新功。10月，国民党集重兵进攻山面区根据地，洗劫外澳、孙厝后、总洋、真茹（时属洪塘附村）。为保卫根据地，红军用调虎离山战术，集中7个连兵力攻打丹阳镇，逼敌从山面区撤兵回援。林嫩嫩率红七连与国民党保安11团在新洋一带激战，打得敌人丢盔弃甲，敌急令八十七师259旅（旅长沈发藻）驰援。面对强敌，林嫩嫩沉着应战，他着力保护战友，自己却身先士卒，腿部中弹，仍坚持战斗，终因弹尽，在溪尾村落入敌手，关押于县狱大牢。国民党县长军统特务王笑峰劝降遭拒，对其施以酷刑，仍撬不开他的嘴，12月，在狱中英勇就义，时年28岁。

"丹可摩而不可夺其色，兰可燔而不可灭其馨，玉可碎而不可改其白，金可销而不可易其刚。"林嫩嫩的英烈形象如日月经天、江河行地，他把热血洒在福州地区"红色井冈山"历史丰碑上，人民不会忘记他。1957年12月，连江县人民政府追认他和妻子陈妹仔为革命烈士，他的英名永垂红色长龙史册！

二、陈妹仔

陈妹仔（女，1909—1936.6），罗源县刘洋新安自然村人，1926年出嫁外澳，与林嫩嫩结为伉俪。她虽是个山村女子，家境贫困，从小上山砍柴，下田种地，身体健壮，养成了勤劳、善良、俭朴、贤惠的品德，在妇女中颇有威望。1931年夏，通过秘密接待地下党负责同志，受其夫影响，从他们言传身教中懂得了革命道理，认识到妇女也可以像男人一样挺直腰杆闹翻身解放。同年冬天，经杨而菖介绍，她和林嫩嫩等8人同时加入中国共产党，歃血盟誓，成了长龙山面区第一个女共产党员，开始全身心地投入革命斗争。

1932年9月，游击队开进洪塘外澳村后，开辟山面区游击队根据地。她听从党组织的安排，以妇救会会员的身份担任游击队炊事员，她和同伴们一道克服队伍经费不足的困难，餐餐变换着花样，让游击队员吃饱饭，打仗有力气。这期间，革命队伍中有许多女同志和她亲密接触相处，其著者有革命老妈妈杨母王水莲，林孝吉、杨挺英妻等随军家属，为游击队传递情报、缝补浆洗、动员妇女走出灶台，剪去长辫，禁止纳妾、养童养媳等，使党的政策扎根于群众之中。

1936年6月，连罗苏区陷落后，陈妹仔坚持地下斗争，不幸身份暴露被抓进县衙大牢。敌人软硬兼施，无法撬开她的嘴，残忍地将她杀害于狱中。

陈妹仔与林嫩嫩育有一双儿女，夫妻相继牺牲后，遗孤由其姐夫丹阳"茶园七"暂时收留抚养。终因生活所迫，10多岁儿子林毅汝到溪尾当放牛娃，女儿林冬姆送官仓下陈家当童养媳。1957年12月，连江县人民政府追认林嫩嫩夫妻为革命烈士。党和政府派人找到已长大成人的林嫩嫩、陈妹仔遗孤，将林毅汝安排到福州军区后勤部工作。

三、林茂淦

1932年9月5日夜，天漆黑的像锅底，暴雨倾盆，山路泥泞崎岖，一个中年汉子正吃力地在山道上爬行，下半夜时分，才跌跌撞撞地冲进老屋。灯光如豆，床上躺着一个少妇，已是一具冰冷的遗体，床旁摇篮里一个才出生28天的婴儿嗷嗷待哺。夫妻、母子阴阳相隔，一幕人间惨剧，汉子却坚强地挺住了。第二天，他草草地埋葬了妻子，把婴儿寄养于官仓下（建庄村）姑父家，留下抚恤金数枚光洋，又精神抖擞地追赶队伍去了。这个铁血汉子的名字叫林茂淦，此时身份为中共地下党员、闽中工农游击第一支队骨干队员。

林茂淦（1897—1934.12），谱名茂辉，祖父怡猷，父亲绍宾，家道殷实。其先祖迁自福州洪塘瓦埕，仍以"洪塘"命村名，不忘祖地也。云程林氏世代奉儒守法，耕读传家，茂淦秉承祖风，聪慧好学，背诵"三字经""百家姓""幼学琼林"朗朗上口，7岁入下洋小学就读，乡人目为神童，皆以"秀才"呼赞之。读书之余，不忘练功，身怀裂石劈砖绝技，与同乡兰元进、兰礼义、林嫩嫩同称"四杰"。他设馆授徒于"林氏宗祠"，当年在此读书的村童犹记得祠堂梁柱上数幅楹联皆为其墨宝，龙飞凤舞，颜筋柳骨，惜乎毁于"文革"。

1926年，立志于改革社会造福苍生的林茂淦受邀参与连江县数万民众抗捐抗税请愿斗争，以其精湛的拳脚功夫及为民请命的侠肝义胆赢得年青的共产党员杨而菖、梁仁钦、陈祥榕的赏识，从此结为莫逆之交，为长龙山面区土地革命斗争，火红岁月培植了一棵幼苗。

1931年夏天，林茂淦人生迎来新的转折点，他在中共连江特支书记杨而菖、组织部部长郑厚清、行动队长梁仁钦的指引走上了革命道路，他那两进院落也成了共产党员和先进青年秘密聚会活动地点。他开始把自己的命运和让千千万万劳苦大众摆脱奴役与压迫形成了紧密的纽带，参与了组织洪塘秘密农会的工作，成为首批会员。11月初，中共福州中心市委领导邓子恢（化名林祖清）、黄孝敏（李成）先后巡视连江，从他们身上学到了开展农民运动的经验与方法。贫苦农民的减租抗债斗争也波及他家，他义无反顾，坚定地站在穷苦农民一边。好钢在熔炉中淬炼，12月，经杨而菖介绍，林茂淦和林嫩嫩、兰礼义等8人在北溪炭窑宣誓加入中国共产党，矢志不渝地投身轰轰烈烈的土地革命斗争。

1932年6月下旬，红旗在合山村升起，中共连江特支领导下的闽中工农游击第一支队宣告成立，队员20名，林茂淦雄赳赳地站在队伍的首列，为解决游击队武器不足，他慷慨捐出家中的光洋（银圆），化装成小商贩，赶赴浦口镇购买曲九手枪及子弹，装在箩筐底部，上面覆以线面，从下洋岭挑至山头面。新婚妻子陈氏身怀六甲，他忍痛与她告别，"执手相看泪眼，竟无语凝噎"，谁知这竟成了永诀。儿子生下28天后，妻子撒手人寰。他寅夜冒雨赶回家中埋葬逝者，将婴儿寄养在官仓下他姑父家，将组织发给他的优抚金数块银圆悉数放在桌上，快步追赶队伍去了。

9月中旬，在打破国民党军队第一次"围剿"后，中心市委、县委决定开辟山面区游击根据地，队伍扩大到30多人。县委抽调他到地方工作，负责山面新区党的组织、农会、贫农团、妇女会的组建及发动群众开展"五抗"（抗捐、抗税、抗债、抗粮、抗丁）斗争，扩大群众基础，铲除反动势力，巩固游击根据地。是金子都会闪光，艰苦的斗争岁月锤炼了他的才干和领导能力。洪塘、总洋、下洋3个支部在他主持下成立，党员16名。1933年3月，如火如荼春荒斗争在山面区展开，地主豪绅慑于群众威力吓跑了，农会公开活动，共产党成了穷苦农民的主心骨，于是连江历史上第一个红色政权连江县革命委员会在洪塘外澳村诞生了，县革命委员会下辖山面区革命委员会，林茂涂担任山面区首任区委书记兼任区革委会主席，党政重担一肩挑，他在山面区群众中享有很高的威望。1934年1月7日，县苏维埃政府成立后，山面区革委会更名为山面区苏维埃政府，在福州中心市委秘书长曾志（女）指导下，山面区"分田分地真忙"，贫苦农民庆贺土地还家，山面区成为连江县土地革命斗争的一面旗帜。

"闽变"失败后，国民党军队卷土重来，宋尊茂接任区委书记、区苏政府主席，林茂涂加入新成立的中国工农红军闽东第十三独立团，任团副参谋长。1月中旬，红十三团马透阻击战失利，参谋长陈元阵亡，林茂涂主动代理，指挥队伍退至黄岐半岛郭婆村整编。由于敌人尚未形成对苏区的合围，红十三团鏖战连罗地区，林茂涂带头高唱红色歌谣："七字一首喜洋洋，马透失守莫彷徨；队伍集中蓬泉去，整顿七连打丹阳"，以乐观主义精神感染与鼓舞红军指战员的士气。9月，中国工农红军闽东独立师在宁德支提寺成立，这是闽东苏区的主力部队，红十三团改称为独立师红三团，特委任命林茂涂为红三团参谋长。战旗猎猎，硝烟弥漫，10月底闽东苏区首府柏柱洋失陷，中共闽东特委坚持"与苏区共存亡"的指导方针，命令红三团夺回柏柱洋。林茂涂饱读《孙子兵法》，他明知闽东红军土生土长，擅长游击战，不谙正规战、阵地战、攻坚战，以区区400余众的红三团进攻国民党新10师第2团无异于以羊饲虎。他和团长冯品泰仍决定执行特委命令，力图收复柏柱洋，战斗一打响，在敌方猛烈火力夹攻下，红3团第一梯队指战员伤亡惨重。紧要关头，林茂涂将生死置之度外，身先士卒，手持轻机枪冲锋在前，不幸连中数弹,喋血阵前,队伍只得撤出战斗。残忍的敌人割下林茂淦的头颅,挂在福安县城城楼上示众三天,他的遗体至今未找着,"身既死兮神以灵,魂魄毅兮为鬼雄"。

1957年,林茂淦被追认为烈士。他的血脉已传曾孙一代。相传林茂淦大婚时,启蒙老师陈位崇送贺联:"秋月冰壶交映,棣萼珠树联辉",百年荣光,垂训后昆,足可告慰先烈于九泉!

四、林春官

林春官(—1934.12),生年失考,洪塘乡外澳村人,祖父林增栋,父亲林金务,春官为其长子,家道清贫,靠租种外乡地主的田地苦熬。

1932年9月,中共连江县委开辟山面区游击根据地,在林嫩嫩、林茂淦的启发带动下,老实本分的佃农林春官懂得革命道理,强烈要求加入闽中工农游击第一支队,得到批准,从此矢志革命。1934年1月,洪塘一带成立区苏维埃政府,开展土地改革,分田运动如火如荼,林春官家也分到一份田地,全家人高兴得合不拢嘴。随着中国工农红军闽东第十三独立团在透堡成立,林春官成了红军战士,他的军事技能不断进步。国民党军队大规模"围剿"苏区,为保卫红色政权和土地革命斗争果实,林春官义无反顾,每次战斗中总是冲杀在前,屡立战功,受到县委和团首长的表扬。

1934年12月,国民党保安11团熊执中部配合海军陆战队杀气腾腾地在山面区"追剿",杀人放火,官庄下、真茹、洪塘陷入一片火海,红军化整为零,与敌人展开游击战。这年冬天,天寒地冻,民谚"冬至在月头,棉衣棉被上高楼;冬至在月尾,犁耙扔掉去烘火"。国民党保安兵在林氏宗祠天井堆着篝火取暖。林春官神不知鬼不觉地潜进祠堂,把一颗手榴弹扔进火堆,惜乎哑弹,惊恐的敌人一路追赶，林春官左冲右突，寡不敌众，在下洋坪"田螺"弹尽负伤被捕。敌人把他按在祠堂的门槛上，施以酷刑，最后用生锈的菜刀将他活活砍死，犹不解恨，又把他的头颅割下，挂到丹阳镇榕树下示众。"生当作人杰，死亦为鬼雄"，1957年12月被追认为革命烈士，英名永垂！

五、林寿銮

林寿銮（—1934.6），洪塘乡外澳村人，生年失考。祖父林仲，父亲林呈善，寿銮为其次子，世代务农，家境贫寒。族谱记载"成年后娶三坵田村杨氏。生子成舜，成舜育3女1子，子名基兴"。

1932年9月，在中共连江县委书记兼游击队政委杨而菖指引下，林寿銮加入闽中工农游击第一支队，追随队伍转战罗源应德、中房、飞竹等处，打垮18个地主民团，寿銮以守军纪、枪法准、不怕苦赢得游击队指战员的信赖，誉为"铁打的寿銮钢枪的星"。

1934年1月，中国工农红军闽东第十三独立团成立，寿銮成了红军战士。国民党军队大举"进剿"连罗苏区，寿銮与战友们一道出生入死，为保卫苏区和土地革命果实英勇奋战。6月，国民党海军陆战队会同连罗两县地主民团再次进攻山面苏区，红军化整为零，化零为整，机动灵活地打击敌人。林寿銮仗着自己是当地人，地形熟，敌人一个连的队伍被他牵着鼻子在大山中转悠三天，累得筋疲力尽，毫无收获。敌人恼羞成怒，增加兵力，在各个山道路口设障，林寿銮势单力孤，不幸落入魔掌。他被关押在洪塘岭头岭大厝，用藤鞭、剑鞘、铜钱刺等刑具连续拷打，鲜血淋漓，痛彻骨髓，体无完肤，他宁折不弯，硬骨铮铮，终至身首异处，"丹心已共河山碎，大义长争日月光。"1957年，被追认为烈士，立碑永志。

烈火永生

郑寿安

一场熊熊大火，把下洋村几家农舍焚烧得只剩下一片焦土和满地瓦砾，空气中还弥漫着烤焦物体浓烈而刺激的气味。

这是天灾？不！这是人祸！是国民党海军陆战队，伙同连罗两县地主土豪民团丧尽天良犯下的滔天大罪。

自古以来，"家园"两字在国人心中的分量是无论什么东西都无法替代的。"家"指房屋、居所。"园"，即田地、庄稼。过去，"园"已被土豪地主所占有，而"家"，虽然只是几间颜值不高的小木屋，却是全家人赖以生存的居所。建立了红色政权，苏维埃政府进行土地革命，分田分地，"家园"可谓完满了。而此刻，"家"却被焚烧了，就等于失去生存的基础。可想而知，以"焚屋灭村"来铲除红色政权存在的群众基础，是多么歹毒的诡计。

黝黑焦土旁，断垣残壁前，从深山里躲避残杀的刚刚返村的畲汉两族村民，除了偶尔传来几位老妪抽泣声外，其余的都静静地肃立着。眼里没有眼泪，只有无比愤怒。

1933年5月，国民党海军陆战队出动3个营的兵力，连罗两县地方政府保安团、土豪劣绅民团、反动大刀会协同配合，分进合击，像一群恶魔一般肆无忌惮向长龙红色根据地"围剿"。其目的明确，就是扼杀不久前刚成立的"连江县革命委员会"，铲平令他们如坐针毯的长龙红色根据地，消灭日益强大的工农游击队，他们目标明确，抹掉革命中坚的下洋村。

得知敌人会血洗下洋，会用焚屋灭村的手段来蹂躏村民后，下洋村游击队漏夜动员村民坚壁清野，掩护和帮助村民撤向村后深山老林。游击队沿着敌人进村路径设置各种各样障碍，以延缓敌人进村时间。

游击队长陈金发，带着通讯员陈香官，作最后一次巡视，检查村里还有没有未撤离人员。见属于下洋村的九个自然村村民都安然撤往山里，才舒了一口气。但此时此刻已经是第二天拂晓了。进山村道上传来了呦呦呦的叫声，陈金发和陈香官知道，敌人已经来"围剿"了。陈金发对陈香官说"你先走，我来断后！"陈香官拔脚就撤，没想到一颗流弹打中了他，栽倒在地。陈金发连忙抱起香官朝山里跑。他没跑几步，敌人几声枪响，抱着香官的陈金发闷声倒下，鲜血染红土地。为了保卫家园，保卫革命果实，陈金发和陈香官壮烈牺牲了。

敌人进村了。海军陆战队连长下令全村大搜捕，见鸡鸭就捉，见财物就抢，不留活口，不留余地。他下令焚屋灭村。霎时，烈焰腾空，火光冲天，21座民房瞬间化为灰烬。这是国民党反动派在根据地犯下又一桩罪行，欠下又一笔血债！

下洋村民选择坚强。他们分成两拨：一拨，动手搭盖茅屋草棚，给无家可归者暂时栖身。另一拨，到村口为陈金发、陈香官收尸，埋葬，让烈士入土为安！

风萧萧兮，林涛呼应；水潺潺兮，花草悲鸣；人忿忿兮，求战来日！

下洋村当时隶属浦洋乡，大约400多户人家，1500多人口，畲汉杂居。这里满目青山，盈盈一水，散落着座座农舍，花香鸟语，清幽僻静，可谓县内最美山村之一。可是，这里农民少有田地，深受地主盘剥，过着"糠菜番薯半年粮""篾片火笼当棉袄"艰苦的生活。

这样穷乡僻壤小小山村，国民党既不看中下洋的"富有"，也不看中它的"美丽"，却一而再再而三地派重兵来"围剿"，一群手无寸铁的贫苦农民，被国民党反动派、土豪劣绅恨之入骨，要把他们置于死地而后快，甚至焚村烧屋，让他们从地球上消失，为什么？只要看看下面两家人就知道了答案。

先说说陈金贵一家吧。陈金贵、陈炎炎、陈金香三兄弟三英烈。1935年2月15日，驻扎浦口的国民党军海军陆战队又出动"围剿"了。这次行动是由于得到一个地痞的情报："下洋村苏维埃干部陈金贵躲藏在下垱梁氏旧厝屋顶。"这下，敌连长像打了鸡血似地亢奋不已，一反连日来"围剿"毫无收获而产生的沮丧情绪，连忙带兵杀向梁氏旧厝。敌连长先是假惺惺地向陈金贵喊话，诱以高官厚禄。陈金贵知道暴露了，准备与敌连长同归于尽。于是，他从屋顶飞身而下，与敌连长展开肉搏。他死死地扼住敌连长喉咙，用牙齿咬住他的耳朵，痛得敌连长哇哇直叫。看两人扭打一起，士兵无法开枪，只好上前用枪托将金贵砸晕。敌连长得救后，捂住疼痛的耳朵喊："把他拖回去！"返回路上，金贵醒来后大骂匪兵。敌连长勃然大怒吼道："你咬我耳朵，我要剁你双耳！"说着，用刺刀将金贵双耳割下扔向路旁草丛。金贵满脸血流，仍不屈不挠，大骂不休。最后，敌连长用刺刀一阵乱捅，陈金贵壮烈牺牲！

三弟陈炎炎加入闽东工农红军游击十三总队，后来成为中国工农红军闽东（连罗）十三独立团排长，在开辟闽东新苏区的对敌作战中冲锋在前，英勇果敢，立下战功。1935年6月，在古田县战斗中光荣牺牲。四弟陈金香，把家仇化为力量，15岁就入党，随后加入闽东工农游击第十三总队任班长，在与罗源大获乡国民党军作战中被围困，为掩护游击队其他队员突围而断后，献出了年轻生命，时年19岁。

陈金贵三兄弟为革命前仆后继，可歌可泣，浩气长存！国民党在"围剿"中，将陈家财物抢劫一空，七间祖屋也被拆毁。在乡亲们的帮助下，陈家余口得以生存。1920年出生的七弟陈森官踏着兄长的血迹奋然前行，加入下洋抗日游击队，1940年10月，不顾病体连日征战，不幸去世，年仅20岁。陈金贵长子陈玉兰于解放战争期间参加连罗游击队，1949年参加中国人民解放军，在福建军区军械处当战士。1957年，国家民政部追认陈金贵、陈炎炎、陈金香为革命烈士；1985年，县政府向陈玉兰颁发"五老"荣誉证书。

再说说梁仁钦一家。1928年12月，梁仁钦加入了共产党。入党后，他坚决执行党的决议，深入农村、集镇、码头、学校，向贫苦的农民、工人、学生宣传党的主张，揭露封建军阀、官僚、地主欺压人民的罪恶，鼓动他们团结起来，奋起抗争，以改变自己的悲惨命运。在杨而菖、梁仁钦等共产党人努力下，森林会、读书会、农会、赤色工会、反帝大同盟、互济会等群众团体在连江纷纷建立，培养了一批中坚骨干，壮大了革命队伍。

1931年，下洋成立党支部，梁仁钦任书记。1932年6月，闽中工农游击第一支队成立，梁仁钦成了首批20名游击队员之一。游击武装斗争的艰难环境是考验人的试金石，游击支队长王调勋经不起考验叛变投敌，然而梁仁钦却视苦为乐，视死如归，风餐露宿甘之如饴，枪林弹雨安之若素，逐渐成长为一名优秀的军事指挥员。同年9月，游击队用没收土豪劣绅的浮财，买来了10支崭新的驳克枪，随之成立了特务队，梁仁钦兼任特务队队长。特务队发动农民开展秋收减租分粮斗争，镇压捐丁税棍、土豪劣绅及混入队伍内的叛徒、内奸。一连数月，有10多个横行乡里、无恶不作的土豪劣绅、捐丁税棍倒在梁仁钦的枪口下。梁仁钦屡战屡胜，威名大震。

1934年2月，下洋成立苏维埃政府，陈依和任主席。同年12月，由梁仁钦和宋遵茂作入党介绍人的党员达11名，壮大了下洋党支部。1935年1月31日，梁仁钦参加连江县委下屿村紧急扩大会，被敌人包围，在突围途中被捉并被解往福州军法处监狱，后转漳州"感化院"受审，在狱中坚贞不屈，直到两年后国共两党合作当作"政治犯"释放。之后，他初心不改，组织下洋抗日游击队，抗击日本侵略军。正义之师迅速发展壮大。国民党县长陈拱北以"共商抗日"诡计将他诱捕，1941年5月30日就义于罗源县后路村。

梁仁钦胞弟梁桐桐，早年跟随梁仁钦到南竿岛做海匪策反工作，被国民党军统特务发现后夺船返回大陆。知道哥哥被枪杀后，悲愤不已，决心接过兄长的革命薪火传承下去。1944年农历八月，下洋党支部重新组建抗日游击队，他毅然加入。同年10月初，特务队长林依旺率领他和陈森官一道到县城侦探，捎带消灭一个日本鬼子。可是，1950年正月初五，他被人陷害遭遭而死。堂弟梁夏芳，从小受梁仁钦事迹感染，积极向上，忠于党的事业，于1954年6月，被派往浙江海盐执行紧急任务时不幸牺牲，被追认革命烈士。梁仁钦父母从同情到支持孩子们革命活动，从变卖田产得款营救地下党同志到捐物捐款支援抗日，人生观发生了巨变。1941年5月，日本侵略军来下洋扫荡，烧了下墩（黄竹衕）10多座民房后，直追到他们家里，把他们沉默寡言，遵守妇道的母亲孙秀英枪杀了，还想放火烧他们的木房，幸亏游击队从后山赶到，放了几枪把日本鬼子吓跑，大木房才免于火劫。如今，它被福州市民政局列为革命遗址加以保护。

陈金贵、梁仁钦两家，是下洋村民众牢记家仇国恨，忠于党忠于革命的缩影，也是为保卫贫苦农民家园，赓续红色基因，宁折不弯的典型。像这样的家庭，在下洋村何止只陈梁两家？单单参加红军游击队和地下党工作的就有150多人。有兰典旺、陈九利、陈珠俤、陈乌姆、陈旺姆、陈依金、陈元赐、陈金发、陈金贵、陈炎炎、陈香官、陈依珠、陈金香、陈三妹、陈夏芳等15位烈士。就在文章开头那场大火之后，又有11人加入了中国共产党。

"野火烧不尽，春风吹又生"，在党的领导下，下洋村民坚持红旗不倒，义无反顾地投身战火硝烟之中，汇入浩浩荡荡的抗日洪流。

1941年4月19日，1000多日本侵略军从筱埕登陆，一路烧杀抢掠，很快占领了连江县城。国难当头，梁仁钦在下洋九使庙正式成立一支120多人的抗日游击队，其中大多数是下洋的青壮年，还有浦口、官岭、白鹤亭等地的乡民。他们宣誓要与日本侵略者血战到底，把它赶出中国去！接着，开始旷日持久的抗日游击战。这支抗日游击队频频出击，不断骚扰、伏击、突袭日军据点，歼灭侵略军，打出了声威，打出了中国人的志气，打破日本不可战胜的"神话"。因此，日本侵略者不得不集中兵力对下洋这个抗日根据地进行三次大扫荡。

日本人的烧杀抢掠并没有征服下洋军民。其间，于1941年5月中旬，抗日游击队除取得"千人饮"大捷外，还在梁仁钦率领下，袭击伪军，缴获机关枪一挺，步枪26支，子弹380发，手榴弹24枚。队长梁仁钦就义后，陈位郁接任，又于当年8月下旬，与国军、东湖游击队配合作战，连夜在山岗村半山腰设伏，击毙带领200多名日伪军出来扫荡的日本驻连江最高指挥官原田。这惊天动地一击，声震云霄，让世人真真切切地看到侵略者可耻的下场。顷刻，日伪军大乱，匆忙向县城败退，大扫荡被瓦解了。然而，原田被击毙后，日军连续三天出动军机对下洋狂轰滥炸，炸毁民房8座43间，炸死炸伤村民多人。一时间，下洋上空被烈焰烧得通红。八十多年过去了，它成了人们永不遗忘的记忆。

据史料记载：自下洋抗日游击队成立以来，与日军作战20余次，打死打伤日伪军100多人，俘虏10多人。获重机枪2挺，步枪40

多支和一批子弹、手榴弹，在福建人民抗日斗争史上留下浓墨重彩一页。

"凤凰涅槃，浴火重生"。经过无数次战火洗礼，下洋村军民前仆后继，像炉峰山一样巍然屹立，昂首挺胸，挺进解放战争战场，迎来新中国的诞生。

历史的回音壁

——土地革命时期长龙山面区游击根据地主要史实年表（1928.7—1935.3）

吴用耕

题　记： 山面区游击根据地是中共福州中心市委、连江县委在土地革命战争时期创建的一块红色根据地。1957年长龙建乡后，老区群众亦称作长龙革命根据地。其核心区域俗称"山头面"，含长龙的洪塘、岭头顶、水尾、鹅角弄、总洋、下洋坪、外澳、孙厝后（新厝后）、叶洋（现属罗源）、真茹、北溪（外窑）、三角洋；丹阳的文朱、西洋面、蔗头、南洋、草鞋岭、后堞、庄里、柴桥头、观音山；罗源县的炉后（现称红军村）。鼎盛时期达300余平方公里，人口11万余众。其存在时间为1932年9月至1935年3月，共两年七个月之久（其中1932.9—1933.3为形成阶段；1933.3—1934.10为巩固阶段；1935.3苏区沦陷）。山面区经受革命战争血与火的洗礼，多次遭受国民党军队、地主民团"围剿"，据不完全统计，全村被摧毁的有10个，烧毁房屋3189间，被杀害和摧残至死5387人，有1514户被杀绝户，评为烈士的达300多人。

山面区游击根据地是陶铸同志命名的,已载入革命史册。1933年5月1日,时任中共福建省委军事部部长、福州中心市委书记陶铸在上海向中共中央作工作报告中五次提及山面区。他向中央汇报说:"在连江现主要是以山面区为中心发动群众,组织分粮队配合游击队到其他各地区地主家里去分谷子。同时是将游击队分散到山面区(这一区域纵横四十里很穷,田都是外面地主的,现变为赤色的游击区域,农会是公开的,没有什么反动派)。"

《福建省革命历史文件汇集》(中央档案馆、福建省档案馆编)

山面区见证了老一辈无产阶级革命家邓子恢、陶铸、粟裕、叶飞、曾志(女)及开国将军陈挺等引领,杨而菖、陈祥榕、黄孝敏、林孝吉、苏达、林嫩嫩等先烈血染的风采,在福州、闽东革命斗争史册上熠熠生辉,故又有"福州井冈山"之赞誉。叶飞同志回忆说:"邓老(邓子恢)三一年到闽东搞农运回去以后,下半年(当是1932年)陶铸就来了。一个是搞农民运动,一个是搞武装斗争,这很清楚,历来就是这样子的。"

1982年12月19日下午与闽东党史工作者的谈话

1928年

7月3日,中共福建省委在厦门召开紧急代表会议,在"农民运动决议案"中指出,"在闽海道以福州为中心,应由日常斗争中扩大党和群众的组织,向福宁府及闽清、永泰、连江、长乐、古田发展"。

中共福建省委:《农民运动决议案》,1928.7.3

12月,在闽侯(福州)大庙山中学读书的连江籍学生梁仁钦等由中共福州市委宣传部部长黄孝敏、军委委员何利生介绍入党。

《郑厚清介绍连江革命活动情况》,1961.6.24

《连江县老革命座谈会纪要》，1961.6.20

12月31日，中共福州市委发出《关于福州工作计划大纲》，提出："……要经常把福州四邻的农民运动普遍地发展起来……""在农运工作中要恢复福州邻县党和群众的组织。寒假已至，市委将把归家的学生具体分配在工农群众中工作。"

中共福州市委：《关于福州工作计划大纲》，1928.12.31

1929年

2月至3月，中共福州市委派旅榕学生共产党员梁仁钦、郑厚康、黄应龙等回连江开展革命活动，先后秘密发展连江初级中学生杨而菖等入党，成立镜路支部，大革命失败后被破坏的连江党组织得以恢复。

《福州革命史》P96—97

5月14日，中共福建省委全委会议作出福州区以福州为中心，"福州附近连江、长乐、福清等县属之。此区工作目前先要注意，发展连江等县党组织，注意这数县及福州四邻农民运动，造成包围福州的形势。"

6月29日，连江县政府借口敖江堤坝失修，加征防洪堤捐和鸦片捐。其时国民党海军陆战队控制连江等6个县份，在长龙（茶坞七墩）滥征税捐、巧取豪夺，预征田赋税竟达6年多。数万农民在共产党员的组织下涌进县城举行反捐税请愿斗争，县府调动一营海军陆战队弹压，强迫群众解散队伍，参加请愿斗争的长龙畲汉两族贫苦农民林嫩嫩、林金贵、兰元进、兰礼义、兰细珠、陈顺金、邱惠、兰如苏等结识共产党员杨而菖、梁仁钦等，由此揭开了长龙地区土地革命斗争的序幕。

《连江县老革命座谈会纪要》，1961.6.20

《福州革命史》P99

1930年

2月至6月,党领导下的群众外围进步团体纷纷成立,其中有反帝大同盟、森林会、互济会、农民协会(透堡称农夫会)等,会员有林嫩嫩等从10余人到50多人不等,为连江工运、农运、兵运的兴起积蓄斗争力量。

《连江县老革命座谈会纪要》,1961.6.20

10月9日,中共福州市委(行委)组织部部长陈宗远奉命到连江,在玉山关公亭召开连江县第一次党员代表会议,杨而菖、梁仁钦等8名党员出席。根据市(行)委决定,实行党团组织合并,成立连江县行动委员会(行委)。县行委受李立三"左"倾错误影响,搞飞行集会,准备武装起义,致使党组织和主要领导身份暴露,被军警搜查而转入隐蔽活动。

《连江县老革命座谈会纪要》,1961.6.20

11月,中共中央纠正李立三"左"倾错误之后,中共福建省委指示,取消连江县行动委员会,决定成立中共连江县委。选举杨而菖为县委书记,梁仁钦等为县委委员(梁仁钦兼连江县反帝大同盟会长)。

《中共福州市委给省委的报告——市委扩大会议与反立三路线问题》,1931.1.21

1931年

3月,为贯彻中共福州市委"一一八"会议精神,市委指派郭滴人(原中共闽西特委书记兼闽西苏维埃政府主席)以中共福州市委巡视员身份来连江指导革命斗争。在镜路小学主持县委会议,传达党中央关于纠正李立三"左"倾错误的决定,要求迅速消除肃清影响，翌日由梁仁钦等陪同前往沿海、长龙山头面巡视。

《陈冷材关于福州政治形势和福州工作情况向中央的报告》，1931.9.24

郑厚康《忆郭滴人巡视连江》，1987.2

3月23日，在郭滴人、杨而菖主持下，连江县第一次共青团代表大会在城关东岳庙（今连江一中旁"元帅府"）厢房内秘密召开，到会代表15人，完成了四项议程，成立了共青团连江县委，选举梁仁钦任团县委书记，共青团连江县委辖连中、下洋2个支部，团员11名。

《团省委报告——全省组织情形》，1931.3.25

4月4日，中共中央作出"目前福建工作决议"，指示福建省委"把同安、安溪、连江等县委改为特支（特别支部）并整顿起来。"中旬，邓子恢以中共福建省委巡视员身份前来整顿县委，并决定中共连江县委改为特别支部，书记杨而菖。

5月，中共连江特支书记杨而菖主持成立罗源县第一个党支部——应德支部，书记张瑞财，为开辟连罗游击根据地奠定了组织基础。

10月27日，邓子恢（化名林祖清）又到透堡，发动了声势浩大的减租斗争，赢得减租斗争胜利，山面区等地受此影响，也掀起了减租抗债斗争高潮。

市委机关报群众报"风起云涌的福州邻县农民斗争"，1931.11.28

《连江县老革命座谈会记录》，1961.6.20

《福州革命史》P125

11月初，邓子恢在特支成员郑厚康、梁仁钦陪同下化装成行医郎中到长龙山区活动，白天访贫问苦，晚上住在林嫩嫩家阁楼上，撰写《工作方法》小册子，指导连江开展农民运动。

其间附近官庄下、苏山、真茹、岚下等村畲汉贫苦农民找到邓子恢，要求带领像透堡那样开展减租抗债斗争。鉴于田租已被地主收走，邓子恢建议采取"割稻尾"方法，拖欠余租，很是奏效，获得广大农民的拥护。

市委群众报："风起云涌的福州邻县农民斗争"，1931.11.28

郑厚康：《邓子恢同志在连江》，载《回忆邓子恢》文集，人民出版社1996.7.1

12月，特支书记杨而菖主持下，吸收苦大仇深的畲民兰元进、兰礼义、兰礼运、兰侬俤、兰礼在及林嫩嫩、嫩妻、林茂淦等8人为中共党员，于北溪瓦窑摔碗盟誓，"坚持斗争，永不叛党"，成立长龙总洋（洪塘）第一个党支部。

同月，兰元进等人在洪塘一带发动贫苦农民成立农会，任会长，副会长兰礼义、骨干会员10多人。

《连江县老革命座谈会纪要》，1961.6.20

原山面区委书记、区苏主席宋遵茂回忆，1981.5

《长龙老同志座谈会纪要》，1961.10.1

12月，透堡农民暴动失败后，参与暴动的山面区党员、农会会员撤回原村，待机再起。月底，叶飞（叶启亨）从厦门调任共青团福州市委书记，团连江县委书记梁仁钦与之接上组织关系。

《叶飞回忆录》，解放军出版社

《连江党斗争历史概况》，中共福安地委党史办编，1957.9.12

《福州交通老陈关于福州工作的报告》，1932.6.13

1932年

1月1日，原中共福建省委军事部部长陶铸接任中共福州中心市委书记。

1月19日，中共福州中心市委提出年关斗争口号，号召连江、福安各县农民"反抗国民党一切捐税，收缴一切豪绅地主武装，成立游击队，打土豪、分粮食、分田地、分房子"，同时募捐支援东北义勇军等。

2-3月间,连江农民在国民党海军野蛮掠夺下,已苦到食不果腹、衣不蔽体的地步。2、3月间各区(含山面区)反动民团又奉国民党县府命令,变本加厉对农民残酷剥削,其征收烟捐办法有三种:上等的每株四片、中等的每株三片、下等的每株两片。连江各区农民在党的领导下,以怒不可遏之势,掀起了反烟捐斗争的新风暴。各区都召集了会议,普遍作出如下决定:(一)不报税;(二)如团丁来抓人,以鸣锣为号,全乡起来,抢缴他的枪械;(三)如本乡敌不过他,通知他乡驰援;(四)为使以上决定执行,大家出钱,共吃一顿;(五)每乡选派代表二人,组成反烟捐斗争委员会。

《工农报》第一期,"连江农民起来反抗烟苗捐",1932.3.9

4月10日,中共福州中心市委作出四、五月工作计划,提出市委在红五月到来要派一负责同志去连江帮助布置反对做公路和鸦片捐斗争,并指示在这斗争中要开辟连江游击战争的前途,特支要健全起来,在红色五月中准备成立县委。

5月15日,中共福州中心市委扩大会议,"要求连江迅速将游击队组织起来,解决反动武装""创造新的苏维埃区域""健全连江特支""在红五月中,农会要发展三倍、同志(党团员)一倍以上"。

《中共福州中心市委扩大会议决议》,1932.5.15

同月,杨而菖从漳州回连江,在东川报国寺主持召开特支扩大会,确定建立游击根据地,扩大工农武装队伍,党的工作由平原转到山区和边区。

《中共福州市委报告》,1932.6.11
《福州交通老陈关于福州工作的报告》,1932.6.13
陈云飞:《回忆连罗地区的革命斗争》,1961.10.1

6月6日,福州中心市委江平被派往闽东工作,巡视连江山面区等地,指导农民运动和武装斗争。(江平,原名许木香,又名江木松,长乐县感恩村人。1926年入党,曾三次入狱,坚贞不屈。1928年当选中共六大代表,赴莫斯科出席会议。)

《中共福州市委报告》,1932.6.11

6月19日,中共福州中心市委书记陶铸巡视连江长龙、丹阳、官坂等地,开辟官坂合山村游击根据地,亲自授旗,主持成立"闽中工农游击第一支队"(老区人民习惯称为"闽东工农游击第十三支队",20世纪50—80年代连罗两县所有老同志回忆录中都是十三支队),支队长林炳光(王调勋),政委陈兴贵(兴桂)因未到任改由杨而菖担任。

福州中心市委报告:《"八一"工作决议与七月份工作计划》,1932.6.25

《闽中工农游击第一支队布告》,1932年6月

6月下旬,陶铸在杨而菖陪同下在孙厝后助兰母(兰礼义母亲)赶走催捐逼税的保安兵,午饭后因未带钱将一双新袜子塞进兰母手中,并宣传红军的纪律,"一双袜子"的故事在老区不胫而走。

宋遵茂《原山面区区委书记兼苏维埃政府主席》回忆录,1985.2,福建人民出版社革命史编辑室,1985年5期

8月,共青团福州市委书记叶飞来连江巡视工作,住兰礼义家,先后在定安、关头、东湖、透堡山头面帮助与指导农民运动。后转赴福安、宁德。

《叶飞回忆录》:解放军出版社

8月1日,中共连江特支升格为中共连江县委,书记杨而菖。县委辖11个支部,共有共产党员50余名,农会会员200余名。

《中共福州市委来信》,1932.8.19

9月4日,连长高时炳率海军陆战队在透堡、塘边民团配合下,第一次"围剿"合山游击根据地,闽中工农游击第一支队避实就虚,转移到长龙山头面活动。

《群众报》第13期,1932.10.25

9月12日，叶飞在市委机关报《工农报》发表文章，题为"国民党在连江杀人放火"，揭露国民党军队在合山杀害农民10多人，烧毁民房12座，整个村庄被洗劫一空，合山全村农民流离失所。叶飞受命以福州市互济会会长名义在全市募捐，将募捐来的粮食、豆子、衣服、被褥集中于山头面，分发给受难农民，农民斗争情绪更加高涨。

《工农报》第10期，1932.9.12

9月，中共连江县委机关、游击队总部进驻长龙山头面，开辟山面区游击根据地。

叶飞：《闽东的游击战火》，1958.9.14
《连江老革命座谈会纪要》，1961.6.20

9月，孙厝后兰母茶店扩建，辟为县委、游击队秘密交通站，负责传送情报，掩护过往党和红军游击队领导，运送作战物资等，交通站由孙厝后延伸至丹阳文朱、后埭、庄里、罗源炉后（红军村），延及官仓下、下洋、浦口、官岭、坑园、下宫、黄岐与长乐厚福海上交通站等组成海上、陆上秘密交通线。

《连江老革命座谈会纪要》，1961.6.20
任铁峰、陈云飞访谈录，1983.5

9月，闽中工农游击队第一支队在洪塘尊王宫发出布告，揭露国民党、军阀、土豪劣绅、捐棍专门压迫穷人，租税逼人要命，造成农村破产，城镇萧条。农民一日三餐无着，还要受尽白军残杀洗劫。因此，广大贫苦工农应该团结起来，组织工会、农会，参加抗捐、抗税、抗债等斗争，建立工农政府，实行土地革命，并踊跃参加游击队，扩大游击战争，建立连江新苏区，解放连江人民。

（历史原件存中央档案馆）

10月，中共连江县委在城北小湾（墓亭）召开紧急会议，针对连罗两县国民党政府修建连罗公路，以进攻山头面根据地的企图作出决定，会后县委深入群众中宣传，揭发敌人修公路的阴谋，号召群众采取逃工、怠工办法反抗，敌人无奈，只得停修。反对修公路斗争取得胜利。

同月，连江游击队在合山与国民党海军作战转移长龙山区后，杨而菖奉调厦门工作，游击队伍被王调勋操纵，完全脱离了群众。王系一混入党内的特务分子，在队伍内闹宗派，并密谋叛变。市委调走王调勋，开除其党籍，由陈茂昌接任支队长，李成（黄孝敏）任政委，队伍集中加强政治学习训练，并积极参加群众工作，帮助发动秋收斗争。

《市委给中央的报告》，1932.10.28

10月28日，中共福州中心市委向中央报告指出，"连江党和农会组织均有发展，一个月来增加3倍以上，游击队扩大到30余人。"

12月10日，《工农报》纪念广东暴动五周年特别报道："为响应最近红军在闽北的伟大胜利，游击队配合群众（由山面区奔袭）将东岱镇攻下，广泛的作拥护红军的宣传。群众兴奋到极点，同时将土豪地主的财产自动来分配，口号震天，给统治阶级一个很大的威胁。"

12月，福州中心市委书记陶铸到连江由洪塘冒雪巡视游击队驻地丹阳文砵村，指示连江县委把游击武装斗争从连江向罗源山区发展，开辟连罗革命根据地，同时秘密建立党团组织工作。

《福州中心市委给中央的报告》，1932.12.28

陈云飞：《连罗地区革命斗争史实》，1983.5

同月，县委派陈麻伍（陈凯斌）和罗源应德乡党支部书记张瑞财到飞竹、麻洋活动，组织农会、畲族游击队员兰礼义腰别假炸弹，胁"借"步枪12支。

《连江县老革命座谈会纪要》，1961.6.20

同月，海军陆战队1个营在连罗两县民团配合下，分兵6路，沿洋门岭、柳坑岭、大获、透堡岭、朱公岭第二次"围剿"游击根据地。山面区游击队突袭连罗交通要道丹阳镇，迫使海军陆战队撤军回援。坚守罗源马洋、飞竹的小分队遭敌包围，队员叶祖乐、叶宝宝被捕牺牲。

陈云飞：《连罗地区革命斗争史实》，1985.5
《连江县老革命座谈会纪要》，1961.6.20

同月，丹阳、桂林民团团丁20余人携带步枪18支加入我工农游击队。

同月，县委于连、罗交界处的山面区成立"中国工农红军连江游击第九支队"。

（木刻印章篆文存罗源县博物馆）

1933年

1月3日，闽中工农游击第一支队由政委李成率领袭击罗源飞竹民团，击毙民团团长林金位，缴获长短枪12支，又袭击洋炳民团，缴2支枪，解放罗源4个乡村，游击队扩大到50多人，连罗山面区游击根据地正式形成。

《连江县老革命座谈会纪要》，1961.6.20

5日，闽中工农游击第一支队向全县工农群众发出"扩大游击战争，创造连江新苏区"的号召。

（原件存中央档案馆）

同月，闽中工农游击第一支队接连袭击罗源境内马洋、塔里、洋柄、甘厝等18个地主民团，攻占飞竹地区20多个乡村，罗源县县长李长庚带兵"围剿"，游击队撤回长龙山头面根据地。

2月1日，中共连江县委在洪塘发出布告：《成千成万的贫苦农民像潮水一般涌进共产党的队伍里来！》

(原件存中央档案馆)

2月，闽中工农游击队第一支队驳壳枪队长李德标等8人被透堡地主民团以二千银圆收买，拘捕政委李成、支队长陈茂昌，密谋叛变，遭兰礼义、兰元进、兰礼在等多数队员反对未得逞，史称"连江游击队事变"。

中共福州中心市委获悉"游击队事变"后，即将刚从厦门赶回福州的杨而菖及任铁锋、赖金彪、谢汉秋等4人以市委特派员身份赴长龙根据地平叛。

2月7日，根据中共福州中心市委决定，由市委、县委、农会、游击队员等各界代表和政治委员组成了审判委员会，于长龙洪塘乡召开群众公审大会，将为首的李德标等4人执行枪决，其余全部逐出游击队。连江游击队得到彻底改造。在会上由市委代表陶铸举行了授旗典礼。

《工农报》号外："连江游击队的平反胜利"，1933.3.13

《工农报》22期，1933.3.15

2月，市委在洪塘任命任铁锋（任达）为闽中工农游击第一支队支队长，县委书记杨而菖兼政委。

《中共福州中心市委关于连江游击队事变决议》，1933.3.15

2月15日，闽中工农游击第一支队发动群众成立自卫队，没收豪绅粮食财产度春荒，在外澳、洪塘等地公审枪决恶霸陈宏铿等人。

3月，杨而菖主持召开中共连江县委扩大会议，总结游击队事变的教训，在山面区集训游击队，克服单纯军事观点和流寇思想，加强政治思想工作，保证党对工农武装的绝对领导。同时改组县委，"林孝吉为县委组织部部长，参加福州中心市委执委"。市委按《古田会议决议》精神对连江、福安、莆田游击队进行整顿与改造，确保游击队的纯洁性。

《陶铸关于福州工作报告》，1933.5.1

3月，连江县各区、乡革命群众产生的代表大会在长龙山面游击区外澳村大王宫举行，成立了连江历史上第一个红色政权——连江县革命委员会，这是全闽东苏区11个县份及福州地区最早诞生的工农红色政权。连江县革命委员会主席林嫩嫩，委员18名。下辖山面区革命委员会，主席林茂淦；洪塘乡革命委员会，主席兰礼义。

《连江县老革命座谈会纪要》，1961.6.20

范式人回忆录，1982.12.23

3月20日，连江县革命委员会发布第一号公告："革委会是穷苦人自己的政府。"对打土豪和分粮斗争作具体规定。畲汉平等，保护中农、小商人利益，允许红、白（国民党统治区）区自由贸易，但严禁粮食、食盐等漏入白区。

陈云飞：《回忆连罗地区的革命斗争》（省《党史资料与研究》1983年5期）

3月，县革命委员会在山面区洪塘、官庄下、真茹等村庄普遍组织妇女会、赤卫队、肃反队、儿童团、农会，开办平民夜校、扫盲班，杨而菖亲自教唱红色歌谣"十字歌"等。

《长龙老同志座谈会纪要》，1961.10.1

3月，收缴罗源县丰余、应德地主民团枪械厂，开办山面区红军枪械修理所、被服厂，聘请福州、亭江、马尾等地技工，为红军游击队提供军需品。

《老红军陈开球、林广、郑敢回忆录》，1982.3.13

3月，国民党海军陆战队调动一个营的兵力在连罗两县保安队、民团、大刀会配合下四路"围剿"山面区，闽中工农游击第一支队在群众配合下避实就虚、灵活机动地打击敌人，打破第三次"围剿"。

陈云飞：《回忆连罗地区的革命斗争》（1983年5期）

郑厚清、郑厚康回忆录，1981.6.10

3月，经中共福州中心市委批准，成立中共罗源县特别支部，隶属连江县委。

4月15日，中共福州中心市委发表"红五月工作决议"，要求"连江、莆田、福安游击队在红色五月中，必须扩大三倍以上，准备打下一个中心乡镇纪念'五一'（如连江透堡）"。

5月1日，中共福州中心市委书记陶铸向中央报告："在连江现主要是以山面区为中心发动群众，组织分粮队配合游击队到其他各地区地主家里去分谷子。同时将游击队分散到山面区（这一区纵横40里很穷，田都是外面地主的），现变为赤色的游击区域，农会是公开的，没有什么反动派。"

5月，经过整顿，紧密依靠群众的连江游击队，粉碎了敌人一次大"围剿"。随后，海军陆战队三个营、20个民团在连江山面区、马鼻、透堡、丹阳一带，妄图围歼我工农武装，但游击队灵活运用游击"十六字诀"，避敌之锋芒，退到他处。

《中共福州市委巡视连江报告》，1933.11.10

5月，长乐县（今长乐区）厚福乡过透村，以林迟迟等7人组织海上运输队，负责运输弹药物资以支援连江游击队。

《连江老革命座谈会纪要》，1961.6.20

7月，国民党政府和海军陆战队横征暴敛，苛捐杂税多如牛毛。连江每年收入计"国税68240元，省税112384元，地方税136382元。其他附加税有教育附加税9060元，自治附加税10195元，还有田赋税67140元，营业税8603元，屠宰税2840元，马税49.95元，牙税12322元，契税6000元。"县政府常年支出10380元，地方自治费年支出10195元。每年榨取的税收高达354159元，征收粮食2987石（折合358400多斤）。在党的领导下，山面区"五抗"（抗捐、抗税、抗粮、抗债、抗丁）斗争如火如荼。

国民党连江县县长康瀚《连江县政三月纪》，1933.7.1

8月15日，连江县革命委员会规定下列打土豪的办法：

（一）各村革命委员会赤卫队打土豪借款，须经区革命委员会打条盖章许可，否则，均作土匪论处，由区革命委员会捉拿严办。

（二）如有不良分子假借革命团体名义，私行打土豪、借款、抓人，均作为土匪，一经发觉，立即执行枪决。

（三）未开展分粮地方的土豪，要有三千元以上财产、能罚大洋三百元者，并经各赤卫队告区革命委员会后，方许捉拿。未分粮地方，不许各革命团体借款，违者严办。

（四）凡属够吃的中农和小商人，不作反动派者不许捉拿或借款，违者严办。

（五）如有够吃的中农、小商人在布告未公布之前被抓去，或被罚了款者，马上前来区或乡革命委员会报告，经详细查明证实后，马上释放，罚来的款马上送还他，赔偿中农、小商人的一切损失。违者严办各革命委员会负责同志。

10月，中共福州中心市委派黄孝敏（李成）到长乐厚福巡视，并成立连、长交通军物站，有力支援闽中工农游击第一支队解放连江透堡。

10月，福州巡视员向中央报告："连江县委在山面区、县区、马透区，布置了秋收斗争，打出了抗租和减租口号，群众情绪高昂。罗源三、四区工作正在整顿恢复。"

10月，福州中心市委书记陈之枢在透堡主持召开县委扩大会议，连江县委升格为中共连江中心县委，统一领导连罗两县土地革命。

《仲云巡视福州的报告》，1933.11

中共连江县委扩大会议，决议"山面区由支队成梧（张家武）同志带一小队去负责。"

《中共福州市委巡视连江工作报告》，1933.11.10

11月，红军游击队解放透堡，成立区、乡苏维埃政府。山面区成立区委，区委书记林茂淦，辖洪塘、下洋、文朱、罗源应德、炉后等5个支部，党员36人。区委机关设岭头顶大厝内。

《中共福州市委巡视连江报告》，1933.11.10

11月20日，十九路军将领蔡廷锴、陈铭枢、蒋光鼐与国民党内李济深等一部分反蒋势力，在福州发动福建事变，22日正式成立"中华共和国人民革命政府"，史称"闽变"。

11月底，闽中工农游击第一支队由山面区开赴透堡扩编为"中国工农红军闽东第十三总队"，总队长兼政委杨而菖，下设三个支队。

12月，福州中心市委向党中央报告："连江全县赤化三分之一，游击队占领五、六、七、八各区（连江全县划8个区），全县的农民几乎都自动起来挂红旗、分田地，十九路军1个营士兵准备起义，整个福州城为连江革命而喧腾。"五区（长龙）全区7乡赤化，成立乡、村苏维埃政府。

《江声报》，1933.12.9
《市委给中央的信》，1934.1.5

1934年

1月1日至2日，中共连江中心县委应马鼻广大群众的要求，经过缜密的部署，于1月1日夜由杨而菖、陈茂章等率队分水陆两路进攻马鼻，消灭民团、土匪200多人，缴枪80余支，活捉区长陈少香、民团总团长陈贞元，杨而菖壮烈牺牲。此役万名群众为红军助战，其中山面区动员1600余众。

《江声报》，1934.1.5
《市委给中央的信》，1934.1.5

1月3日，连江中心县委扩大会议在透堡举行。会议通过把闽东工农游击第十三总队改编为"中国工农红军闽东第十三独立团"等三项决议。县委随即在透堡召开连罗两县50多名代表参加的全县苏维埃代表大会，选举成立连江县苏维埃政府，林孝吉为主席。县苏政府分设土地、财政、粮食、交通、宣传等部门。会议通过县苏政府成立宣言，任命各区苏维埃政府主席，部署全县实行土地革命。连江县革命委员会自行解散，并入山面区苏维埃政府，主席林嫩嫩调红十三团政治部。

《中共福建临时省委致连江县委信》，1934.1.30

《福州市委给中央的信》，1934.1.30

1月，为纪念连罗苏区群众领袖杨而菖烈士，山面区奉县委之令改称"而菖区"，区委、区苏维埃政府辖茶垅（长龙）七墩乡村苏维埃政府、丹阳文朱11个乡村及罗源县的炉后、牛埕、北祭、埭下、叶洋、洋边、水屋等乡村苏维埃政府。

区委辖县域内洪塘、北溪（新厝）、总洋（刘山水屋）、峨角弄（西洋面、青皮岭）、庄里、下洋、官庄下（王家墩）等9个支部，党员54人，罗源炉后、叶洋3个支部。

《连江县老革命座谈会纪要》，1961.6.20

《长龙公社老区座谈会情况》，1961.10.1

1月，"而菖"区委、区苏在曾志（女，福州中心市委秘书长）指导下开展轰轰烈烈的分田运动。分田政策为：（1）没收地主的土地，分给无地和少地农民；（2）地主和反动派家属分坏田，逃亡地主不分田，富农原则不分田；（3）中农、贫农以原耕地为基础，抽肥补瘦、抽多补少的原则分一份好田；（4）红军家属给予照顾，烈属分双份；（5）汉畲两族平等对待；（6）抽分好田给红军作为公田；（7）森林归政府。

《曾志致中央的信》，1984.5

《中共福建省委致连江县委信》，1934.3.8

长龙山面区山地、田园按大小人口统分二亩，对地主的耕牛、农具及多余的房屋、粮食等，没收分给畲汉贫苦农民；金银锡器则没收归政府。农民分到土地后，在田、园里插牌子，山面区苏政府发给土地证。随后组织检查队深入田、园检查落实分田（园）情况，错漏的给予纠正。最后召开庆祝分田胜利大会，烧毁旧田契租条债约，30多个村落农民夜晚提灯游行，庆贺土地还家。

《闽东总报告》闽东特委书记苏达，1934.11.18

2月，林茂淦调红十三团参谋部，宋遵茂接任而菖区委书记兼区苏维埃政府主席。

《采访宋遵茂回忆录》，1981.5.6

2月中旬，红十三团瓦解罗源凤板民团，缴枪20余支，又打下小善民团，团长阮应堪率部投诚，改编为红十三团第4连，并接收蓬泉民团兵工厂，装备洪塘外澳红军枪械修造厂。

2月19日，攻下深坑，直抵古田县新德院。20多个民团投降，缴枪50多支，吸收当地农民参军，编为红5连，红十三团扩大为700余人枪。

3月2日，中共福州中心市委（临时省委）给连江县委紧急指示，要求连江建立少先队组织，号召青少年参加分粮食分地和建立革命政权的斗争，连江县共发展少先队300多人，其中山面区占一半，受到团市委表扬。

"团福州市委给共青团中央的报告"，1934.4

3月3日，红十三团攻打丹阳镇，击溃海军陆战队某连，毙排长1人，俘30余人，缴枪41支。是役，2名儿童团员其中一名梁夏油，系梁仁钦之弟，机智勇敢地用一支木头手枪缴枪2支，抓获2名敌兵，获团部嘉奖。

《杨采衡回忆录》，1983.2.3

3月，国民党把闽省"剿共"重点从闽西转向闽东的连江、福安等县，改派八七师师长兼福州警备司令王敬玖为闽东剿共指挥官，该师主力协同新10师萧乾部、海军第1、第2旅、省保安第1、2、3、

4、9团大举进剿我闽东苏区。

3月22日，中共福建临时省委给连江县委三点指示，指出"国民党军队已全力向连罗苏区进攻"，指示县委要以"连罗交界处作为我们的根据地"，"要清晰估计敌我力量的对比，保护实力，不打死战，注意红军给养"。

4月1日至4日，陈仪任国民党福建省政府主席后，派宪兵特务四处搜捕共产党人，中共福建临时省委被破坏，代理书记陈之枢、连江中心县委书记练文兰等被捕叛变。省委成员叶依四（即叶凯）、苏达（即苏阿德）转移到连江。连江县委失去上级领导，独立自主地领导军民开展反"围剿"，保卫连罗苏区。

6月，根据中共连江中心县委的提议，叶飞在福安柏柱洋主持召开连江、福安中心县委联席会议，成立中共闽东（临时）特委，苏达任特委书记，林孝吉、曾志、叶飞等7人为特委委员。会后连江中心县委改为中共连罗县委。

8月10日至11日，红军北上抗日先遣队（原红七军团）进攻福州未果，转移潘渡乡桃源附近，被国民党陆军二五九旅的3个团围追堵截，在桃源梧桐山激战数次，伤亡惨重。11日，先遣队司令员寻淮洲、政委乐少华、参谋长粟裕在陀市召见中共连罗县委领导，布置抢救伤员。

《红色中华》第1版，1934.8.20

陈云飞：《难忘的八月》，1984.5

8月12日，中央红军北上抗日先遣队司令员寻淮洲、政委乐少华、参谋长粟裕、随军党代表曾洪易、政治部主任刘英等由陈元、魏耿、陈云飞陪同赴山头面视察，在尊王宫听取陈元汇报，认为山面苏区基本符合安置伤病员条件，同意将500多名红军伤病员集中于山面区，而后运送到下宫一带治疗，愈后就地加入地方红军。

《红色中华》第21版，1934.8.30

杨采衡：《活在我们心里的寻淮州同志》，1958.6.9

9月，闽东红军十三独立团团长魏耿因贻误战机被撤职，由原北上抗日先遣队营长冯品泰任团长，鲁国佑任政治部主任，先遣队伤员100多人伤愈后加入红十三团。

9月，中共闽东特委派叶飞来连，在丹阳庄里召开连罗县委扩大会议，决定集中红军主力建立闽东独立师；十三独立团改编为独立师第三团（红三团），团长陈学芳。九月底，闽东红军独立师在宁德支提寺成立，冯品泰为师长，叶飞为政委。

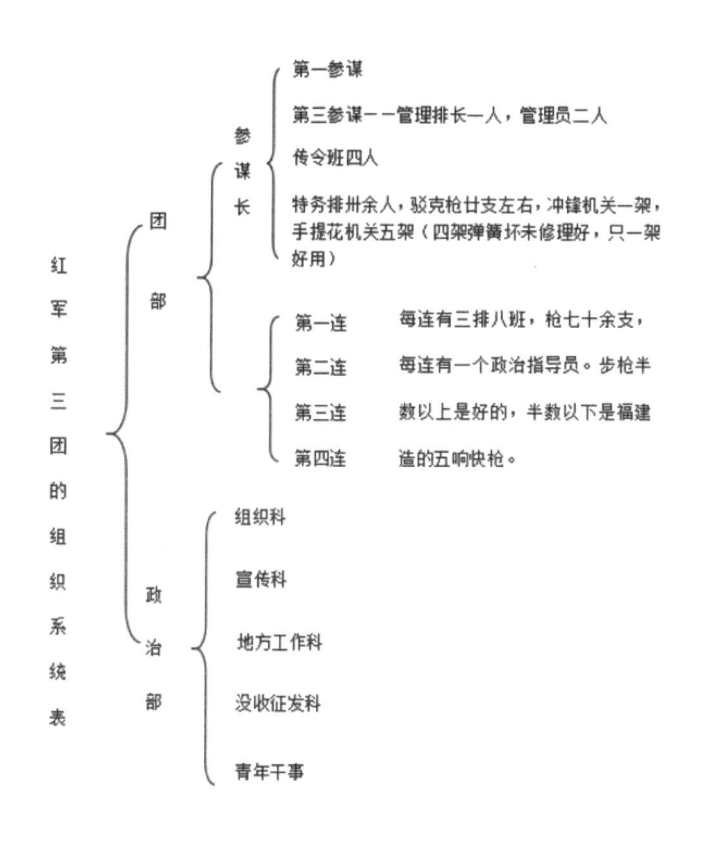

红军第三团的组织系统表：

- 团部
  - 参谋长
    - 第一参谋
    - 第三参谋——管理排长一人，管理员二人
    - 传令班四人
    - 特务排卅余人，驳克枪廿支左右，冲锋机关一架，手提花机关五架（四架弹簧坏未修理好，只一架好用）
  - 第一连
  - 第二连
  - 第三连
  - 第四连
    - 每连有三排八班，枪七十余支，每连有一个政治指导员。步枪半数以上是好的，半数以下是福建造的五响快枪。
- 政治部
  - 组织科
  - 宣传科
  - 地方工作科
  - 没收征发科
  - 青年干事

第三团共有枪二百余支，驳克枪约三十支，手提机枪五支，冲锋枪一支，现只有两架好用。全团人数共四百多人。

党的组织：以前全团党团员只有25人，先遣队补充进去后，党团员占全团半数以上。

红军的阶级成分和年龄：工人占9%，农民占80%以上，当兵的占7%，青年占70%。

中共闽东特委书记苏达："闽东军事总报告"，1934.11.18

《江声报》，1935.1.12

10月初，成立闽东红军连江独立营，共4个连，200多人枪。营长张锦文，政委陶仁官。

11月，87师259旅、省保安11团等进驻连罗，联合各地民团，发动对苏区军事"围剿"，采取围困、经济封锁、移民并村、保甲连座、烧杀抢掠等残酷手段摧残苏区，屠杀1000余名红军及群众，500余人被捕入狱，焚毁民房2000多座。

11月中旬，闽东红军连江独立营在长龙山面区官仓下伏击国民党"清剿"部队，活捉透堡民团团长杨兆禧并在官坂枪决，国民党派重兵报复，官仓下被洗劫一空。

12月，连江红军独立营扩编为闽东红军西南团，下辖马、克、思、列、宁5个连，人枪500余支，团长杨采衡，政委陶仁官，参谋长林茂淦。

12月8日，蒋介石"歼匪"电令称："闽东匪祸之深，实不下于闽西各县，而其中尤以福安、连江、罗源、霞浦各县为甚。"限期3个月内"肃清匪患"。

《福建民报》，1934.12.8

同月，国民党87师沈发藻指使厦宫土豪用"美人计"腐蚀连罗红军海上游击队队长丘为官，丘中计，腐化堕落，截留公款，败坏党和苏区的声誉，县委苦口婆心劝其改正，但丘为官执迷不悟。县委将海上游击队员百余人列队山面区叶洋，历数丘的罪行，公开处决，挽回人心与士气。海上游击队并入红西南团反"围剿"保卫苏区。

《连江县老革命座谈会纪要》

陈云飞、杨采衡，《连罗地区革命斗争》

12月，国民党军队的包围圈缩紧，连罗苏区大部丧失，仅剩山面区与八区厦宫、坑园等地仍在支撑。山面区与敌展开拉锯战。敌人拆民房强迫群众修筑碉堡。群众白天建，晚上拆，碉堡无法建成，敌人只得悻悻退走。

12月，土地革命高潮时土豪劣绅纷纷躲避到上海、福州等城市，"闽变"失败后，国民党军队卷土重来，土豪劣绅组织"返乡团"引导国民党军队"围剿"苏区反攻倒算。"返乡团"以金钱收买红西南团炊事员在饭中下巴豆，导致指战员拉稀不止。县委发现后，果断处置内奸，在红西南团内对红军指战员提出"四不"（一不掉队，二不逃跑，三不害怕，四不犯纪律），战斗口号，稳住了军心。

12月，杨采衡红西南团2个连在山面区与国民党保安11团一个营激战一天，不慎摔入坑涧腿负伤，敌人点起火把搜山。刘山畲族妇女将他背入山洞用中草药为其疗伤，数日后伤愈归队。（附：50年后1983年2月3日杨采衡专程来到长龙洪塘看望畲民，赋诗纪念）。

12月6日，国民党第12绥靖区司令长官王敬久调派87师259旅2个团及省保安6团共3个团兵力，"进剿"连罗苏区。限期1个月消灭连江、罗源、闽侯的红军游击队。

1935年

1月31日，中共连江县委下屿紧急会议决定，闽东红军西南团分两路突围，陶仁官率3个连撤往连罗长龙、飞竹山区，魏耿、杨采衡率部跨海转移到西洋岛与闽东红军海上游击独立营柯成贵部会合。

《连江老革命座谈会纪要》

陈云飞："播种罗汉里"，1984.5

1-2月，连江县政府组织"清乡队""剿匪义勇军""守望队"，配合国民党军队"搜剿"红军及维护治安。

1月6日-2月28日，驻闽第4绥靖区清剿详报：第87师、省保安步兵8团、县"清乡队"等"进剿"连江苏区，抓捕西南团红军干部、战士、游击队员、苏区干部280余人,杀50余人,就地枪决40余人,伤30余人。

2月,驻闽第4绥靖区"清剿"详报:1月份收缴连江红军游击队土造步枪、鸟枪、手枪等90余支,步枪弹1600余发及军服、军帽、大刀等各类军械。

2月19日,闽东红军西南团陶仁官部夜袭青塘乡民团,俘团丁4人,焚毁民团团部。此役暴露了红军行踪,敌87师尾追而至,红军从东湖矮岭撤回山面区,突围至闽侯、古田边界,欲与叶飞部会合,又遭闽侯、罗源保安团夹击,队伍被打散,损失惨重,陶仁官负伤被捕,于6月5日在福州鸡角弄和林孝吉等英勇就义。

3月初,国民党87师攻占洪塘外澳村尊王宫,连罗苏区最后一块根据地沦陷敌手。苏区陷落,腥风血雨,党政组织被严重摧残,残酷杀害革命同志,数十名藏于山洞的红军伤病员全部殉难。官庄下照镜寺仅剩断墙焦壁,红军邱惠、谢成凤等16座房屋被泼上汽油,放火烧毁;又冲进孙厝后、八溪瓦窑,烧毁兰礼义、兰礼在、兰礼贤等畲民房屋21座,粮食、牲畜、衣服、棉被、农具、家具也被抢走或捣烂,"无不伐之树,无不杀之鸡犬,无遗留之壮丁,间阎不见炊烟,田野但闻鬼哭"的人间地狱。许多苏区群众不堪反动派的蹂躏,"有的自缢树上,有的服毒自尽,妻离子散,惨不忍睹。""苏区自被国民党占领后,没出一个月即进行血的剥削,所有什么钱粮无名不包的情况一齐开始征收。"

《采访叶飞记录》,1988.7

陈云飞、杨采衡:《连罗苏区革命斗争史实》

缪小宁著:《闽东苏维埃》上下册,中共党史出版社,2014.10

附　记： 山面区人民并未屈服于白色恐怖。1936年5月，部分地下党员与叶飞领导下的宁连罗中心县委接上组织关系。1937年6月，叶飞指令闽东红军独立师二纵队陈挺部支队长王明星（透堡尖墩人）奇袭透堡，杀恶霸杨青，俘国民党区长黄福成5人，缴枪14支。国民党派出一个师"围剿"红军，红军在山面区群众掩护下，与敌周旋两天两夜，成功撤回闽东根据地。1985年2月，笔者陪同开国将军陈挺重返长龙山面区，老将军深情地说："山面区人民好样的。""连江佬呱呱叫！"

结　语

坚持闽东地区三年游击战争的中国工农红军闽东独立师（连罗红军为该师红三团）于1937年编为新四军三支队六团北上后，随着人民战争的进程，它的番号不断更易，但它在抗日战争、解放战争、抗美援朝以及对越自卫反击战中，为党、为人民所谱写的业绩将与日月同辉，彪炳千古。1939年5月，六团东进镇江、苏东、淞沪。6月，夜袭上海虹桥机场，毁日机四架，震惊中外。1944年3月，在江苏芦家滩，用刺刀、手榴弹歼灭日寇六百多人。在解放战争时期：宿北战役，与兄弟部队全歼国民党整编第六十九师二万多人；莱芜战役，六团一连荣获人民功臣第一连称号；孟良崮战役，与兄弟部队全歼国民党军五大主力之一整编74师；在淮海战役、渡江战役、解放上海中，也立下不朽功勋。抗美援朝，打残美陆战一师，荣获"杨根思连"称号，朝鲜授予杨根思同志"共和国英雄"称号。1979年参加对越自卫反击战，涌现四个功臣连队。

后 记

　　长龙镇是连江县平均海拔最高的山区乡镇。90年前，这里是连罗苏区的核心地，留有邓子恢、陶铸、粟裕、叶飞等无产阶级革命家的战斗足迹，被誉为"福州井冈山"。今年是闽东苏区创建九十周年及新中国成立七十五周年。为缅怀革命先烈，传承红色基因，宣传连江红色文化，为振兴乡村积蓄磅礴力量，应长龙镇党委政府邀请，省市县一批作家走进长龙镇采风。

　　长龙镇历史悠久，文化底蕴深厚，有着"五色文化"的资源禀赋。这五色分别为：红色革命文化，是福建省革命老区重点乡镇；绿色生态文化，有福建最美茶山；蓝色华侨文化，长龙华侨农场有印尼、缅甸、越南等8个国家的归难侨和归侨学生，被称为"小联合国"；青色畲族文化，为典型的少数民族聚集区；金色宗教文化，遍布全镇的十余座寺庙，历史上是宗教圣地。这些丰富的历史文化资源，为作家提供了丰富的创作素材。作家们冒着烈日，不辞劳苦，深入挖掘，认真采写，创作了39篇文章，汇成了这部《长龙之光》。

　　在本书付梓之际，我们谨向关心、支持本书编写和出版的连江县有关领导，有关部门，长龙镇党委政府及各村居，向所有接受采访、和为本书提供创作素材的各有关单位和个人，向参与本书采写的作家，以及出版社的同志们，一并致以敬意和感谢！

本书编委会
2024 年 9 月